Levi Henriksen, geboren 1964, ist Autor, Journalist und Musiker. Sein Debütroman *Bleich wie der Schnee* (Droemer Knaur 2005) wurde von Norwegens Buchhändler:innen zum Lieblingsbuch des Jahres gewählt. Mit seinen schrägen Kurzgeschichten zur Weihnachtszeit feiert er seit Jahren Triumphe. *Home for Christmas* (btb 2011) wurde vom norwegischen Kult-Regisseur Bent Hamer verfilmt. Zuletzt erschienen *Astrids Plan vom großen Glück* (dtv 2014) und *Wer die Goldkehlchen stört* (btb 2018).

Gabriele Haefs ist eine der bekanntesten Übersetzerinnen Deutschlands (u.a. von Jostein Gaarder, Camilla Grebe, Anne Holt, Máirtín Ó Cadhain). Auszeichnungen u. a.: Gustav-Heinemann-Friedenspreis, Sonderpreis des Dt. Jugendliteraturpreises für ihr übersetzerisches Gesamtwerk, Königlich-Norwegischer Verdienstorden.

LEVI
HENRIKSEN

Zwölf Wörter von Oskar Maier

ROMAN

Aus dem Norwegischen
von Gabriele Haefs

ALFRED KRÖNER VERLAG

Levi Henriksen
Zwölf Wörter von Oskar Maier
Roman
Übersetzt und mit Anmerkungen von Gabriele Haefs
1. Auflage, Stuttgart, Kröner 2023
ISBN: 978-3-520-62801-5

Originaltitel: *Tolv ord fra Oskar Maier*

Diese Übersetzung wurde publiziert mithilfe
der finanziellen Unterstützung durch

NORLA
NORWEGIAN LITERATURE ABROAD

Umschlaggestaltung: Denis Krnjaić

Unter Verwendung eines Fotos von Polina Katritch, shutterstock.com

Klimaneutral
Druckprodukt
ClimatePartner.com/12514-2306-1017

Gesamtherstellung: Friedrich Pustet Regensburg

»All our history becomes fiction, eventually.«

SUGARTREE – BOB WALKENHORST

Für Elisabeth, Leah, Hermann,
Gerd, Turid und Thorbjørn

I

Der Morgen graut. Bald wird das Telefon klingeln, und eine Stimme, die ich noch nie gehört habe, wird mir erzählen, dass Mama nicht nur die große Liebe eines deutschen Soldaten war, sondern dass sie ihm noch dazu während des Krieges das Leben gerettet hat. Während sie mit Papa verheiratet war. Nichts ist also zufällig, und eine Zeit ist festgesetzt für alles, was passiert. Denn wie groß ist eigentlich die Wahrscheinlichkeit, dass ich aufwache und dann so ungefähr als Erstes an Garmisch-Partenkirchen denke? Ehe die Nacht kommen kann, wird dieser Name, den Mama unter ein Bild in einem alten Fotoalbum geschrieben hat, in meinem Leben eine ganz neue Bedeutung erlangen.

Der Schlaf braucht Zeit, um aus meinem Körper zu gleiten, und ich befinde mich in einer Art mentalem Niemandsland, wo nun auch ich Zeit brauche, um aus dem Abgrund, den die Nacht in mir geöffnet hat, hoch- und wegzuklettern. Beziehungsweise, es ist eher wie ein Kinosaal, in dem ununterbrochen ein Film läuft. Meine Träume waren immer wie eine Mischung aus Klassikern und modernen Kunstfilmen. Letztere haben mich manchmal glauben lassen, dass ich gerade den Verstand verliere. Mein Gehirn erfindet im Schlaf Menschen und versetzt mich in absolut absurde Situationen.

An diesem Morgen träume ich von einem Skispringer, nicht mein Vater oder irgendeiner, der heute lebt, sondern von einem namenlosen Springer, der die Schanze hinunterschwebt. Das erinnert mich an die Vierschanzentournee und an den letzten norwegischen Springer, der in Garmisch-Partenkirchen einen Sieg errungen hat.

Ich bin wieder in Kongsvinger, meiner Heimatstadt, und das Zimmer, in dem ich aufwache, gleicht einer Landkarte. Die Risse in den weißen Platten unter der Zimmerdecke sind wie Hauptstraßen, Landstraßen und Nebenstraßen durch das Flachland, und in den ungestrichenen Bodenbrettern zeichnet sich eine Hauptstraße ab, vom Doppelbett zum deckenhohen Kleiderschrank und weiter über die Türschwelle, die wie eine Landesgrenze vor dem Wohnzimmer liegt. Das Bett ist aus Ebenholz, die brusthohe Kommode aus einer massiven Holzart, die ich nicht kenne. Als ich den Sessel, auf dem ich abends meine Kleider ablege, verschieben wollte, musste ich die Schulter dagegen stemmen. Ich habe hier schon oft übernachtet, hatte die Wohnung aber nie für mich allein. Vielleicht werden die Sinneseindrücke deshalb so viel stärker. Die Geräusche im Haus während der Nacht, der undefinierbare Geruch nach Altem, den selbst häufiges Auslüften nicht ganz vertreiben konnte.

Ich habe zu Hause Zuflucht gesucht, weil ich ein letztes Mal allein auf Reisen gehen werde. Ich nenne es die Lachspest des Menschen, dass wir niemals aufhören, den Ort, an dem wir aufgewachsen sind, als *zu Hause* zu bezeichnen. Für mich ist es zudem ein Paradox, denn das, was ich *zu Hause* genannt habe, noch fünfundzwanzig Jahre, nachdem ich von dort weggegangen war, gibt es nicht mehr. Ich habe mein Elternhaus vor vier Jahren abgefackelt, und seither war ich nicht mehr in Skogli. Die ersten Wochen nach dem Brand habe ich die ganze Zeit darauf gewartet, verhaftet oder wenigstens vernommen zu werden, aber die Polizei ließ sich nicht blicken. Das Haus stand leer und war nicht versichert, von Betrug konnte also keine Rede sein; Menschenleben waren zu keinem Zeitpunkt in Gefahr. Eigentlich habe ich dem neuen Besitzer einen Gefallen getan, denn das Grundstück, das zu übernehmen ich meinem Vater auf seinem Sterbebett versprochen hatte, wäre doch zur Kiesgrube ausgebaggert worden. Rein moralisch gesehen war die Sache für mich und für den neuen Besitzer also nur von Vorteil. Indem ich alles abgefackelt hatte, hatte ich eine Möglichkeit gefunden, das zu halten, was ich meinem Vater versprochen hatte. Keine anderen Menschen sollten jemals in den Räumen wohnen dürfen, die er errichtet hatte, in unseren Erinnerungen.

Ich weiß, dass getuschelt wurde, ich sei es gewesen, aber es war immer schon so, dass das, worüber man in Skogli untereinander redet, nicht unbedingt in Kongsvinger wiederholt wird, und schon gar nicht, wenn jemand von der Obrigkeit anwesend ist. Der Einzige, der wusste, dass ich vor dem Brand in meinem Elternhaus gewohnt hatte, außer meiner Frau, war Papas bester Freund, Sigsten, und der hätte sich lieber die Zunge abgebissen, als mich zu verpfeifen. Und jetzt kann er übrigens niemanden mehr verpfeifen.

Ich stehe aus dem Bett auf, gehe in die Küche und schalte die Kaffeemaschine ein.

Etwas vom Besten an Kongsvinger ist, dass du Zeit hast, dich an den Gedanken zu gewöhnen, dass hier eine Stadt liegt, wenn du angefahren kommst. Du biegst nicht plötzlich um die Kurve, und dann ist sie da. Und egal, aus welcher Himmelsrichtung du kommst, immer siehst du die Festung beschützerisch oben auf der Anhöhe thronen. Als zorniger junger Mann war ich blind dafür. Ich sah nur die Wege, die aus der Stadt hinausführten, und ich dachte nie daran, dass dieselben Straßen auch nach Kongsvinger hineinführten.

Die Stadt ist ein Knotenpunkt, und die Hauptverkehrsadern hier in der Gegend folgen fast alle der Biegung der Glomma. Wenn du aus Oslo kommst und nach Schweden willst, musst du durch Kongsvinger. Ich habe mich oft gefragt, ob die vielen Verteilerkreise angelegt wurden, um dieses Durchfahren zu verlangsamen. Vielleicht hofften die Stadtplaner, dass die Leute dieses Slalomfahren so satt bekommen würden, dass sie einfach die nächste Parklücke ansteuerten und sich bedingungslos der Stadt, der Festung, den Holzhäusern und dem Fluss hingäben.

Das ist genau das, was ich brauche, ehe ich anfange, Lieder für mein allerletztes Album zu machen. Mich mental auf null zu stellen, gleichsam an den Straßenrand zu fahren und der Umgebung Zeit geben, sich in mir niederzulassen. Vor meinen letzten Alben bin ich vom Tourbus geradewegs in mein Arbeitszimmer gegangen, um zu schreiben. Jetzt muss ich es anders machen, ganz alleine sein. Die Kinder sind längst von zu Hause ausgezogen, und obwohl meine Frau mir immer Raum gegeben hat, ist *zu Hause* etwas, das mich stört. Und sei es nur meine eigene Vorstellung davon, welche Verpflichtungen ich als Mann im eigenen Haus habe. Deshalb habe ich mir die Wohnung von Pal geliehen, dem Schlagzeuger in meiner ersten echten Band, der gerade in Australien ist. Seine Wohnung liegt gegenüber dem ältesten Hotel der Stadt, nicht weit von dem Ort, wo wir unseren Proberaum hatten. Ich bin seit einer guten Woche hier, und mir bleiben noch vier Tage, ehe ich weitermuss. Etwas zu haben, was du verlassen kannst, und sei es auch nur das Gefühl, wer du früher einmal warst, war immer eine gute Basis, um in Schreibmodus zu kommen.

Die Tür des Küchenschranks quietscht aus Protest, als ich sie aufschiebe, um mir einen Becher für den ersten Kaffee des Tages zu holen. Wie immer gibt mir der Duft von frischaufgebrühtem Kaffee das Gefühl, dass dieser Tag mir gehört. Ich gehe ins Wohnzimmer und öffne das Fenster, um die auf den Bahngleisen vorüberrollenden Güterwaggons hereinzulassen. Die Funken an der Oberleitung, den Brandgeruch nach Aufbruch, den kreischenden Gesang der Räder auf den Schienen und die fast unmerklichen Erschütterungen in der Wohnung. Blaue Waggons von DFDS, weiße von Nor-Cargo und graue von Maersk.

Mama hatte immer Bibelverse in einer schwarzen Schüssel auf dem Küchentisch, kleine Zettel in unterschiedlichen Farben. Das Wort zum Tag. Das GPS der Seele. Mannakörner. Nenn es, wie du willst. Eine Anleitung für alle, die glauben, und Mama glaubte wirklich, dass nichts zufällig war. Jeden Tag zog sie einen neuen Vers aus der Schüssel, und manchmal notierte sie die Worte, die sie erhielt, am Rand oder auf den leeren Seiten vorn in der Bibel; 2. Kor. 6:2, Sprüche 17:6, Jesaja 45:5–6 wurde hingekritzelt, als sei das ein geheimer Code zwischen ihr und Gott. In einigen Fällen notierte sie in Blöcken. Die Überschriften »Ehe und Hurerei«, »Jerusalem« und »Den Armen geben« sammelten alle eine ganze Reihe von Bibelversen unter sich. Mama fand immer Worte, auf die sie sich stützen konnte, und ich wünschte, bei mir wäre es genauso. Dass jeder Tag seine eigene Gebrauchsanweisung mit sich brächte, dass die Worte leicht zu mir kämen.

Die Gibson steht neben meinem Koffer vor dem Bücherregal. Ich fahre mit den Fingern über die Saiten, aber die Gitarre bleibt im Ständer, während das Geräusch von dem der Eisenbahnlinie verzerrt wird. Am Freitag werde ich den Güterwaggons in Richtung Schweden folgen. Dort werde ich dann wirklich mit dem Liederschreiben anfangen. Mein letztes Album soll mein bestes werden.

Die Vorstellung, Schweden durch ein Zugfenster zu sehen, setzt in mir einen Rhythmus frei. Die Idee zu einer Melodie. Etwas Monotones mit wenigen Akkorden. Ich strecke gerade die Hand nach der Gitarre aus, als das Telefon klingelt, und weil ich eine Entscheidung über die letzten Studiomusiker für die Aufnahmen erwarte, mache ich etwas, das ich sonst niemals tue. Ich gehe ran, ohne nachzusehen, wer anruft.

»Hello?«, fragt eine Frauenstimme auf Englisch.

»Hallo«, sage ich kurz, als mir aufgeht, dass es nicht der erwartete Anruf ist.

Die Stimme nennt mit einem undefinierbaren Akzent meinen Namen, und ich will schon wieder auflegen, als ich Mamas Namen höre.

»Können Sie das wiederholen? What?«, frage ich.

»Stimmt es, dass Ihre Mutter Tea Thorsen und dann später Henriksen hieß?«, fragt die Stimme in schlechtem Englisch.

Es ist seltsam, plötzlich Mamas Namen in einer anderen Sprache zu hören, deshalb weiß ich nicht, ob ich nur nicke oder doch eine Antwort gebe, aber die Frau stellt ihre Frage ein weiteres Mal.

»Ja«, sage ich. »Thea Thorsen und später Henriksen war meine Mutter.«

»Kann es sein, dass sie bei Kriegsausbruch einen deutschen Freund hatte?«

2

Zu Hause, in dem, was ich in Gedanken immer Mamas erstes Fotoalbum genannt habe, waren vor allem Bilder meiner ältesten Schwester. Auf dem frühesten ist sie vielleicht drei

Monate alt. Es muss im August 1941 aufgenommen worden sein. Papa sitzt irgendwo auf dem Rasen und hebt sie in die Kamera. Auf dem Bild daneben ist sie noch immer drei Monate alt und Mama liegt auf dem Boden, gekleidet in etwas, das eine Stubenmädchentracht sein muss. Auf den nächsten Seiten wird meine Schwester nach und nach älter; sie ist abgebildet zusammen mit beiden Großmüttern und jeder Menge anderer Menschen, von denen ich keine Ahnung habe, wer sie sind. Drei Jahre danach wird meine zweite Schwester geboren, und beide Schwestern posieren in Kleidern, die Mama vermutlich für sie genäht hat. Mein Bruder taucht dann auch noch auf, weizenblond und in kurzer Hose, dann aber machen die Bilder einen Sprung zurück in der Zeit. Mama als kleines Mädchen zusammen mit ihrem jüngeren Bruder, Oma mit Pferd und Mähmaschine und ein Bild von Papa und seiner Mutter in Sørskogbygda 1938. Da war mein Vater neunzehn, und er und Mama waren sich noch nicht begegnet. Diese Großmutter sieht aus wie aus der Carter Family entsprungen, Papa dagegen trägt einen hellen Anzug, ein dunkles Hemd und einen breiten Schlips. Papa sieht richtig fesch aus, denn Papa war immer richtig fesch, und als ich jünger war, war ich stolz darauf. Die Bilder von ihm mit bloßem Oberkörper erinnerten mich an Tarzan. Neben das Bild von Papa war eins von Mama geklebt, und jemand hatte mit Weiß »Ostern 1939« dazugeschrieben. Mama lächelt, und neben ihr steht ein Paar Skier mit in den Schnee gerammten Stöcken. Mama ist auch hübsch, aber darauf war ich nie stolz. Es war mir eher – ich weiß nicht – peinlich? Es verursachte bei mir immer einen leichten Schwindel, mit Mamas Schönheit umgehen zu müssen. Dass sie lange vor mir Blicke von Männern gesammelt, gelacht und auf Backfischweise kokettiert hatte und eine ganz andere gewesen war als die unerschütterliche Fürsorgeperson, mit der ich aufgewachsen bin.

Auf der Seite hinter dem Osterbild aus dem Jahre 1939 gab es ein Foto, das Mama mit »Garmisch-Partenkirchen« beschriftet hatte. Wie die meisten Kinder liebte ich alte Fotoalben, aber ich brauchte doch einige Jahre, bis mir gerade dieses Bild auffiel. Und ich glaube, was meine Neugier erregte, war, dass es offenbar keine Postkarte war, sondern ein Foto, das jemand vor Ort aufgenommen hatte. Das Bild zeigte ein typisch bayerisches, mit Schnee beladenes Haus, wo Eiszapfen von den geschnitzten Verandageländern hingen. Ich weiß noch, dass ich Mama gefragt habe, warum sie ein Foto aus Garmisch-Partenkirchen in ihrem Album hatte, und da erzählte sie mir von ihrer deutschen Jugendliebe.

In allen Jahren seither habe ich mich an den Namen erinnert. Möglicherweise hatte er für mich etwas vom selben Klang wie Elvis Presley, Kevin Keegan oder Johnny Cash. Und wie ich hier mit dem Telefon am Ohr stehe, in einer Wohnung neben der Eisenbahnlinie in Kongsvinger, hole ich tief Luft und lasse sie durch die Nase entweichen, ehe ich antworte:

»Ich weiß, dass Mama mit einem deutschen Jungen namens Oskar Maier zusammen war, aber das war vor dem Krieg.«

Die Stimme sagt etwas, das sich für mich anhört wie *mein Gott,* dann sucht sie nach Worten, es kommt etwas auf Deutsch, das ich nicht verstehe, und danach in gebrochenem Englisch:

»Sie kennen den Namen also?«

Wieder ertappe ich mich dabei, dass ich nur nicke, ehe ich mich zu einer mündlichen Bestätigung zwingen kann.

»Oskar Maier war mein Vater«, sagt nun die Frau.

»Ja?«, frage ich, vor allem, weil mir nichts Sinnvolleres einfällt.

»Nach seinem Tod haben wir in seinem Nachlass mehrere Briefe gefunden, die Ihre Mutter ihm geschrieben hatte.«

»Ach was«, sage ich, ohne genug Atem zu einem ganzen Satz sammeln zu können.

»Liebesbriefe«, sagt sie.

Jetzt antworte ich überhaupt nicht. Ein Personenzug fährt vorbei, und ich kann sehen, wie Menschen sich im Mittelgang erheben und anfangen, Koffer aus den Gepäckfächern zu nehmen.

»Mein Mann und ich sind mit dem Auto in Norwegen unterwegs. Morgen kommen wir nach Kongsvinger. Vielleicht können wir uns treffen, ja, falls es nicht ungelegen kommt?«, fragt die Stimme.

»Nein, nicht ungelegen«, sage ich. Meine Stimme ist schwach.

»Wie schön. Wäre es möglich, dass wir ihr Grab sehen?«

»Ihr Grab?«, frage ich und wüsste gern, woher sie weiß, dass Mama nicht mehr lebt.

»Entschuldigen Sie, ich weiß, dass es eine reichlich seltsame Bitte ist. Aber Norwegen hat für meinen Vater sehr viel bedeutet, und ich habe das große Bedürfnis, zu danken.«

»Wieso denn zu danken?«, frage ich und überlege, ob die Frau verrückt sein kann. Ich bin es gewöhnt, von Menschen angesprochen zu werden, die mir erzählen wollen, wie viel ihnen meine Lieder bedeuten, aber das hier ist anders. Wieso geht sie überhaupt davon aus, dass ich gerade in der Stadt bin? Und woher hat sie meine Telefonnummer? Die ist nicht geheim, aber das Telefon ist auf den Namen meiner Frau angemeldet.

»Sind Sie noch da?«, fragt sie und ich begreife, dass sie meine Frage beantwortet hat, ohne dass ich es mitbekommen habe.

»Tut mir leid. Die Verbindung ist so schlecht«, sage ich.

»Ich habe gesagt: Ich möchte Ihrer Mutter dafür danken, dass sie meinen Vater während des Krieges am Leben erhalten hat.«

Ich beiße mir hart in die Unterlippe. So sind meine Träume immer. Absurd.

»Hallo?«, fragt die Frau.

»Ja, hallo. Ich bin noch da«, sage ich. »Und natürlich kann ich Ihnen das Grab zeigen.« Und dann passiert das, was oft passiert, wenn ich mich in die Klemme gedrängt fühle. Um dem Gespräch zu entkommen, sage ich etwas, das ich überhaupt nicht sagen wollte, und was ich sage, ist: Skinnarbøl.

»Was?«, fragt sie.

»Vielleicht möchten Sie auch Skinnarbøl sehen. Das Gut, wo meine Mutter und Ihr Vater sich kennengelernt haben«, sage ich und lege auf.

3

Als ebenso nützlich wie eine Leiter mit nur einer Sprosse. So betrachtete Thea Thorsen den Buchstaben h in ihrem Vornamen. Der Name war ein Erbe der schwedischen Mutter ihres Vaters, aber in ihrer gesamten Schulzeit ließ sie das h konsequent weg, wenn sie ihren Namen schrieb. Nicht einmal die Ermahnungen des Lehrers, dass es eine Beleidigung des Herrn sei, sich am Taufnamen zu vergreifen, konnten sie davon abbringen. Als ihr im Winter 1939, in dem Jahr, in dem sie siebzehn wurde, der ein Jahr ältere deutsche Junge begegnete, brachte sie ihm als Erstes bei, ihren Namen richtig auszusprechen. Oskar Maier arbeitete erst seit wenigen Tagen als Gärtner auf dem Gutshof Skinnarbøl bei Kongsvinger, als er einen der Knechte nach dem Namen des fast immer lächelnden Stubenmädchens fragte. Der erste Versuch einer Kommunikation zwischen den beiden bestand darin, dass er ihr einen Zettel brachte, auf dem ihr Name so geschrieben stand wie in ihrem Taufschein. Oskar zeigte auf Thea, dann auf den Zettel, und legte fragend den Kopf schief. Thea schüttelte gereizt den ihren, sie war sicher, dass der Deutsche ihren Namen mit einem tse-Laut aussprechen würde, und dann würde es sich anhören, als wäre sie verwandt mit der Fliege, die in Afrika die Schlafkrankheit verbreitete. Im wieder aufs Neue beharrte sie auf einem kantigen norwegischen t, aus dem Alphabet herausgehauen und gleich darauf ausgespuckt. So dringend wollte sie das verhasste h aus ihrem Namen tilgen, dass sie gar nicht merkte, dass Oskars Aussprache schon die ganze Zeit so gut wie perfekt war. Erst später sollte sie feststellen, dass Deutsche Wörter wie Theologie, Theater und Thema mit dem gleichen scharfen t-Laut aussprechen wie Norweger. Das alles weiß ich, weil sie es mir erzählt hat.

Der Januar hat seinen Namen von Janus, dem römischen Gott für Eingang und Anfang. Janus wiederum verdankt seinen Namen dem lateinischen Wort für Tür, aber weder Eingang noch Anfang interessierten Tea Thorsen, als sie zum ersten Mal versuchte, mit Oskar Maier zu sprechen. Sie konnte auch nicht wissen, dass der Januar 1939 ungewöhnlich mild war, im Vergleich zu den Kriegsjahren, die danach kamen und in denen dieser Monat ganz Europa dauerhaft in Knochenkälte hüllen und die Menschen in einem Eisennebel zusammenpressen würde, der die versöhnliche Bläue des Himmels vollständig vertrieb.

Nach und nach fielen Tea an Oskar Maier Dinge auf, kleine Dinge. Wie weiß seine Hände waren, wenn er sie als Werkzeug benutzte, in dem Versuch, neue Wörter für all jene zu bilden, die ihm fehlten. Die Hände der Männer in Teas Familie waren wie topografische Darstellungen des Lebens, das sie geführt hatten. Das Tiefland auf den Handrücken mit dem Flussdelta der Adern unter der gesprungenen Arbeitshaut und den narbigen Talmulden, die Äxte, Sägeblätter und Rindenspaten gegraben hatten. Oskars Hände sahen aus wie ein noch nicht entdecktes Land, und seine Finger schienen eher dazu geeignet, über Klaviertasten zu tanzen oder Gitarrensaiten zu zupfen. Tea fiel auch auf, dass sie und er fast gleich groß waren. Die Jungen in ihrem Alter, die sie kannte, waren alle groß und schlaksig, aber wenn sie Schulter an Schulter dastanden, wirkte Oskar fast wie eine natürliche Verlängerung ihrer selbst, so, wie ein Hügelkamm den anderen ablöst. Seine Haare waren üppig und wogten über seiner Stirn in fast der gleichen Nussfarbe wie ihre eigenen. Sein Gesicht hatte noch fast die Reinheit des Jungen bewahrt, und etwas an diesem Glatten, Unbesudelten ließ ihn Güte ausstrahlen. Wenn Oskar Maier eine Jahreszeit gewesen wäre, dann wäre er der Frühling gewesen. Eine sanfte Brise an einem stillen Morgen im April. Das Gefühl von Frühling wurde verstärkt durch den Geruch, den er ausströmte. Einen leicht säuerlichen Duft, wie die Kapuzinerkressesamen, die Teas Mutter über den Küchentisch streute, ehe sie in kleine Kästen gesetzt und in die Beete beim Haus gestellt wurden.

4

Gibt es etwas wie Liebe auf den ersten Blick? Eine Schwindel erregende Wahrnehmung; sich gegen die Türen der Ewigkeit zu lehnen, die dann plötzlich aufgerissen werden? Ich weiß nicht, aber Mama erzählte gern davon, wie sie Papa zum ersten Mal gesehen hatte. Sie und die anderen Stubenmädchen auf Skinnarbøl hatten sich vor dem Küchenfenster versammelt, als der Gutsbesitzer den neuen Stallschweizer über das Pflaster vor dem Gesindeeingang führte. Dann – die Zeit, die ein Herz vielleicht für zwei Schläge braucht oder in der ein Augenpaar einmal blinzelt –, als der junge Mann unter dem Mützenschirm einen Blick zu der Versammlung hinter dem Fenster hinaufwarf, rief sie: »Den da will ich heiraten!«

Bei Oskar Maier war das vielleicht nicht ganz so schnell passiert, aber an genau demselben Ort und fast genau drei Jahre früher war in ihr etwas herangewachsen, das eine ganz andere Form von Antrieb brauchte, als in ihrem Elternhaus in Skogli am Fenster zu stehen und auf das Signal hinten an Svingbakken zu warten, von ihrem ersten Verehrer, den ihr Bruder Reineke Fuchs nannte, weil er rote Haare hatte. Als sich in diesem Frühling 1939 der Schnee langsam von den Westhängen zurückzog, schien Oskar für sie deutlicher zu werden. Gras, Leberblümchen und Huflattich. Das alles, was sie schon so oft gesehen hatte, bekam plötzlich eine neue Bedeutung, eine neue Melodie, während sie ihm diese Dinge in der Landschaft um sie herum zeigte.

»Sprachen lernt man leichter zusammen mit Musik«, sagte sie zu mir, als sie mir von diesen norwegischen Privatstunden für den jungen Deutschen erzählte.

»Wie meinst du das?«, fragte ich, das weiß ich noch.

»Ich hatte eine Mundharmonika und machte kleine Melodien, damit er sich Wörter und Sätze leichter merken könnte. Als er zurückmusste, habe ich ihm die Mundharmonika mitgegeben, aber er hatte für Sprache wohl ein besseres Ohr als für Musik.«

Bei der Erinnerung an den jungen Deutschen mit der Mundharmonika musste sie herzlich lachen, aber ich glaubte, in ihren Augen noch mehr zu sehen. *Und der Mensch gab Namen allem Vieh, den Vögeln des Himmels und allen Tieren des Feldes. Aber eine Hilfe, die dem Menschen entsprach, fand er nicht.* Ja, so ungefähr muss es gewesen sein, etwas Alttestamentarisches und Umständliches, nur dass Tea, nachdem sie Oskar geholfen hatte, allem Vieh und den Vögeln des Himmels, den Blumen und den Bäumen einen Namen zu geben, zu einer Hilfe wurde, die ihm eben doch entsprach. Zwei junge Menschen, die sich nach Art junger Menschen zu einer Liebe hin buchstabierten, die mit der Kraft eines Meteors aufloderte, ehe sie zu nichts zerstob.

Die Abende auf dem Hof, die Pausen, die wenigen freien Tage, die Mahlzeiten mit dem restlichen Gesinde. Das Gefühl, dass sie in einem Raum voller Menschen allein waren. Jeder Schritt auf dem Küchenboden wie kleine, geheime Schritte beim Anpirschen, eine stille Einladung, die Augen zu schließen und sich entführen zu lassen. Das Schrappen von Besteck, die Fähigkeit, das zu hören, was nicht gesagt wurde. Und alles, was kein Geräusch hatte. Dicht beieinander zu sitzen, ohne physische Berührung, und doch die Nähe stärker zu spüren als Haut auf Haut. Das Synchrone in den Bewegungen. Die Hände, die auf dem Tisch ruhten. Die Nacken, die sich über den Teller beugten. Schließlich das Beste von allem: Das Lächeln, wenn die Mahlzeit zu Ende war. Fast, wie sich für einen Tanz zu bedanken.

Es gab auch wirklichen Tanz, und Berührungen, die nicht nur gedacht waren. Tea führte den Deutschen durch den Wald von Skinnarbøl zum Volkshaus in Jaren, besser bekannt als Ziegentanz. Ein klassischer Tanzpavillon, der gegen Ende der dreißiger Jahre noch neu erbaut war und wo das rhythmische Schwingen des Tanzbodens verstärkt wurde durch die Fichten mit ihren weiteren Rücken, die sich im selben Takt wiegten. Der leicht abgelegene Standort war ein Grund dafür, dass während des Krieges dann häufig illegale Tanzfeste dort abgehalten wurden. Was an jenem Abend an versteckten Aktivitäten stattfand, war jedoch nicht von der illegalsten Sorte. Obwohl der Inhalt der Flaschen, die unter Baumstümpfen und Windbruch versteckt wurden, heimproduziert war und nicht alle Mädchen, die sich den Rock glattstrichen und sich Moos aus den Haaren wischten, wenn sie am Waldrand wieder hervortraten, den Buchstaben des Gesetzes erfüllten, der festlegte, wie alt eine sein musste, um sich einem Mann hingeben zu dürfen. Tea und Oskar hielten sich jedoch im Licht, in der gegenseitigen Wärme, in der der anderen, die um sie herum tanzten. *Brevet från Lillan*, *Med en enkel tulipan* und *Kalle på Spången* mischten sich mit internationalen Klassikern wie *My Heart belongs to Daddy* und *Bel Ami*, was Oskar besser bekannt war mit dem Text »Du hast Glück bei den Frau'n, Bel Ami«. Alles wurde mit einem rudimentären Musikverständnis, aber mit echter Spielfreude vorgeführt. Teas Kopf an Oskars Schulter, seine Hand an ihrem Kreuz. Über ihnen ein neuer Mond auf Sparflamme, eine in der Himmelsdunkelheit halb auf Grund gestoßene Lichtgondel. Der Wendekreis des Stiers. Saatzeit. Ein Gefühl, dass sich der Erdball so langsam drehte, dass sie das Knirschen hören konnten, wie bei einer alten Tür, die sich nur widerwillig öffnen lässt.

Das Trio oben auf der Bühne wurstelte sich durch den Anfang von *Han hadde seglat för om masten*. Das schmachtende Streicher-Intro zu Harry Brandeliussens Seemannsweise aus dem Vorjahr war einer einsamen Fiedel gewichen, und der Fiedler führte den Bogen wie eine Säge über die dicksten Saiten. Dann schrammten Gitarre, Fiedel und Akkordeon jeweils auf eigene Faust weiter, bis sich der Takt setzte und die Tanzenden einen Rhythmus finden konnten, um sich danach zu bewegen. Aber der singende Gitarrist war kaum in Gang gekommen, konnte gerade noch die Ladung irgendwo zwischen Frisco und Singapur verschieben, da wurden Tea und Oskar auseinandergerissen. Oskar stolperte zwischen den anderen Tanzenden, verlor das Gleichgewicht und landete auf den Knien, während Tea einen Schritt zur Seite machen musste, um nicht zu fallen. Für einen Moment glaubte sie, der Frauenmangel habe die beiden mit den Armen fuchtelnden Männer so verzweifelt tanzlüstern werden lassen, aber dann sah sie deren Gesichter. Die Züge waren verzerrt, als ob sich jeder einen Nylonstrumpf über den Kopf gezogen hätte, und die Worte, die sie ausspien, waren eingehüllt in einen Dunst aus bitterem Schwarzgebrannten.

»Mach, dass du nach Hause kommst! Das ist doch nicht richtig, dass ein Scheißdeutscher herkommt und uns die Arbeit wegnimmt!«, rief der Kleinere und riss Oskar so heftig auf die Beine, dass dem die Knöpfe vom Hemd sprangen. Der größere Mann, mit langsameren Bewegungen, jedoch stark genug, um eine Färse in die Knie zu zwingen, klemmte die Arme um Oskars Schultern und Nacken. Die Bewegungen des Kleineren waren eher Drohgebärden als koordinierte Schläge, und der erste Fausthieb traf seinen Kameraden am Ellbogen. Tea konnte sich zwischen die

Männer pressen und versöhnlich die Handflächen heben. Hinter ihnen hörte das Orchester auf zu spielen, und die ungeplante Dissonanz blieb unerlöst in der Luft hängen, wie die Leerstelle in der Zeit zwischen Blitzschlag und Donnerhall.

»Aufhören!«, rief Tea. »Oskar ist Gärtner. Er hat euch nichts weggenommen!«

»Halt die Fresse, du Schlampe!«, brüllte der Kleinere.

Die Faust war für Oskar Maier bestimmt, aber der Schlag war nicht gut gezielt, und es war Tea, die das Brummen im Kopf wahrnahm, die Schmerzenssterne, die vor ihren Augen tanzten, und den zähflüssigen Kupfergeschmack im Mund.

Oskar riss sich los und stellte sich wie ein Schutzschild vor ihr auf, mit geballten Fäusten und einem Ruf auf Deutsch, den niemand verstand. Bei den übrigen Tanzenden, die bisher eine abwartende Haltung eingenommen hatten, als es ausgesehen hatte, als werde nur der Ausländer Prügel beziehen, erwachte der Gerechtigkeitssinn. Man schlug doch keine Frau, jedenfalls nicht in aller Öffentlichkeit, und die beiden Männer wurden von der Tanzfläche geschoben. Auf der Bühne nickte der Gitarrist das Lied wieder in Gang, und die Musiker setzten ihre schlingernde Seefahrt zu den Dünen von Südjütland fort.

Oskar zog Tea auf die Beine und hielt ihre Hand fester, als Tea das jemals erlebt hatte. Dennoch riss sie sich los und stürzte auf die beiden Männer zu.

»Schämt euch. Oskar hat euch nichts getan. Er bringt Dinge zum Wachsen. Blumen zum Blühen. Und du?« Sie versetzte dem Kleineren einen Stoß gegen die Brust, und er musste einen Schritt zurücktreten. »Schweinen einen Genickschuss zu versetzen und Kühe auszunehmen, macht dich das zu einem Fachmann für Recht und Unrecht?«

Viele Jahre später, als Mama mir diese Geschichte erzählte, konnte ich alles deutlich vor mir sehen. Ihr furchtloses Auftreten. Wie sie keiner Konfrontation auswich, wenn sie an etwas glaubte oder wenn jemand ungerecht behandelt wurde. Einmal, als ich in die zweite Klasse ging, hatte einer der Alkoholiker der Stadt, unklar, aus welchem Grund, meiner Kusine die Schultasche gestohlen. Ich weiß nicht so recht, wie Mama den Dieb hatte ausfindig machen können, aber die Alkis hatten damals wie heute ihre Lieblingsorte, an denen sie sich versammelten. Mit meiner Kusine und mir im Schlepp lief Mama durch die Gågate, bis zu vielleicht einem halben Dutzend Trinker, die im Kreis standen und rauchten. Ohne zu zögern ging sie auf den Größten und Versoffensten von allen zu. Er konnte sich nicht von seinem Diebstahl weglügen, denn er hatte die braune Kunstledertasche meiner Kusine zwischen den Beinen. Ich werde nie vergessen, wie Mama nur mit Worten den Mann dazu zwang, meiner Kusine die Hand zu reichen und sie um Entschuldigung zu bitten.

Damals in der Gågate war es offenbar Jesus, der ihr Mut verlieh. *Der Herr ist mein Hirte, es wird mir an nichts fehlen,* und überhaupt. Aber beim Ziegentanz? Ich weiß nicht, ob sie sich damals schon so sehr auf den Erlöser stützte. Aber wenn ich daran denke, was sie mir erzählt hat, sehe ich ihre Finger vor mir, während sie sich die Haare hinters Ohr schiebt. War es Seine Hand, die sie über ihre Wange streichen spürte?

5

Es wird dunkel, aber ich bin nicht müde. Als Musiker bin ich daran gewöhnt, die Nacht in allen möglichen Betten und Räumen zu verbringen, aber jetzt habe ich Probleme mit dem Einschlafen. Pål ist schon mit zweiundzwanzig in diese Wohnung gezogen, die er von seiner Großmutter geerbt hatte, und sie sieht noch immer eher aus wie das Zuhause einer alten Dame als wie das eines Junggesellen. Mit zwei Ausnahmen: einer Schallplattensammlung, die um einiges größer ist als meine, und drei gediegenen Porträts von drei seiner musikalischen Idole, alle selbstgemalt. Marvin Gaye, Patti Smith und Serge Gainsbourg. Der Rest der Wohnung wirkt dadurch noch weniger junggesellenhaft. Die Teppiche sehen aus wie aus Tausend und einer Nacht geklaut, und die leicht exotische Prägung wird verstärkt durch die Samtportieren zwischen den Zimmern. Die einzige Tür in der Wohnung führt ins Badezimmer. Die Möbel sind solide und kompakt; als ich vor einigen Jahren bei einem seltenen Großreinemachen geholfen habe, mussten wir zu zweit sein, um die Chesterfield-Sessel hochzustemmen. Diese Möbel haben mir immer einen leichten Verfolgungswahn verpasst, und als wir einmal Märchenkraut rauchten, bin ich durchgedreht, weil ich mir einbildete, dass sich Sofa, Sessel und die beiden Chaiselongues vor meinen Augen in Menschen verwandelten. Übrigens nicht einfach in Menschen, sondern in Musiker. Noch immer hat der Lieblingssessel der Großmutter für mich etwas, das mich an Louis Armstrong erinnert.

In der Woche, die ich nun schon hier verbracht habe, war die Wohnung aber doch ein guter Ort, um meine Gedanken zu sammeln. Es kommt mir hundertprozentig richtig vor, dass das hier mein letztes Album sein wird. Mit sinkenden

Verkaufszahlen habe ich umgehen können, aber die Art von Promotion, die sich inzwischen durchgesetzt hat, wird mir immer unangenehmer. Unglück, Krankheit und Tod werden jetzt interessanter als die Musik an sich. Vor der Präsentation meiner letzten CD hat eine der größten Zeitungen des Landes Kontakt zur Plattenfirma aufgenommen und wollte wissen, ob ein mir nahestehender Mensch gestorben sei, es in meiner Familie eine Krise gegeben oder ich mit der Pfingstgemeinde abrechnen wollte, der Mama angehört hatte. Ich weiß nicht, was mich mehr irritiert hat, die Anfrage der Zeitung oder dass die Plattenfirma sie überhaupt an mich weitergeleitet hatte.

Noch entscheidender für meinen Entschluss war, dass ich zum ersten Mal Großvater werde. Meine Frau hat mir im Grunde nie Vorwürfe gemacht, weil ich so oft auf Tour war, als die Kinder klein waren, aber jetzt, wo ich älter werde, und nicht zuletzt, wenn ich unterwegs bin, denke ich immer häufiger an alles, was ich beim Heranwachsen der Kinder verpasst habe. Das ist vielleicht eine billige Form von Ablass, aber der Gedanke, ich könnte ein Teil des Lebens meiner Nachkommen werden, zu ihren Bedingungen, nicht zu meinen, bringt mich dazu, mich wie ein etwas besserer Mensch zu fühlen. Etwas mehr wie Mama, die immer Zeit für alle hatte, die zu ihr gehörten. Außerdem fühle ich mich angezogen von dem Mythos eines J.D. Salinger oder Agnar Mykle. Aufzuhören, wenn man ganz oben ist. Dieses Album soll mein musikalisches Vermächtnis werden.

Schweden als Hintergrund für diese Schallplatte ist etwas, das im Laufe der Zeit herangewachsen ist. So nahe bei einer Landesgrenze zu wohnen, mit der Möglichkeit zu Flucht und Aufbruch, zu einem Leben mit etwas anderen Werten, hat mich immer schon fasziniert. Zugleich habe ich im vergangenen Jahr ein langsameres Schweden erlebt. Was als Unterbrechung des Alltags angefangen hatte, wurde zu einer Basis zum Liederschreiben. Im letzten Jahr habe ich es mir zur Gewohnheit gemacht, in regelmäßigen Abständen nach Kongsvinger zurückzufahren, um mich mit Gerhard zu treffen, einem pensionierten Sprungrichter, mit dem ich mich angefreundet habe. Wir fahren mit seinem Mercedes über die schwedische Grenze und sitzen in Nordells Konditorei in Arvika, immer am selben Zweiertisch, mit Blick auf Marktplatz und Bahnhof. Einer dieser Ausflüge hat mich auf die Idee gebracht, aufs Geratewohl durch Schweden zu fahren, am liebsten nach Norden, wo ich noch nie gewesen bin.

Ich werde mit leichtem Gepäck reisen. Einige Notizbücher, Laptop, das digitale Aufnahmegerät, die Bibel, Kurt Vonneguts *Gott segne Sie, Mr. Rosewater,* die Gitarre im Gigkasten und das Allernötigste in einem kleinen Koffer. Sehe ich einen Bahnhof, der mir gefällt, oder ein Haus an der Bahnstrecke, das ich interessant finde, steige ich aus und finde eine Stelle, wo ich sitzen und die Leute beobachten kann. Selbst, wenn ich weiß, wohin ich will, bin ich nicht sicher, wie ich dorthin gelangen werde.

Ich will, dass das Album davon handelt, wer wir waren und wer wir geworden sind. Der Arbeitstitel ist *Schweden.* Das ist nicht der prickelndste Titel aller Zeiten, aber er gibt die Tonart vor, in der ich schreiben möchte. Eine meiner Lieblingsplatten heißt *Nebraska,* und das Album ist ein glänzender Zustandsbericht aus einem halbwegs in Auflösung befindlichen Amerika im dritten Jahr von Ronald Reagans Regierungszeit. Es geht mir nicht darum, eine entsprechende Auflösung zu schildern, sondern etwas von derselben nackten musikalischen Offenheit einzufangen. Ich stelle mir vor, dass die Lieder kleine Schnappschüsse aus dem Leben der Menschen sein sollen, geschrieben aus einem fast journalistischen Blickwinkel, ohne irgendwelche überflüssige Poetisiererei. Wollte ich eine Schallplatte *Norwegen* nennen, würde das selbstherrlich und wie Nabelschau wirken. Wenn ich eine Landesgrenze zwischen mich und die Lieder lege, hoffe ich, mich selbst freizudichten. Ich werde in Richtung Bottenviken reisen, in die Gegenrichtung der Wanderung, die meine finnischen Vorfahren im 17. Jahrhundert angetreten haben. Mein Bahnticket gilt für einen Monat. Im Anschluss daran sind vierzehn Tage für Aufnahmen und Mischen reserviert, danach werden meine Frau und ich drei Wochen auf Kuba verbringen. Ich habe es so geplant, um nicht zu viel über alles nachzudenken, sondern mich zu zwingen, beim Schreiben und bei der Einspielung effektiv zu sein. Mehrere der letzten Platten sind davon geprägt, dass sie viel zu durchdacht sind.

Ich nehme die Gitarre, finde aber keine erlösenden Akkorde, die in etwas Neues führen. Mein Notizbuch ist gefüllt mit lockeren Skizzen, doch ich kann mich nicht gut genug konzentrieren, um einige davon zu einer Strophe oder einem Refrain zusammenzuführen. Ich schalte den Laptop ein, fange mit einer Doku an, die ich schon mehrmals gesehen habe, darüber, wie Bruce Springsteen *Alaska* geschrieben hat, aber meine Gedanken sind nicht bei der Sache. Draußen höre ich die Geräusche eines Zuges. Um diese Zeit bestimmt ein Güterzug. Zugherz. *Ich habe ein Zugherz* oder *Mein Herz ist ein Zug*. Einen Moment lang fühle ich mich versucht, wieder zur Gitarre zu greifen, denn oft stellt sich ein Lied auf diese Weise ein. Losgerissene Wörter oder Sätze, die mich neugierig machen. Aber dann höre ich in Gedanken die Stimme der Frau aus Deutschland, und schon muss ich wieder an Mama und Oskar Maier denken.

Eine Liebe, die mit der Kraft eines Meteors loderte? Das Bild verbrennt und wird zu nichts. Ich google *Meteore.* Wenn nicht das Licht der Städte wäre, könnten wir in jeder einzelnen Stunde acht bis zehn Sternschnuppen sehen. Was so ungefähr dreihundert Tonnen Meteor pro Tag entspricht. Wenn ein Meteor in der Atmosphäre verglüht, bedeutet das nur, dass Gestein und Metall zu Gas werden, aber wenn dieses Gas abkühlt, wird es wieder zu fester Materie. Bei vier Prozent allen Staubes, den man auf der Fensterbank findet, handelt es sich um Meteorreste, die vom Himmel gerieselt sind. Ich verspüre plötzlich Heimweh nach Skogli, danach, auf der Treppe vor der Haustür zu sitzen, weit weg vom Licht in der Stadt. Zusammen mit Mama. Nicht mit der Mädchenmama, die auf dem Bild von Ostern 1939 lächelt, sondern mit der Erwachsenenmama. Der Freitagsmama. Dem Geruch von Teaköl, frischgebackenem Brot und grüner Seife. Mama, die Staub wischt. Mama, die mit den Fingerspitzen über die Fensterbänke streift und mir Meteorstaub hinhält und lächelt.

Es gibt nichts, das nur zu nichts wird, ist das nicht so?

6

Ich schalte den Laptop aus. Widerstehe der Versuchung, mir einige alte Aufnahmen anzuhören, die ich heimlich von meinem Großvater gemacht habe, als er einmal Babysitter war. Geschichten, von denen ich geglaubt hatte, sie seien längst verlorengegangen, die ich aber zufällig auf einer alten Festplatte wiederfand, als ich nach Lied-Entwürfen suchte. Opa redete in einem Singsang, ich bilde mir ein, das kam daher, dass er in einer dreisprachigen Enklave in Finnskogen aufgewachsen war. Seine Art zu erzählen ließ Zeit und Ort verschwinden, es war fast, wie hypnotisiert zu werden. Mein Großvater lebte nach dem Prinzip, dass die Wirklichkeit für einen Geschichtenerzähler niemals besonders nützlich ist, und von ihm weiß ich, wie wichtig die Präsentation ist, um das Interesse der Zuhörer zu erhalten. Ich glaube, dass mein Großvater, grundlegender als viele meiner musikalischen Vorbilder, mir beigebracht hat, dass ich eins werden muss mit der Geschichte, die ich erzählen möchte.

Diese Erzählungen will ich heraussuchen und auf dem Weg durch Schweden hören. Andreas Thorsens Berichte, die manchmal nach Savolax zurückkehren, in dem Versuch zu erklären, was uns zu den Menschen gemacht hat, die wir sind. Wurzellos und rastlos, Menschen, die alle Wege ins Land hinein kennen, aber keinen, der hinausführt. Dann schüttele ich den Kopf. Ich bin hier der Rastlose und Wurzellose. Opa war ein Mann des Augenblicks. Ein Abstecher in den Laden konnte wie eine ganze Erdumseglung wirken. Und Mama war auch so. Ich habe mir nie überlegt, ob sie gern an einem ganz anderen Ort gewesen wäre als an dem, wo sie war. Das kann sicher damit erklärt werden, dass sie fest war in ihrem Gottesglauben, aber es hat auch mit ihrer Veranlagung zu tun. Mama stammte von Menschen mit fertiggereisten Genen ab: Ihre Großmutter väterlicherseits war Schwedin, hatte aber finnische Eltern. Papa blätterte oft im Atlas und bohrte mit dem Zeigefinger Löcher in die Karten von Norwegen, aber ich kann mich nicht erinnern, dass Mama jemals eine Karte aufgeschlagen hätte, um nachzusehen, welche Wege von dort wegführten, wo sie war.

Ich schließe die Augen. Denke daran, wie ich Mama gebeten habe, vom Krieg zu erzählen. Sie war wie alle anderen ihrer Generation, wenn von den Deutschen die Rede war, oder nicht? Lasst sie mit ihrem Augenblick mit Oskar Maier in Ruhe. Das hier geht mich nichts an. Das ist keine Geschichte, wie ich sie erzählen möchte.

Aber etwas an dem, was am Telefon gesagt wurde, setzt mir trotzdem immer weiter zu. *Ich möchte Ihrer Mutter dafür danken, dass sie meinen Vater während des Krieges am Leben erhalten hat.* Während des Krieges war Mama mit Papa verheiratet. Etwas an dieser Geschichte stimmt nicht, Oskar Maier muss mehrere norwegische Freundinnen gehabt haben, und ich beschließe, nicht ans Telefon zu gehen, wenn morgen diese Frau aus Deutschland anruft. Ich fühle mich erleichtert. Kann mir jetzt keine Störung leisten, ich habe nur einen Monat, um zehn Lieder zu schreiben. Zehn gute Lieder.

Die ganze Nacht schlafe ich unruhig und gehe in einem einzigen langen Traum ein und aus. Aber mein Gehirn erfindet diesmal keine Gesichter. Immer ist Mama dabei. Anfangs steht Opa auf der Treppe vor ihrem Elternhaus und winkt. In der nächsten Szene ist sie mit mehreren jungen Menschen zusammen. Ich habe die anderen nie aus der Nähe gesehen, denke mir aber, dass einer von ihnen Oskar Maier sein muss. Dann zieht Mama meine älteste Schwester durch den Schnee einen steilen Hang hoch. Oben lässt sie den Schlitten los, und er gleitet wieder nach unten. Meine Schwester verwandelt sich in einen deutschen Soldaten, der den Arm zum Hitlergruß hebt, als der Schlitten gerade über einer Felskante verschwindet. Im letzten Teil des Traumes trägt Mama eine SS-Uniform. Mit einer Zange in den Händen beugt sie sich über einen auf einer Pritsche festgeschnallten Menschen. Langsam und methodisch beginnt sie, diesem Menschen die Zähne zu ziehen, einen nach dem anderen. Der Mensch auf der Pritsche hat das gleiche Profil wie Papa, und ich werde von meinem eigenen Schrei geweckt.

Draußen ist es hell geworden, doch ich bleibe im Bett liegen und denke an einen Vortrag, den ich in der neunten Klasse gehört habe. Es ging um einen ehemaligen Militärarzt aus Kongsvinger, der im Herbst 1943 in der medizinischen Fakultät in Oslo verhaftet und nach Buchenwald verschleppt wurde.

»Es war ein ganz normaler Donnerstag.« So begann er seinen Bericht, und was den größten Eindruck auf mich machte, war eben, dass er dieses Wort benutzte. *Normal.* Er beschrieb die Deutschen nicht als Monster oder Mordmaschinen. Ihm ging es darum, dass die, die hinter diesen Gräueltaten standen, Menschen wie du und ich waren. Ganz normale Väter. Ganz normale Mütter. Zum Schluss erzählte er, dass es im KZ seine Aufgabe gewesen sei, den Juden, die im Laufe des Tages vergast worden waren, die Goldplomben aus den Zähnen zu stochern.

»Und das tue ich noch immer«, endete er.

Es wurde so still im Klassenzimmer, dass ich den Magen meines Banknachbarn knurren hörte. Niemand in der Klasse wagte, etwas zu sagen, und am Ende hob der Lehrer auf Schülerart die Hand und fragte: »Wie ist das zu verstehen?«

»Fast jede Nacht werde ich von demselben Traum geweckt. Ich bin wieder in Buchenwald und stochere Goldplomben aus den Mündern der ermordeten Juden.«

Ich schreibe »ganz normaler Donnerstag« in mein Notizbuch, unterstreiche den Ausdruck, als wäre er die Lösung einer Matheaufgabe, und gehe ins Badezimmer. Lasse Wasser ins Waschbecken laufen. Von außen bin ich wie ein aus verschiedenen Teilen zusammengesetztes Auto. Die tiefblauen Augen, die mich aus dem Spiegel anstarren, stammen von Papa. Gleich nach seinem Tod hat mich das so getroffen, dass ich jeglichen Blickkontakt mit mir selbst vermied. Ich habe auch die gleichen dünnen Lippen, und ich kämme meine Haare so nach hinten, wie er das getan hat. Ich sehe mich im Spiegel und mir fällt ein, dass ich noch zum Friseur gehen sollte, ehe ich nach Schweden fahre. Ich habe die dünnen Haare von Mamas Familie, »strapaziertes Engelshaar«, wie ein Journalist es beschrieben hat. Es ist inzwischen schwierig, auf coole Weise ungepflegt auszusehen. Die Geheimratsecken weiten sich aus und betonen die hohe Thorsen-Stirn noch mehr. Die Koteletten sind struppig wie immer, und wie die Haare an den Schläfen werden sie jetzt grau. Vielleicht sollte ich alles wegnehmen lassen.

Ich koche Kaffee und gehe mit der Tasse zum Fenster, das auf die Eisenbahnschienen blickt. Spüre, wie Schweden an mir zieht. Es hat keinen Sinn, noch mehrere Tage hier zu bleiben. Kongsvinger hat seine Mission erfüllt. Die Umgebung setzt sich jetzt so sehr in mir fest, dass alle Bewegung zum Stillstand kommt. Mein mentaler Rückspiegel ist voll, und immer, wenn ich etwas habe, von dem ich wegreisen kann, schreibe ich die besten Lieder. Die Bahnfahrkarte kann ich auch noch von Karlstad aus umbuchen. Ich kann mich in der Beatles-Suite des *Stadshotell* einlogieren. Dazu hatte ich immer schon Lust, und welcher Anlass würde wohl besser passen als dieser hier? *Das letzte Album nahm seinen Anfang in Karlstad. An dem Ort, wo John, Paul, George und Ringo bei ihrem einzigen Schwedenbesuch gewohnt haben.* Das ist eine Art von Promotion, zu der ich stehen kann.

Das Telefon klingelt, und ich sehe, dass es eine ausländische Nummer ist, dieselbe wie gestern. Ich ignoriere das Klingeln und gehe lieber auf die Website der Schwedischen Eisenbahn, um mich über Züge nach Karlstad zu informieren. Heute fährt keiner mehr. Kein direkter jedenfalls. Fünfeinhalb Stunden über Oslo. Was ist das für ein Quatsch? Ich versuche es bei der norwegischen Bahngesellschaft, aber da hätte ich auch gleich Merkur oder Jupiter eingeben können. Karlstad ist ein ungültiger Bahnhofsname. Genauer gesagt, die App schlägt vor, mit dem Bus hinzufahren. Aber wer fährt von Kongsvinger über Oslo nach Karlstad? Ich nicht. Bei der Schwedischen Eisenbahn sehe ich, dass es so ungefähr jede Stunde eine Verbindung von Charlottenberg nach Karlstad gibt. Ich kann mich von dem pensionierten Sprungrichter hinfahren lassen, dann schaffen wir sogar noch einen Kaffee im Nachbarland, ehe ich mich in den Zug setze. Wieder klingelt das Telefon. Dieselbe Nummer. Ich packe meine Sachen zusammen. Das geht schnell, aber ich muss noch mehrere Mails beantworten und selbst einige schreiben. Erst nach über einer Stunde bin ich fertig mit der Büroarbeit, und dann tausche ich in aller Eile die Saiten an der Gitarre aus. Das ist ein Ritual, das ich immer durchführen muss, ehe ich mich hinsetze und mit den Liedern für ein neues Album anfange.

Ich rufe den pensionierten Sprungrichter an und verabrede mit ihm, dass er mich über die Grenze bringt. Ich stehe gerade am Küchentisch und esse rasch ein paar Brote, als das Telefon sich abermals zu Wort meldet. Diesmal mit der Melodie von *Morning has broken*, dem Lieblingslied meiner Frau.

»Wie geht es?«, fragt Elvira, und ich kann im Hintergrund ein Radio hören. Ich schaue auf die Uhr. Elvira ist schon seit vier Stunden bei der Arbeit. Für sie rückt die Mittagspause näher.

»Gut«, sage ich. »Ich bin jetzt so weit, dass ich Lieder schreiben kann. Kongsvinger hat mich schon rastlos gemacht, deshalb fahre ich lieber heute weiter. Hab ein paar Übernachtungen im *Stadshotell* in Karlstad gebucht.«

Wir reden über die Kinder und wie wir uns das Leben als Großeltern vorstellen. Ich sage, dass ich mich darauf freue und dass ich weiß, daraus, dass ich allein reise, werden gute Lieder entstehen.

Früher in diesem Jahr haben wir Silberhochzeit gefeiert, und eigentlich hat es nie eine andere als Elvira gegeben. Als ich sie damals verlassen habe, war es nicht meine Frau, die ich satt hatte. Sondern mich selbst. Den Mann, zu dem ich damals wurde. Ich will schon auflegen, als sie fragt:

»Hat diese Journalistin dich erreicht?«

»Welche Journalistin?«

»Eine Frau hat hier angerufen und nach dir gefragt. Eine Deutsche. Ich habe ihr gesagt, dass du in Kongsvinger bist.«

»Ich habe mit einer Deutschen gesprochen, aber sie hat nichts davon gesagt, dass sie Journalistin ist.«

Ich kann hören, wie meine Frau am anderen Ende der Leitung Atem holt.

»Tut mir leid. Sie hat so viele Fragen gestellt. Wollte wissen, ob du Musiker bist. Sie hatte einige von deinen Videos entdeckt. Ich bin davon ausgegangen, dass sie Journalistin ist.«

»Das macht nichts, vergiss es einfach«, sage ich.

»Was wollte sie denn?«

»Das war ein Missverständnis«, sage ich und weiß nicht so richtig, warum ich lüge. Aber es würde mich ablenken, jetzt mit Elvira darüber zu sprechen, in Gedanken sitze ich schon im Zug.

»Ich hab dich lieb«, sagt sie.

»Ich dich auch. Ich sag Bescheid, wenn ich in Schweden bin«, sage ich und lege auf.

Für einige Herzschläge fühle ich mich verloren. Das passiert mir manchmal, wenn ich mit meiner Frau telefoniert habe. Ein Gefühl, dass ich mein Leben zu etwas Nützlicherem hätte verwenden müssen als Gitarre zu spielen. Für einen Moment sehe ich Papa an den Sonntagabenden am Bahnhof Skogli vor mir. Ich halte Mama an der Hand und sehe ihn in den Abendzug steigen, der ihn zu seinem Schreinerjob auf Nesodden bringt.

Ich lege die Gitarre in den Kasten und trage ihn hinaus auf den Gang. Will gerade den Koffer holen, als die Türklingel geht. Erst auf halber Strecke die Treppe hinunter sehe ich, dass mein Chauffeur nicht allein ist. Hinter ihm steht ein Paar von um die sechzig. Gerhard umarmt mich voller Begeisterung.

»Stell dir vor, so ein Zufall! Ich wollte schnell Scheibenwischwasser besorgen und war an der Tankstelle, und da haben mich zwei Deutsche angesprochen und gefragt, ob ich dich kenne. Das muss am Auto liegen. Ich sag es dir ja nicht zum ersten Mal. Alle Rockmusiker müssten standesgemäß reisen.«

Er lächelt und macht eine Kopfbewegung in Richtung seines metallic-schwarzen Mercedes. Die Frau tritt einen Schritt vor und streckt die Hand aus. Diesmal hat der Name auch ein Gesicht. Ich murmle meinen Namen und wiederhole ihn dann für den Mann.

»Ihr wart ja wohl verabredet. Hattest du das vergessen, als du mich angerufen hast?«, fragt Gerhard, und ich bin froh, dass er das auf Norwegisch sagt.

»Ja, offenbar«, sage ich. »Aber ich hatte wirklich versprochen, ihnen etwas zu zeigen. Ich rufe dich an, sowie ich fertig bin. Der letzte Zug von Charlottenberg nach Karlstad geht heute Abend gegen neun.«

7

Es ist ein ganz normaler Dienstag. In der Schule haben sie jetzt Pause. Die Schülerinnen und Schüler glucken in Gruppen zusammen. Quatschen. Knutschen. Einige sehr wenige rauchen. Vor der Mauer bei der Kirche steht ein Reisebus. Die Fahrgäste sehen asiatisch aus. Mehrere haben Regenschirme bei sich. Einige tragen riesige Sonnenhüte. Eine Trauergemeinde bleibt auf dem Weg aus der Kirche stehen. Dann biegt der Pastor nach links ab und geht weiter nach Osten in den Tod. Der letzte Glockenschlag verhallt irgendwo unten am Hang zum Fluss hinunter. Über der Festung hat der Nordwind die spitz zulaufende Fahne vor dem zinkfarbenen Himmel ausgerollt. Der Wind bringt ein Versprechen von Frühling aus den Gärten der Umgebung. Laub, das nicht mehr faulen konnte, ehe der Schnee kam. Blumen, die gerade erst zu keimen beginnen. Es ist ein ganz normaler Dienstag, ein Tag wie alle anderen Tage in dieser Woche, an denen ich so dagestanden und den Atem zu einem tiefen Lungenzug gedehnt habe, ehe ich die Autotür hinter mir zugeschlagen und über den Parkplatz auf den Friedhof zugegangen bin. Wie so oft zusammen mit Mama, während Papa im Auto wartete. Anfangs um mich um das Grab einer Großmutter zu kümmern, die ich nie kennengelernt hatte. Und dann kam Großvater dazu. Bekannte von Mama. Leute aus dem Dorf, die keine anderen hatten, die ihr Grab schmücken konnten. Dann mein bester Freund von früher, Papa und ein Junge, mit dem zusammen ich die Glaubensprüfung abgelegt hatte. Mein bester Freund, der sich für den Tod auf einem Parkplatz weiter im Norden des Bezirks entschieden hatte. Mama. Der Sänger der ersten Band, mit der ich aufgetreten bin. Ein Mädchen, für das ich mehrere Liebeslieder geschrieben hatte. Sie liegen hier in Reih und Glied. Alle meine Toten. An einige denke ich immer wieder. Andere vergesse ich zwischen meinen Besuchen hier. Jetzt kann ich mich nicht erinnern, wann ich zuletzt beim Grab meiner Eltern war. War ich in diesem Jahr schon dort? Einmal, vielleicht, in aller Eile, auf dem Weg nach Arvika. Ich habe nie einen Friedhof gebraucht, um mich an meine Nächsten zu erinnern.

Ich nicke Sabine und Rudi zu, so heißt das deutsche Paar nämlich, dann gehen wir auf das Friedhofstor zu. Im Auto der beiden, als wir an Hotel und Bahnhof vorbeifuhren, über die alte Brücke, vorbei am Rathaus und dann durch die Storgate, konnte ich den Fremdenführer spielen und ihnen der Reihe nach die wichtigen Sehenswürdigkeiten der Stadt zeigen. Jetzt müsste, oder könnte ich zumindest, etwas über die kreuzförmige Kirche sagen, über Baujahr und Zwiebelturm, aber ich sage nichts. Habe Schwierigkeiten damit, mich mit der Situation abzufinden. Das deutsche Ehepaar fährt einen fabrikneuen BMW, hat auf der Rückbank eine Kühltasche, vor dem einen Seitenfenster Kleiderbügel mit zwei Sakkos und einen Weinkühler mit Weißweinflaschen auf dem Boden hinter dem Fahrersitz. Deutsche Sparsamkeit und Ordnung in trauter Eintracht. Zugleich ist es total absurd, dass ein Mensch, von dessen Existenz ich gestern noch nichts wusste, Mamas Grab besuchen will, um ihr dafür zu danken, dass sie während des Krieges diesen Vater am Leben erhalten hat.

In der knappen Stunde, die seit unserem Aufbruch vergangen ist, habe ich schon angefangen, Sabine sympathisch zu finden. Etwas an ihren Lachgrübchen und der Art, wie sie den Kopf in den Nacken wirft, erscheint mir bezaubernd, und ihr Lachen ist ansteckend, ohne aufdringlich zu sein. Sie ist eine Frau, mit der man sich anfreunden könnte, ehe man begreift, dass man verliebt ist. Wir sind gleich groß, und sie hat die gleichen nussbraunen Haare wie meine ältere Schwester, aber die grauen Strähnen im Pony deuten an, dass sie gerade auf eine natürlichere Haarfarbe umsteigt.

Rudi verhält sich korrekt. Sein Händedruck ist förmlich, durch die Straßen fährt er in angemessener Entfernung zum Auto vor uns, und vor den Ampeln bremst er sanft. Bei der Kirche nutzt er die Kamera am Armaturenbrett, um genau in dem aufgemalten Viereck zu parken, und er schließt die Tür lautlos, statt sie zuzuknallen, wie ich. Rudi hat ein Gesicht, bei dem man immer wieder aufpassen muss, dass man nicht vergisst, wie er aussieht. Der Prototyp eines Deutschen von um die sechzig. Ich bohre mir die Nägel der rechten Hand in die linke Handfläche, um den Gedanken an die ganz normalen Väter zu vertreiben, über die der ehemalige Militärarzt gesprochen hat.

Wir biegen bei der Kirche um die Ecke, und ich habe plötzlich das Gefühl, etwas Falsches zu tun. Ich habe meinen Geschwistern nichts von Oskar Maiers Tochter erzählt. Habe keine Ahnung, ob Mama ihn ihnen gegenüber überhaupt erwähnt hat. Wenn ja, dann haben sie das sicher vergessen. Sie haben allesamt nicht dieselbe Beziehung zu Geschichten wie ich. Als ich Sabine und Rudi zur fünften Reihe von Grabsteinen hinter der Kirche führe, kann ich nichts dafür, wenn ich nun etwas Verstohlenes an mir habe. Unten beim Krematorium biegen die letzten Angehörigen der Trauergemeinde in den neueren Teil des Friedhofs ab, und abgesehen von einer weißhaarigen Frau, die neben der Mauer zur Straße hin kniet, sehe ich keinen anderen Menschen.

So lange Oma allein hier lag, war das unter einem Stein, den sie selbst gefunden hatte. Einem Stein, dessen sich die meisten erwachsenen Familienangehörigen schämten. Ich glaube, sie fanden, dass er ein armseliger Hintergrund war für Mamas Familiennamen, und als Opa in die Erde sollte, wurde der Stein durch einen normalen Grabstein ersetzt. Aber für mich sagt der Feldstein alles über diese arbeitsame Frau aus, die ich nur vom Hörensagen kenne.

Das Grab meiner Eltern liegt näher zur Kirche, und der Grabstein ist sicher aus Granit. Ich habe mir das noch nie überlegt, aber Marmor ist doch wohl weiß? Dieser Stein ist braun, mit grauschwarzen Schattierungen. Das Kreuz und die Namen sind eingraviert und weiß eingefärbt. *Innig geliebt. Zutiefst vermisst.* Für dieses Grab ist meine jüngste Schwester zuständig.

Sabine bleibt neben mir stehen, und ich bin total unvorbereitet darauf, dass sie mir die Hand reichen will. Ihre warme Haut jagt mir kalte Schauer über den Rücken. Sie legt sich die rechte Hand aufs Herz und verneigt sich mehrere Male. Diese Bewegung wirkt seltsam theatralisch, und Sabine hat nun etwas Bedrücktes, das kaum zu dem fast sorglosen Eindruck passt, den sie bisher gemacht hat. Aus dem Augenwinkel kann ich sehen, dass auch Rudi andächtig und mit überkreuzten Händen neben mir steht. Für Vorüberkommende müssen wir aussehen wie Familienangehörige, die sich an einem Gedenktag versammelt haben.

»Kann ich dich etwas fragen?«, sagt Sabine bittend.

Ich nicke, und sie lässt meine Hand los und öffnet ihre Schultertasche. Erst nach einigen Sekunden geht mir auf, was sie herausnimmt.

»Papa hat mir das Blumenbinden beigebracht. Nachdem ich gestern mit dir telefoniert hatte, sind wir sofort nach

Kongsvinger gefahren. Heute waren wir hier in den Hügeln und haben gefunden, was ich für einen Kranz brauchte. Darf ich ihn hinlegen?«

Ich sage nichts, verspüre aber eine seltsame Form von Ergriffenheit, als Sabine mein Schweigen als Zustimmung deutet und den Kranz auf den Grabstein legt. Das Innere besteht aus grünem Moos, es ist umflochten mit knospenden Zweigen von etwas, das ich für Birke halte. Huflattich, Buschwindröschen und Weidenkätzchen sind ins Moos eingearbeitet. Im Kranz sehe ich außerdem vier rosa Rosen, die garantiert auf keinem Hügel bei Kongsvinger gewachsen sind.

Ich kann gerade noch denken, dass Rosen in dieser Farbe ein Symbol für Dankbarkeit sind, und als ich schon glaube, dass dieser Tag nicht noch seltsamer werden kann, bittet Sabine um die Erlaubnis, ein Lied für Mama zu singen.

Ich nicke. Ihre Stimme ist beim Singen überraschend tief, und im windgeschützten Bereich hier gleich hinter der Kirche trägt sie weit. Ich fühle mich verlegen, wie damals, wenn Mama in meiner Klasse christliche Traktate verteilte. Dann verfluche ich mich selbst, weil ich es nicht schaffe, mehr im Augenblick anwesend zu sein. Weil ich es niemals schaffe, etwas an mich heranzulassen, wenn es zum ersten Mal passiert. Ich sehe den Friedhof von außen, wie in einem Film, als ihre Stimme mich packt und in die Wirklichkeit zurückreißt.

Meine Deutschkenntnisse reichen gerade so aus, um zu wissen, was ich im Restaurant bestelle, und um zu verstehen, was mir erklärt wird, wenn ich nach dem Weg frage. Dennoch macht der Text mir keine Probleme. Vielleicht ist das Sabines Verdienst, eine deutliche Aussprache und ein langsamer Vortrag, oder es kann auch daran liegen, dass es oft leichter ist, ein Lied zu verstehen als ein Gespräch. Das Bild von

Mama, die für Oskar Maier auf der Mundharmonika spielt, flattert vorüber, und in Gedanken summe ich jetzt die zweite Stimme. Ohne einen anderen klaren Gedanken als den, dass ich das hier vielleicht irgendwann einmal verwenden kann, schalte ich verstohlen die Aufnahmefunktion an meinem Telefon ein. Sabine singt über das Prangen der goldenen Sternlein und den Wald, der schwarz und schweigend steht. Den wunderbaren weißen Nebel, die Dämmerung, den Mond, der soeben aufgegangen ist, und er ist nur halb zu sehen, ist aber dennoch rund und schön. Ja, behüt uns Gott vor Strafen, und lass uns ruhig schlafen. Und unseren kranken Nachbarn auch, ja, ganz besonders unseren kranken Nachbarn.

Als sie das Lied gesungen hat, weiß ich nicht, was ich tun soll, Applaus würde seltsam fehl am Platze wirken, deshalb umarme ich sie ganz schnell, nur, um mit meinen Händen irgendwohin zu können.

»Das war ein Wiegenlied, das Papa mir vorgesungen hat, als ich klein war. Es ist alt«, sagt sie, räuspert sich und fährt sich mit den Händen über die Augen.

»Danke«, sage ich. Hinter mir höre ich die Schritte mehrerer Menschen auf dem Kiesweg. Die Zeremonie unten im neueren Teil des Friedhofs muss zu Ende sein, aber ich drehe mich nicht um.

»Nein, ich bin es, die sich bedanken muss. Papa geriet 1945 in der Tschechoslowakei in Gefangenschaft. Er war in mehreren Gefangenenlagern und kam erst fast drei Jahre nach Kriegsende nach Hause. Was ihn in diesen Jahren am Leben gehalten hat, war der Gedanke an sie. Tea.«

Sie nickt zum Grabstein hinüber und lächelt, als ob sie Mama vor sich sehen könnte.

»Erst ganz gegen Ende der Gefangenschaft durfte er nach Hause schreiben. Immer nur zwölf Wörter.«

»Nur zwölf Wörter?«, frage ich. »Mit zwölf Wörtern kann man aber nicht viel sagen.«

»In der Regel hat er um Brot gebeten. Um Essen, das nicht leicht verdarb.«

Ich nicke. Was hätte ich geschrieben? Zwölf Wörter. Das ist ein sehr langer Titel für ein Lied. Aber wenn es um Leben und Tod gegangen wäre? Um das, was wirklich ist. Das, was wichtig ist.

»Weißt du, ob deine Mutter von ihm solche Briefe bekommen hat?«, fragt sie jetzt.

Ich schüttele den Kopf.

»Sie hat im Januar 1941 geheiratet«, sage ich.

»Deinen Vater?«

Ich nicke.

»Waren sie glücklich?«, fragt sie, bereut es aber, ehe ich antworten kann. »Tut mir leid. Das geht mich nichts an.«

Sie schüttelt den Kopf und macht eine Handbewegung, wie um ihre Frage zurückzuholen.

»Kein Problem«, sage ich. »Glücklich? Sie waren meine Eltern. Ich habe nie einen Streit zwischen ihnen gehört.«

Das klingt seltsam ärmlich, als ob sich nicht zu streiten ein Maßstab für Glück wäre. Als ob ein *ewiger Waffenstillstand* die Liebe zwischen meiner Mutter und meinem Vater am besten beschreiben könnte.

»Meine Eltern waren fast ebenso lange verheiratet, wie ich jetzt lebe«, fange ich an und hole tief Luft. »Es fällt mir schwer, sie mir einzeln vorzustellen. Sie waren irgendwie immer zusammen. Ihre Liebe baute nicht auf großartigen Gesten auf. Was die beiden hatten, lag zwischen den Zeilen. So, wie sie nebeneinander gingen. Es sah immer aus, als ob sie sich an den Händen hielten, auch wenn ich mich nicht daran erinnern kann, dass sie das jemals wirklich getan hätten. Sie hatten vielleicht nicht viel, aber sie waren zwei.«

Sabine nickt, und ich kann sehen, dass ihre Augen wieder blank werden. In der Stille, die nun folgt, geht mir auf, wie schwierig es ist, Worte zu finden, um die zu beschreiben, die mir nahestehen, ohne etwas zu verkleiden. Wie schwer ich es finde, persönlich zu sein. Meine Lieder werden aus mir heraus geschrieben, aber sie handeln nie von mir und meinen Menschen.

»Meine Eltern haben ihr Ehegelöbnis erneuert, als sie sechzig Jahre verheiratet waren, dennoch hatte die Stimme meines Vaters immer einen ganz eigenen Klang, wenn er von Norwegen sprach«, sagt Sabine.

»War er denn noch einmal zu Besuch hier?«, frage ich, und das lässt mein Herz schneller schlagen.

»Nein, nicht, dass ich wüsste. Ich glaube, er hat sich geschämt.«

Ich sage nichts, aber sie versteht, was ich denke.

»Ja, wegen des Krieges«, sagt sie und räuspert sich, ehe sie weiterspricht.

»Du musst es ja seltsam finden, dass ich plötzlich einfach vor deiner Tür stehe. Meine Geschwister interessieren sich nicht für diese Geschichte, aber ohne deine Mutter hätte mein Vater nicht überlebt. Sie hat ihn aufrecht erhalten. Gegen Ende seines Lebens hat er mir mehrmals erzählt, dass er zwischen den Sternen am Himmel über dem Gefangenenlager ihr Gesicht sehen konnte. Er sagte, sie schien ihn zu bitten, die Hoffnung nicht aufzugeben. Nach seinem Tod, als ich die Briefe und Bilder gefunden habe, da …«

Sie schaut ihren Ehemann an und dann wieder den Grabstein.

»Ja, jetzt kommt es mir vor wie eine Schuld, die ich begleichen muss. Deshalb bin ich hergekommen, um Tea zu danken«, sagt sie, und dann tut sie genau das, und diesmal bittet sie nicht um Erlaubnis.

Ich weiß nicht, wie lange sie das tut. Die Zeit, die sie dafür braucht, lässt sich nicht in Sekunden, Minuten oder Stunden messen. Die einzige Art von Zeitangabe, die mir für das, was Sabine sagt, relevant erscheint, ist vorher und nachher. Als sie alles gesagt hat, stehe ich mit gesenktem Kopf und gefalteten Händen da, als hätte ich das Bedürfnis, noch einmal um Mama zu trauern. Ich habe längst nicht alles verstanden, nicht einmal die Hälfte, aber etwas an dem Tonfall, in dem sie ihren Vater beschrieben hat, erweckt in mir eine ganz besondere Stimmung. Etwas, das ich niemals vergessen werde.

Als Sabine fertig ist, weiß ich nicht, was ich sagen soll, deshalb strecke ich nur die Hand aus, um alles zu überspielen, für das es keine Worte gibt.

8

Rudi fährt über die neue Brücke und dann die Glomma stromaufwärts in Richtung Skinnarbøl. Mir kommt der Gedanke, dass der Fluss schon genau so aussah, als Mama Oskar kennengelernt hat. Die Brücke, der Wald, die Straßen, die Art, wie sich die Landschaft öffnet, um sich dann samt Häusern und Menschen wieder zu schließen, alles hat sich verändert. Aber nicht die Glomma.

Ich fühle mich wie ausgegossen, wie nach einem Konzert, aber ich verspüre nicht die übliche Leere, sondern eher Widerwillen. Einen Widerwillen dagegen, die Kontrolle zu verlieren, oder vielleicht eher die Richtung. Schweden, der Gedanke, allein mit der Gitarre unterwegs zu sein, hat mich bereits in eine Phantasie darüber eingelullt, wie es werden wird. Seit mehreren Wochen habe ich mir Bahnhöfe an Orten vorgestellt, wo ich noch nie war, die Gesichter von Menschen, die mir noch nie begegnet sind. Ich habe kürzlich etwas über den Dichter Rolf Jacobsen gelesen, der zusammen mit seiner Frau mehrere Wochen in Italien verbringen wollte. Vorher hatte er sich die Landkarte so genau angesehen, dass er das Gefühl hatte, schon an allen Orten gewesen zu sein, die sie aufsuchen wollten, und am Ende fuhren sie lieber nach Spanien oder Portugal. Ein bisschen ähnlich geht es mir jetzt. Ich habe schon angefangen, mich durch die Landschaft zu bewegen, die die Kulisse für meine Lieder bilden soll.

Auch in der Geschichte von Mama und Oskar Maier liegt ein Lied, das sehe ich, aber es ist ein Lied, das ich gar nicht schreiben möchte. Oder? Der Gedanke, dass ein anderer Mensch dich in deinen einsamsten und verzweifeltsten Stunden an der Hand halten kann, ist hinreißend. Wie wäre es, wenn die Erinnerung an eine der Frauen, die mir im Laufe meines Lebens begegnet sind, das Einzige wäre, was mir bleibt? An das ich mich klammere, um noch immer einen Grund zum Leben zu haben?

»Wie alt war dein Vater, als er gestorben ist?«, frage ich, um diesen Gedanken zu entkommen.

»Er wurde dreiundneunzig. Bei seinem Tod war er seit zwei Jahren Witwer. Du hast gesagt, deine Eltern waren fast so lange verheiratet, wie du jetzt lebst. Wie lange war das? Fünfzig Jahre?«, fragt Sabine.

»Fünfundfünzig«, sage ich, und mir wird schwindlig. Mama ist mit vierundneunzig gestorben. Eine schlichte Rechenaufgabe ergibt, dass sie und Oskar gegen Ende ihres Lebens zwei Jahre hatten, in denen sie ohne Ehemann oder Ehefrau auf demselben Planeten existierten. Ich erinnere mich, dass ein Mann, mit dem Mama »früher mal« zusammen gewesen war, anfing, ihr in der Zeit nach Papas Tod Pralinen zu schicken. Mama schüttelte den Kopf, als sie das erzählte, und sagte, sie wolle keinen neuen Mann. Da war sie dreiundsiebzig, und vor ihr lagen noch viele gute Jahre. Was wäre passiert, wenn Oskar Maier ungefähr damals, als Mama Witwe wurde, seinerseits Witwer geworden wäre und wenn er wieder Kontakt aufgenommen hätte? Es hätte nichts ändern können. Das sind nur Abstraktionen. Ich bin auf dem Weg nach Schweden, und die Kralle, die mein Zwerchfell packt, wird davon angetrieben, dass ich bald losmuss. Eine Form von Reisefieber.

Dann haben wir das Grenzschloss erreicht, wie Skinnarbøl in Nachschlagewerken oft genannt wird. Außerhalb der Gegend ist dieses rosa viereckige, burgähnliche Gebäude bekannt als Sommerresidenz von Königin Sophie zwischen 1902 und 1904, ein Jahr vor Auflösung der Union mit Schweden. Für mich war es immer Krippe und Stall im Evangelium meiner Familie.

Wir halten am Beginn der langen Birkenallee, die zum Gut hochführt. Unten an der Einfahrt steht ein Einbahnstraßenschild, und ich wüsste gern, ob sie hier gefahren sind, nur in der Gegenrichtung, Mama und Papa, an einem Wintertag des Jahres 1944, als sie zur Trauung nach Kongsvinger wollten. Papa hatte vom Gutsbesitzer Pferd und Schlitten ausleihen können. Mama hat erzählt, dass sie über das Eis in die Stadt fuhren und dass es der bis dahin kälteste Tag in diesem Winter war. Das Hochzeitsbild in der Familiengalerie zu Hause an der Wand im Wohnzimmer hing unter denen, die vorher da gewesen waren, und über denen, die später geboren wurden. Papa trägt einen Smoking, ein weißes Hemd und eine Fliege. Mama hat ein Gesteck aus vier Rosen an der Brust befestigt. Die Rosen sind später handkoloriert worden und damit das Einzige auf dem Bild, was Farbe hat. Papa ist ernst, während Mama die Lippen zu einem Lächeln öffnet, das dennoch ihre Augen nicht erreicht. Beide sind filmplakatschön, trotzdem habe ich dieses Bild nie so ganz leiden können, oder vielleicht gerade deshalb. Sie sehen nicht aus wie die Eltern von irgendwem. Aber sie haben gerade deshalb geheiratet, denn eigentlich ist meine Schwester mit auf dem Bild. Irgendwo in Mama, gleich oberhalb der Hände, die in ihrem Schoß liegen. Mama ist noch immer ein junges Mädchen. Achtzehn Jahre alt. Papa ist einundzwanzig.

Wir steigen aus dem Auto. Wind ist aufgekommen, die Wolken haben dieselbe Farbe wie Asche und ein vager Nebel hängt über dem Nadelwald, der die Grenze zu den anderen Höfen bildet. Der eine Acker sieht aus wie frisch geeggt, während der andere, zur Straße hin gelegene, noch immer goldbraune Halmreste aufweist. Die Birken in der Allee, die sich langsam zur Residenz hochzieht, haben noch kein Laub und die Zweige wogen kahl im Wind. Die Allee ist vielleicht hundert Meter lang, und ganz oben steht eine dichte Kiefernhecke wie eine Brustwehr zur Hauptstraße hin. Die abgeriegelte Prägung wird dadurch verstärkt, dass das Gebäude wie ein Rechteck geformt ist, in den rückwärtigen Flügel ist eine Scheune eingebaut. Auf dieser Seite des Vingersees liegen die Güter in Reih und Glied. Weiße, riesige Holzhäuser, wie ich mir in jüngeren Jahren die Südstaatenvillen in den Büchern von Mark Twain vorgestellt habe, aber Skinnarbøl hat hier unten, wo Finnskogen beginnt, keine Ähnlichkeit mit irgendeinem anderen Bauwerk. Ich habe noch nie von den Einheimischen das Wort Schloss gehört, aber genau das ist es doch.

»Warum ist es rosa?«, fragt Sabine.

»Keine Ahnung«, sage ich und erzähle von Königin Sophie. Von den Orten hier in der Nähe, die ihr ihre Namen verdanken, und dass ein Teil des Rasens jeden Sommer mit Blumen bepflanzt wurde, die ihr Monogramm bildeten.

»Glaubst du, wir können uns hier mal umsehen?«, fragt Sabine.

Ich antworte nicht sofort. Es hängt mit meinem Arbeiterklassenkomplex zusammen, damit, dass ich der Sohn eines Stubenmädchens und eines Stallschweizers bin, dass ich mich nicht so recht traue. Eigentlich war es erst gestern, dass meine Leute mit der Mütze in der Hand vor denen standen, die dort oben residierten.

»Ich erkundige mich«, sage ich.

Ich muss einige Male telefonieren, ehe ich den Namen des jetzigen Gutsbesitzers in Erfahrung gebracht habe. Es stellt sich heraus, dass er im Ausland ist, aber er gibt mir die Nummer seiner Frau. Auch sie ist nicht zu Hause, doch sie ist überaus zuvorkommend, als ich ihr die Kurzfassung über Oskar Maier serviere. Sie sagt, wie könnten uns gern umsehen, erklärt den Weg zur Gärtnerei und gibt eine kurze Einführung in den Betrieb.

Ich sage dem Ehepaar, dass wir mit dem Auto hochfahren und uns umsehen dürfen, und Rudi kann gerade noch die Wagentür öffnen, ehe Sabine fragt, ob wir nicht lieber zu Fuß gehen sollen. Auf Deutsch sagt Rudi, dass er das Auto nicht unten an der Straße stehen lassen kann, und startet den Motor.

»Wie ist dein Vater eigentlich nach Skinnarbøl gelangt?«, frage ich, als wir hinter dem BMW her die Birkenallee hinaufwandern.

»Er hatte einen Wettbewerb gewonnen«, sagt Sabine, und da ist es wieder, dieses ansteckende Lachen, ehe sie sich korrigiert. »Oder eigentlich hat er nicht gewonnen, und es war gar kein Wettbewerb. Aber als er auf der Gärtnerschule war, wurde dem Klassenbesten eine Reise nach Norwegen versprochen. Der Klassenbeste wollte aber nicht, oder konnte nicht, deshalb ging das Angebot an den Zweitbesten weiter. Papa wollte, und Papa konnte fahren«, sagt sie.

»Ist er viel gereist?«, frage ich und bereue das sofort. Denke, dass die Tochter eines deutschen Soldaten, der in der Tschechoslowakei in Gefangenschaft geraten ist, diese Frage für sarkastisch halten kann, doch sie scheint durchaus nicht in diesen Bahnen zu denken.

»Eigentlich nicht«, antwortet sie. »Mama und er haben einige Reisen gemacht, aber dann lieber in den Süden. Ich glaube, damals in Norwegen war er zum ersten Mal im Ausland.«

»Aber er ist also nie wieder hergekommen?«, frage ich.

»Nicht, dass ich wüsste«, sagt sie, und ich bringe es nicht über mich zu fragen, weshalb, oder ob ihre Mutter etwas von der norwegischen Freundin wusste. Wir gehen schweigend weiter, und das Geräusch meiner Schuhsohlen im Kies erweckt in mir eine Art zitternder Verwunderung angesichts der Tatsache, dass wir hier gehen, Tea Thorsens Sohn und Oskar Maiers Tochter, gute achtzig Jahre, nachdem die beiden sich hier begegnet sind. Ich kann mich nicht ganz von der Tatsache befreien, dass Sabine mich an meine Schwestern erinnert. Sie hat etwas von der Art meiner ältesten Schwester und von dem Hang meiner jüngsten, sich auffällig zu kleiden.

Es ist nicht schwer, sich die drei Damen zusammen vorzustellen. Mein Gehirn macht dasselbe wie immer schon. Es konstruiert Situationen, lässt Szenen ablaufen und erfindet so allerlei. Besuche am 17. Mai und zu Oktoberfesten. Es lässt die Familien Freundschaft schließen und einander einen tiefen und gegenseitigen Respekt erweisen angesichts der Schicksalsgemeinschaft, die ihnen zuteilwurde. Eine Wirklichkeit, die die Fiktion übertrifft. Dann sage ich mir, dass die meisten Frauen Ähnlichkeit miteinander haben, wenn sie ein gewisses Alter erreicht haben.

Rudi wartet oben vor dem, was der Haupteingang sein muss, jedenfalls der für die eher prominenten Gäste. Vier Tempelsäulen tragen ein dreieckiges Dach, und ein schwarzes, schmiedeeisernes Geländer rahmt die Treppe ein, die von zwei Seiten zu einer hohen Glastür hinaufführt. Es fällt mir leicht, mir Frauen in Spitzenkleidern und Männer im Frack vorzustellen, die zu einer kultivierten Konversation in den Garten schreiten. Wir gehen zum Ende der Rasenfläche, wo, wie mir erklärt worden ist, die Gärtnerei liegt. Auf der Mauer, die das Gebäude umgibt, winden sich einige knorrige graue Gewächse. Die größten sind dick wie Kinderarme und erinnern mich an den Antler Arch in Jackson Hole, Wyoming, den Triumphbogen aus Geweihen am Eingang zum Park im Zentrum. Ich versuche nicht einmal, Sabine und Rudi diese Assoziation zu erklären, aber sie versetzt mir einen Sehnsuchtsstich nach meiner Frau, nach Sohn und Tochter und dem Sommer vor so vielen Jahren.

Die Gärtnerei besteht aus einer vielleicht einen Meter hohen Glaswand und einem Glasdach, das schräg zu einer dahinter stehenden Mauer hochführt. An der Endwand zum

Schloss ist die Gärtnerei mit einem achteckigen Fachwerkbau mit Walmdach verbunden.

»Hier hat dein Vater gearbeitet«, sage ich und zeige darauf.

»Ich hatte es mir größer vorgestellt«, sagt Sabine.

»Ich auch«, sage ich. »Ursprünglich gab es hier auch eine Kegelbahn.«

Sabine und Rudi sehen mich nur an, und ich wiederhole die Erklärung, die ich erhalten habe, dass nämlich das Kegelspiel eines der ältesten Wettkampfspiele der Welt ist und ein Vorläufer von Bowling.

»Können wir reingehen?«, fragt Rudi.

»Der Besitzer hat nichts dagegen«, sage ich und muss die Schulter ansetzen, um die Tür aufzustemmen. Zuerst betreten wir einen Vorratsraum, vor dessen Rückwand allerlei Gartengeräte aufgestapelt sind. Harken, Rechen und Spaten, so weit reicht mein Wissen über Gartenbau und Gärtnerei, aber Sabine zeigt auf die unterschiedlichen Geräte und sagt, wie zu sich selbst, deren Namen auf Deutsch. Dann hebt sie etwas auf, das aussieht wie eine kleine Heugabel, und bittet Rudi, ein Bild von ihr zu machen. Ihr Blick geht in die Ferne, und ich schlage die Augen nieder. Denke, dass sie vielleicht das Gefühl hat, etwas vom Gewicht des Lebens ihres Vaters zu spüren.

Wir betreten das Treibhaus. Hier gibt es keine Anzeichen von Leben. Die Tische für die Blumenkästen sind leer, und keine Gewächse schlingen sich um die Spaliere an der Rückwand oder die Bänke auf dem Boden. Ein leicht muffiger Geruch wie in einem Keller, in dem die Kartoffeln schon zu lange lagern, hängt im Raum. Die Sprossen der Dachfenster rahmen die Birken der Allee ein und lassen mich an dicht nebeneinander hängende Holzschnitte an einer Wand denken.

»Glaubst du, ich kann mir ein bisschen Erde mitnehmen?«, fragt Sabine.

»Was?«, frage ich.

»Kann ich wohl ein bisschen Erde mit nach Hause nehmen? Stell dir vor, wenn in dieser Erde zu Hause in Deutschland Blumen wachsen.«

»Das ist sicher kein Problem«, sage ich, hole einen Spaten aus dem Vorratsraum und fülle eine Plastiktüte zur Hälfte mit Erde.

»Wie es wohl wäre, hier zu sein, wenn alles wächst? Wenn es grün ist. Tomaten, Bohnen und vielleicht Spargel. Blumen, Gurken. Der Geruch von Naturdünger. Weißt du, vielleicht ist das mein Lieblingsgeruch. Schon als kleines Kind habe ich den geliebt. Es war der Geruch meines Vaters. Der Geruch von Leben.«

»Ich verstehe, was du meinst«, sage ich und denke an die Treibhausbänke zu Hause. Wo ich Tomaten pflücken durfte. Eine Art von Siegesgefühl, wenn ich das Gemüse auf den Küchentisch legte.

»Weißt du, dass Tomaten eigentlich eine Beeren-Sorte sind?«, fragt Sabine.

»Was?«, frage ich und wüsste gern, ob ich laut gedacht habe.

Sie nickt.

»Alles außer der eigentlichen Beere oder Frucht ist giftig. Tomaten können die Immunabwehr stärken und gegen Embolien und bestimmte Krebstypen schützen. Und vor allem halten sie die Haut jung. Ich bade jeden Tag in Tomaten.«

»Wirklich?«, frage ich.

»Nein, das siehst du doch«, sagt sie, packt beide Wangen und drückt ihren Mund zusammen wie zu einem Modell für den *Schrei*. Darin, dass sie sich über ihr Aussehen lustigmacht, liegt eine Vertraulichkeit, etwas, das mich auf eine Weise verlegen macht, die ich nicht erklären kann. Gleichzeitig kommt es mir falsch vor, dass ich hier mit einem deutschen Ehepaar stehe, das ich eben erst kennengelernt habe, wenn ich nun zum ersten Mal hier auf Skinnarbøl bin. Ich müsste mit meinen Geschwistern hier sein, dann hätten wir gemeinsam Tea und Hermann Henriksen in unserer Erinnerung lebendig werden lassen können. Bei jedem Gerät, das Sabine anfasst, jedem Erdkumpen, den sie aufhebt, erfüllt mich eine Unruhe, die ich nicht ganz verstehe. Oder vielleicht eher ein schlechtes Gewissen. In dieser Geschichte über Mama und einen Deutschen herumzustochern, ruft in mir das seltsame Gefühl hervor, Papa untreu zu sein, was vollkommen absurd ist. Ich habe zu Hause gewohnt, bis ich fünfundzwanzig war, und ich habe in der ersten Reihe gesessen, während sich die Szenen der Ehe meiner Eltern abspielten. Und ich habe die beiden nie ein böses Wort wechseln hören. Dennoch hat es Tage gegeben, die bisweilen zu Wochen werden konnten, wo Papa versuchte, Mama in den düsteren Teil seines Hauses zu ziehen. Nicht, weil er es wollte, sondern, weil er es nicht lassen konnte. Aber ohne Finsternis würden wir die Sterne nicht so deutlich sehen, und es war das Licht, das den Großteil ihres Lebens gelenkt hat. Außerdem war Mama fast so lange Witwe, wie sie verheiratet gewesen war. Als Papa starb, war sie jünger als meine Schwestern jetzt. Dass sie danach nie mehr mit einem anderen Mann zusammen war, ist eine der größten Liebeserklärungen, die ich mir vorstellen kann. Zusammen mit meinen Geschwistern habe ich an ihrem Sterbebett gewacht. Bis ganz zum Schluss sprach sie von Papa. Der Gedanke daran lässt mich in den Augenblick zurückfinden, und ich werfe einen Blick auf die Uhr.

»Wir sollten vielleicht aufbrechen«, sagt Rudi, als hätte ich das als Wink gemeint, und Sabine nickt.

»Können wir nur noch schnell einen Blick auf dem Hofplatz werfen?«, fragt sie.

Wir betreten den Zugang, der auf die Hauptstraße blickt. Der ummauerte Hofplatz ist mit Kies bedeckt und hat auf drei Seiten rosa Mauern, die vierte ist die schwarze Holzwand der Scheune. Der Aufgang zur Scheune ist breit genug für einen Panzer, und dort hat mein Vater gearbeitet. Es ist ein seltsames Gefühl, jetzt hier zu stehen, ohne irgendwelche Anzeichen menschlicher Anwesenheit. Als wären das hier die Wände eines riesigen Museums. Ole Bull, Bjørnstjerne Bjørnson und Jonas Lie, alle waren sie hier. Und Königin Sophie natürlich, die jeden Sommer, mehrere Wochen ehe sie auf Skinnarbøl eintraf, ihren Hofstaat mit Möbeln, Teppichen, Gemälden und nicht weniger als elf Pferden vorausschickte. Hier standen einmal vierundsechzig Kühe im Stall, und zum Grundstück gehören 2500 Hektar Wald und 70 Hektar Ackerboden. Das alles habe ich mir zusammengelesen, aber ich weiß nicht, wie viele Menschen hier gearbeitet haben. Auf den Äckern und im Wald. Im Haus und in der Gärtnerei. Ohne eigentlich einen klaren Gedanken dahinter strecke ich die Hand aus, um über die Wand zu streichen, und als ob wir das geübt hätten, tut Sabine genau dasselbe. Sie nickt mir zu, als teilten wir ein Geheimnis, und ich ziehe meine Hand zurück.

»Ich bin froh, dass ich hier nicht die Fenster putzen muss«, sagt sie und lächelt.

Ich nicke.

»Ich weiß nicht, wie viele Fenster das hier sind, aber ich habe gelesen, dass es dreißig große Zimmer gibt«, sage ich.

»Und dass mein Vater hier gewohnt hat! Ich wüsste gern, was passiert wäre, wenn es keinen Krieg gegeben hätte«, sagt sie.

»Dann würdet ihr beide nicht hier stehen«, sagt Rudi, und Sabine und ich wechseln einen Blick.

Heute früh habe ich nur an Schweden gedacht, an die Lieder, die ich schreiben will, und dann habe ich aus purer Höflichkeit zugestimmt, Sabine und Rudi Mamas Grab zu zeigen. Erst jetzt kommt mir der Gedanke, wenn der Krieg nicht zwischen Mama und Oskar getreten wäre, wäre ich niemals geboren worden. Ich bleibe stehen und schwanke unter der Last dieses Gedankens, ehe ich ihn vertreibe. Wenn ich eine der Frauen geheiratet hätte, mit denen ich vor Elvira zusammen war, wären auch unsere Kinder nicht geboren worden. So wenig mystisch ist das. Es ist einfach der Keim einer guten Geschichte, die bei kommenden Familienfesten erzählt werden kann.

Ich kann es mir nicht verkneifen, wieder auf die Uhr zu blicken, und Rudi räuspert sich.

»Wir sollten uns auf den Weg machen«, sagt er noch einmal, und ich bin erleichtert und melancholisch zugleich. Erleichtert, weil ich bald in den Zug steigen kann. Melancholisch, weil ich weiß, dass ich Sabine niemals wiedersehen werde. Als wir uns ins Auto setzen, denke ich, dass kein leerer Hofplatz wohl jemals dermaßen von Leben erfüllt gewirkt hat.

Zehn Minuten später halten wir vor der Wohnung in der Stadt, und ich schaue unbemerkt ein weiteres Mal auf die Uhr. Wenn ich ziemlich bald loskomme, könnte ich sogar einen früheren Zug erreichen.

»Danke für den Besuch«, sage ich und halte Rudi die Hand hin.

»Wir haben zu danken«, sagt er.

Sabine sagt zuerst nichts, umarmt mich nur lange, dann küsst sie mich auf beide Wangen.

»Danke, dass du dir die Zeit genommen hast«, sagt sie, verschwindet hinter dem Auto und öffnet den Kofferraum. Sie hält einen Topf mit Rosen in den Händen und zwei viereckige, mit Geschenkpapier umwickelte Päckchen, die ich für Pralinen halte.

»Die wollte ich dir geben«, sagt sie und reicht mir die Blumen. »Die sind aus unserer eigenen Gärtnerei, die *sind von der einen Sorte.* Ich weiß nicht, wie das auf Englisch heißt.«

»One of a kind«, sagt Rudi.

»Mein Vater hat sie Lohmühle genannt«, sagt sie.

»Tausend Dank«, sage ich, und dann bleibe ich stehen und schaue ihnen hinterher, als sie in Richtung Zentrum davonfahren.

Ich rufe noch einmal Gerhard an und bestelle ihn her, ehe ich die Wohnungstür aufschließe. Dann raffe ich meine Sachen zusammen, und zehn Minuten darauf sind wir unterwegs nach Schweden. Wir kommen an, als der Zug gerade losfahren soll, reißen die Autotüren auf und stürzten mit Gepäck und Gitarre auf den Bahnsteig. Die Schaffnerin will schon einsteigen, aber sie hält inne, als sie uns kommen sieht. Ich schiebe Gitarre und Rechner in den Zug und drehe mich um, um den Koffer anzunehmen.

»Das kannst du haben, du interessierst dich doch so für Blumen«, sage ich, als Gerhard mir den Topf mit den Rosen reicht.

»Das hier?«, fragt er und hebt die mit dem Geschenkpapier umwickelten Pakete hoch.

»Wir teilen. Das sind Pralinen. – Bis dann!«, rufe ich, als die Schaffnerin lospfeift.

Ich suche mir einen Fensterplatz, stapele mein Gepäck in der Ablage und lasse mich in den Sitz sinken. Ein seliges

Gefühl der Erleichterung breitet sich in mir aus, als sich der Zug in Bewegung setzt. Mir fallen die Augen zu und ich schlafe, bis wir in Arvika halten. Der kleine Kiosk im Zug, wo Proviant verkauft wird, ist geschlossen, aber dort steht eine Thermoskanne mit Kaffee. Ich fülle einen Becher zur Hälfte, und dann fällt mir Sabines Geschenk ein. Ich laufe zu meinem Platz zurück und reiße das Papier herunter. Es sind keine Pralinen, sondern Bilder. Sabine und Rudi und vermutlich ihre Kinder. Die Todesanzeige von Rebecka Maier, die sicher Oskars Frau war. Und seine Todesanzeige. Das Bild eines Mannes mit kurzgeschorenen Haaren. Das muss Oskar Maier im Gefangenenlager sein. Mama auf Skinnarbøl. Mehrere dieser Bilder kenne ich schon, aber es sind auch neue von ihr und Oskar Maier dabei. Unten in der Schachtel liegt mit blauem Band umwickeltes Papier. Ich erkenne Mamas Handschrift. Es ist die Kopie eines Briefes, den sie an Oskar Maier geschrieben hat. Der Brief ist datiert mit 16. November 1939.

Ich lese den Brief einmal. Zweimal. Dreimal. Als der Zug in Kil hält, steige ich aus und rufe den pensionierten Sprungrichter an.

»Hallo, das Paket, das ich dir gegeben habe, hast du es aufgemacht?«, frage ich.

»Nein«, sagt er, und ich kann seiner Stimme anhören, dass er noch im Auto sitzt.

»Kannst du das tun?«

»Jetzt?«, fragt er.

»Ja.«

»Moment. Muss erst irgendwo halten.«

Es dauert vielleicht zwei Minuten, dann ist er wieder da.

»Pralinen sind das jedenfalls nicht. Sieht aus wie Kopien von alten Briefen, umwickelt mit einem blauen Band.«

»Sind es viele?«

»Sechs, sieben. Alle an einen Oskar«, sagt er.

»Welches Datum steht auf dem letzten?«

Er verstummt für einen Moment, und ich bilde mir ein, dass er die Fingerspitzen mit der Zunge anfeuchtet, ehe er in den Briefen zu blättern beginnt.

»2. April 1940.«

»Unmittelbar, bevor die Deutschen Norwegen besetzt haben?«

»Sieben Tage vorher«, sagt er.

Ein Zug fährt in der Gegenrichtung vorbei. Wenn die Fahrgäste einen Blick auf den Bahnsteig werfen, werden sie glauben, dass ich ein Mann bin, der soeben angekommen ist, oder einer, der soeben zu einer längeren Reise aufbricht.

»Kannst du mich in Kil abholen?«, frage ich.

Er lässt sich Zeit mit der Antwort, und ich habe das Gefühl, ihn denken zu hören.

»Tut mir leid, das schaffe ich nicht. Bin mit ein paar alten Kommilitonen aus Oslo verabredet. Wollte nur schnell zu Hause meinen Anzug holen. Hast du was vergessen?«

Wieder ertappe ich mich dabei, dass ich als Antwort nicke, und er wiederholt seine Frage.

»Das Aufnahmegerät«, sage ich. »Und ich brauche die Briefe. Kannst du sie an die Wohnungstür hängen?«

Ich sehe auf dem Fahrplan nach. Der letzte Zug in Richtung Grenze ist durch. Nach einigem Suchen finde ich die Nummer des lokalen Taxiunternehmens. Der Mann in der Zentrale verspricht, den nächsten freien Wagen zu schicken. Gleich gegenüber dem Bahnhof liegt Bosses Grill. Ich gehe hinein und setze mich zum Warten hin. Weiß, dass ich etwas essen müsste, aber die grünen, durchsichtigen Plastikstühle und die psychedelische Tapete verstärken das Gefühl von Seekrankheit in meinem Zwerchfell, und ich bestelle mir lieber ein Bier. Trinke es in langen Zügen aus und bestelle noch eins. Schon als Kind habe ich den Namen Oskar Maier gekannt. Mama sprach so gelassen über ihn, stellte alles als so unschuldig dar, und ich habe daran als an etwas Kurzes und Intensives gedacht. Etwas, das ein nostalgisches Lächeln hervorbringen konnte, wenn die Erinnerung auftauchte. Nicht so, dass sie sich einem deutschen Soldaten versprochen hatte und ihm bis fast zum 9. April geschrieben hat. Mama, die der Häuptling in unserer Familie war. Sie, zu der alle kamen, wenn es aussah, als würde der steile Weg niemals abflachen. Meine Mutter, die sich der Uniformierung der Frauen in den Pfingstgemeinden widersetzte. Mama, die scharfe Leserbriefe gegen alle Arten von Ungerechtigkeit schrieb. Tea Henriksen, die über die Kriege und Katastrophen auf der Welt weinte. Der letzte Brief, den sie ihm geschickt hat, war bestimmt eine flammende Abrechnung mit Nazi-Deutschland. Eine energische Beendigung ihrer Beziehung. Dennoch hat Oskar Maier Tea Torsen weiterhin geliebt. Seiner Tochter zufolge war es Mama, oder jedenfalls die Vorstellung von ihr, die ihm während des Krieges das Leben gerettet hat. Aber dass Oskar Maier noch immer Gefühle für sie hegte, war nicht Mamas Schuld. So wenig, wie du dir aussuchen kannst, wen du liebst, kannst du bestimmen, wer dich liebt.

Ich packe mein Notizbuch aus. Während der Recherchen, die ich vor der Aufnahme von *Nebraska* gemacht hatte, fand ich einige Hinweise auf Flannery O'Connor, und ich verschlang ganz schnell hintereinander die beiden Romane und die zwei Novellensammlungen, die sie noch veröffentlichen konnte, ehe sie mit neununddreißig Jahren starb. Im Roman *Wise Blood* gibt es einen Satz, der in meiner Erinnerung ungefähr so lautet: »*Das, woher du kommst, gibt es nicht mehr, das, wohin du wolltest, hat es eigentlich nie gegeben, und das, wo du jetzt bist, wird erst wirklich, wenn du es verlassen hast.*« Ich schreibe das in mein Notizbuch und blättere zu einer neuen Seite weiter. Zwölf Wörter durfte Oskar Maier aus der Gefangenschaft nach Hause schreiben. Ich schließe die Augen, aber dahinter warten keine geflügelten Worte, sondern nur schwindelerregende Finsternis. Nur zwölf Wörter. Ich öffne die Augen und schaue hinaus auf die Straße. Das geht nicht. Ich kann mit so wenigen Wörtern absolut nichts Wichtiges oder Richtiges sagen. Mamas Brief ist vier Seiten lang. Ihre Sprache war nicht ökonomisch. Sie brauchte nichts zurückzuhalten. Aus dem Brief geht hervor, dass es der erste war, den sie ihm nach Deutschland schrieb. Die anderen müssen einen anderen Tonfall haben. Einen schärferen. Einen kritischeren. Etwas anderes kann ich mir nicht vorstellen. Ich muss zurückfahren, ehe ich mich ausreichend neutralisieren kann, um aufzubrechen, wenn ich nicht in Gällivare, Luleå oder Haparanda sitzen bleiben und versuchen will, Lieder zu schreiben, während mein halbes Ich noch in Kongsvinger weilt.

9

Skinnarbøl, den 16. 11. 39

Geliebter Oskar! Tausend Dank für Karte und Brief, die ich von Dir bekommen habe. Du kannst dir denken, wie ich mich gefreut habe. Es war nur schrecklich traurig, seit Du gefahren bist. Montagmorgen, als Du weg warst, habe ich geweint, bis ich aufstehen mußte. Ich denke den ganzen Tag an Dich.

Nachts kann ich nicht schlafen, ich liege nur da und denke an Dich, geliebter Oskar, und sehne mich nach Dir. Gestern Abend habe ich einen langen Spaziergang allein gemacht. Ich habe die Sterne angesehen und an Dich gedacht, der so weit weg von mir ist. Mein Herz ist fast zerbrochen, Geliebter. Aber wir müssen hoffen, daß wir uns bald wiedersehen. Hoffe, Du kannst das hier lesen. Ich verstehe alles, was Du schreibst. Dienstag ist Hjørdis gefahren, und jetzt sind wir nicht mehr viele in der Küche. Ich habe gebadet und sitze allein im Zimmer und wünsche Du wärst hier. Du bist sicher schon zu Hause, wenn Du diesen Brief bekommst. Heute Nacht will ich von Dir träumen, mein Maier, und dann mußt Du mir bald ein großes Foto von Dir schicken, und viele kleine. Soll Dich von Vater und Mutter grüßen und von Tor und Tulla und von allen hier auf Skinnarbøl.

Du mußt auch Deine Eltern und Deine drei Schwestern von mir grüßen und sagen, daß ich hoffe, sie einmal kennenzulernen.

Schreib mir bald wieder.
Gute Nacht, mein geliebter Schatz.
Gruß Deine Tea

Ganz ans Ende hat sie einen Vers geschrieben:

Das Schöne, das wir träumten
in des Herbstmondes Schein,
soll leben in unsrer Erinnerung
und uns ein Leitstern sein.

10

Ich habe mich auf Påls kleine Terrasse gesetzt, um nicht die Bahngleise ansehen zu müssen, aber die Straße oberhalb des Hauses führt ebenfalls aus Kongsvinger hinaus. Ich google das Gedicht, mit dem Mama ihren Brief beendet hat, finde aber nichts. Am nächsten komme ich ihm über den Link zum Bestattungsunternehmen von Kampenes und über eine Seite mit den Gitarrenakkorden von Odd Børretzens *Vi drømte om Amerika*. Kann Mama das selbst gedichtet haben? Etwas an diesen Zeilen am Ende ihres Briefes erinnert mich ziemlich stark an ein Lied, das ich einmal geschrieben habe.

Der 16. November 1939 war ein Donnerstag, und ich verstehe den Brief so, dass Oskar Maier am Montag davor losgefahren ist. Dennoch hat Mama bereits eine Karte und einen Brief erhalten. Beides muss er von unterwegs geschickt haben, oder vielleicht war er so einer wie ich, der gern ein Gedicht unter Elviras Kissen versteckt, ehe ich auf Tournee gehe, oder Zettel zwischen ihre Kleider legt, wenn sie selbst ohne mich wegfährt. Mein Zwerchfell krampft sich zusammen, kleine Wehmutsstiche. Sehe mich selbst im Zug nach Dillingøy, um mich zum Zivildienst zu melden. Ich glaube, ich habe geweint, als ich mich in Oslo S von meiner Freundin verabschieden musste. Für ein neunzehn Jahre altes Herz war das Leben immer einfach. Es schlägt und schlägt, bis es das nicht mehr tut. Mein Herz machte Sprünge, mein Herz tanzte, mein Herz schrumpfte, mein Herz wuchs, mein Herz starb und wurde im selben Augenblick neu geboren. Ich war ein junger Mann, der die Liebe suchte, und ein Lächeln reichte aus, um mich unverwundbar zu machen, während ein falsch betontes Wort so hohl und unheilverkündend klingen konnte wie Erdklumpen auf einem Sargdeckel.

Was hatte Oskar Maier wohl empfunden, als er sich von der verabschieden musste, die er liebte, um dem Krieg entgegenzufahren? 1939 war er ein Jahr jünger als ich, als ich zum Zivildienst musste.

Ich lese den Brief noch einmal. Es ist schwer, es ganz sicher zu sagen, aber ich glaube, er wurde mit einem Füllfederhalter geschrieben. Einzelne Signalwörter haben dickere Buchstaben, als ob die Schreiberin besonders auf den Füller gedrückt hätte. Ich kann ihre Hand über das Papier tanzen sehen, kann spüren, wie ihr Herz ein wenig schneller schlägt, als sie darüber schreibt, vor Sehnsucht krank zu sein, und ihn ihren Geliebten nennt.

Mamas Schrift erinnert mich an Gebirgsbirken im Winter, die von Wind und Wetter geformt wurden. Ich habe mir das noch nie überlegt, aber meine Handschrift ist in vieler Hinsicht eine Nachahmung ihrer eigenen. Die doppelten Schlingen am großen H, und ansonsten derselbe Widerwille dagegen, die Buchstaben ganz gerade zu schreiben, wenn auch nur die geringste Möglichkeit zu einem Schnörkel besteht. Als ob noch das unansehnlichste Wort eine so künstlerische Ausformung verdiente wie nur möglich. Und es gibt noch eine weitere Ähnlichkeit: die Innigkeit. Die gewaltigen Gefühle. Sich ohne Schamgefühle vor dem geliebten Menschen zu entblößen. *Mein Herz ist fast zerbrochen, Geliebter.* Wie oft habe ich als junger Mann so ungefähr dasselbe geschrieben, um später zu bereuen, mich nicht ein wenig zurückgehalten zu haben!

Gestern Abend habe ich einen langen Spaziergang allein gemacht. Ich habe die Sterne angesehen. So hat Stefan Zweig geschrieben. Von August Strindberg gar nicht erst zu reden. Ich weiß noch, wie Elvira und ich eine seiner vielen Wohnungen in Stockholm besucht haben. In einem Ordner waren Kopien seiner Liebesbriefe gesammelt. Einer von ihnen war datiert mit *Jahr nullnullnullnull im Himmel,* und zum Abschluss schickte er mehrere Tausend Küsse. Selbst der Schreibgewandteste unter uns wird zum hoffnungslosen Schwärmer, wenn es um die Liebe geht, nicht wahr?

Aber Mama? Der Fels in meinem Leben. Das Synonym für Besonnenheit. Immer, wenn ich mich nicht entscheiden kann, wenn ich kurz davor bin, etwas Übereiltes zu tun, denke ich an Mama. Der Gedanke an sie gibt mir die Hoffnung, dass es auch mir möglich sein könnte, mich vernünftig zu verhalten.

Ich schüttle den Kopf über mich selbst und denke an die Lieder, die ich schreiben will. »Kleine Schnappschüsse aus dem Menschenleben, verfasst mit einem journalistischen Anflug ohne jegliche Poetisierung« – ja, und wie! Außerdem ist das Leben meiner Mutter nichts, nicht einmal teilweise, das in einem Lied etwas zu suchen hat.

Ich lege den Brief weg, gebe neuen Kaffee in meinen Becher und starre auf die Hauptstraße hinaus. Es ist Mittwochmorgen. Eigentlich müsste ich jetzt durch die Straßen von Karlstad schlendern, im *Stadshotell* frühstücken, bei *Knastret* die gebrauchten Schallplatten durchsehen oder hingerissen in der Lyrikabteilung der *Akademi*-Buchhandlung stehen. Stattdessen bin ich wieder in Kongsvinger. Es kommt mir vor wie der Tag danach. Nicht, dass ich mich verkatert fühlen würde, es ist mehr so, dass ich mich nur vage daran erinnern kann, wie der Vorabend geendet hat, aber nicht, warum er so geendet hat. Die Schachtel mit den vermeintlichen Pralinen zu öffnen und die Bekenntnisse aus Mamas Jugend zu finden, war wie eine Praline in den Mund zu stecken und auf ein Stück Silberpapier zu beißen.

Sabines Auftauchen in meinem Leben wurde in dem Augenblick, in dem sie mir die Briefe gab, etwas anderes als eine Anekdote. Was hätte ich eigentlich tun sollen, nachdem ich den ersten Brief gelesen hatte? Ihn aus dem Fenster werfen, oder ihn im Zug liegen lassen, als ich in Karlstad ausstieg? Das hätte mir die Sache leicht gemacht, aber der Zweifel hätte weiter in mir gebohrt. Ich habe immer gedacht, dass ich das Gute und Rechtschaffene in mir von Mama habe, aber seit ihrem Tod bin ich gelassener geworden. Ich brauche nicht mehr dieselben Rücksichten zu nehmen, um mich nicht in Schande zu bringen. Der Mann meiner Frau oder der Vater meiner Tochter zu sein ist etwas anderes. Das habe ich mir gewissermaßen selbst ausgesucht. Ich hatte keine solche Wahl, als es darum ging, der Sohn meiner Mutter zu werden. Doch vor allem bin ich ein manischer Rockmusiker, der sich nur wünscht, genügend Lieder für ein letztes Album schreiben zu können.

Die Gibson liegt im Kasten, und ich trage dieselben Kleider wie gestern. Habe den Koffer nur geöffnet, um meine Kulturtasche herauszufischen. Der Küchentisch sieht aus wie ein Puzzlespiel über das Leben meiner Mutter – ehe sie Papa kennengelernt und uns geboren hat. Der Topf mit Sabines Rosen stand gestern Abend noch unten auf der Treppe. Ich begreife nicht, was ich damit soll, aber jetzt thront er mitten auf dem Tisch. Die Blütenblätter sind samtweich und strahlen einen Duft aus, bei dem ich an Tee oder vielleicht an Zedernholz denken muss. Was hat Sabine noch gesagt? Die deutschen Wörter wollen mir nicht einfallen, nur Rudis Übersetzung »one of a kind«. Was bedeutet das? Und wie war der Name? Etwas mit L? Ich weiß es nicht mehr genau. Es ist auch nicht so wichtig.

Das Telefon muckst, und ich bin erleichtert, weil es Gerhards Erkennungsmelodie ist und nicht die meiner Frau. Ich habe ihr noch nicht erzählen können, dass ich es gestern nicht nach Schweden geschafft habe.

»Wie geht es?«, fragt er, ehe ich auch nur hallo sagen kann.

»Gut«, sage ich. »Und dir?«

»Dann bist du wieder reisebereit?«, fragt er, ohne meine Frage zu beantworten.

»Ich bin nicht sicher«, sage ich, und dann ist es wieder da, das Gefühl, in einem Zimmer zu stehen und vergessen zu haben, warum ich überhaupt dort bin.

»Okay, aber wenn du heute nicht mehr wegkommst, dann vergiss nicht, das Hotelzimmer abzubestellen. Sonst musst du für eine weitere Nacht bezahlen, in der du nicht da bist.«

»Danke für die Erinnerung. Das hatte ich schon vergessen, aber ich breche bestimmt spätestens heute Abend auf.«

»Schön. Ich wollte nur wissen, ob alles in Ordnung ist, und erzählen, dass ich dich nirgendwo hinbringen kann, falls du einen Fahrer brauchst«, sagt er.

»Es dauert doch wohl nicht so lange, wieder fahrtüchtig zu werden, auch wenn du jetzt siebzig bist«, scherze ich.

»Nein, natürlich nicht, aber ich muss nach Hause. Meine Mutter liegt im Sterben. Ich bin gerade auf dem Weg nach Inderøy.«

»Was? Warum hast du das nicht sofort gesagt? Entschuldige. Das war ein blöder Witz.«

Ich merke, dass meine Ohrläppchen rot werden.

»Mach dir keine Gedanken. Du konntest das doch nicht wissen. Ich hab mir gestern nur ein bisschen Sorgen gemacht. Du wirktest so weit weg am Telefon.«

»Ist schon gut«, sage ich gedehnt und denke, dass es typisch für ihn ist, sich Sorgen um mich zu machen, statt sich um seine eigenen Gefühle zu kümmern. Ich bekomme ein schlechtes Gewissen, und wie immer löst das eine Art Dominoeffekt aus: Zuerst denke ich an meine Geschwister, dann an Elvira und die Kinder. An alles, was ich erzählen werde, nur muss ich den richtigen Zeitpunkt finden, bloß, dass dieser Zeitpunkt so gut wie nie eintrifft und ich stattdessen dastehe, als ob ich alles Mögliche verschweigen wollte.

»Was hast du gesagt?«, frage ich, als er meinen Namen wiederholt.

»Ich hoffe, du kommst nicht auf dumme Gedanken, nur um keine Lieder schreiben zu müssen. Das wird deine wichtigste Platte, und der Ausgangspunkt ist hervorragend. *Nebraska* war auch von Springsteen immer meine Lieblingsplatte«, sagt er.

»Versprochen. Ich habe mich lange nicht mehr so bereit dazu gefühlt, neue Lieder zu schreiben«, sage ich. Und um das Thema zu wechseln, füge ich hinzu: »Ich hoffe, du kannst dich auf würdevolle Weise verabschieden. Grüß deine Geschwister, und dann reden wir demnächst weiter.«

Ich kann ihn vor mir sehen, in seiner Wohnung hoch über einem der Einkaufszentren der Stadt. Er hat einen weiten Ausblick auf Fluss und Hügel am anderen Ufer, wo abends die Lichter Kongsvinger viel größer wirken lassen, als es ist. Sein Wohnzimmer gleicht einem Treibhaus, es quillt über vor Grünpflanzen und Blumen: auf den Fensterbänken, in den Bücherregalen, in Töpfen an der Wand und als lebende Ziertische auf dem Boden, und doch wirkt der Raum seltsam ordentlich. Die Gewächse scheinen in genau bemessener Entfernung zueinander aufgestellt zu sein, und im Laufe des Nachmittags, den ich bei ihm verbracht habe, wurde jeder Topf im Verhältnis zum durch das Fenster einfallenden Sonnenlicht gedreht. Auf dem Wohnzimmertisch habe ich mehrere Nachschlagewerke über Pflanzenpflege gesehen, und statt Fernbedienungen für einen Fernseher und andere Geräte hatte er Vergrößerungsgläser, Zangen und eine Blumenschere herumliegen. Die Wände im Gang waren bedeckt mit Bildern ehemaliger Skispringer; vor allem Torgeir Brandtzæg und diese Art von Waghälsen waren dort vertreten. Im Schlafzimmer fielen drei Dinge ins Auge: ein Bambino-Plattenspieler auf dem Nachttisch, eine Box mit Gram Parsons gesammelten Werken auf dem Boden und über dem Bett ein großes Schwarzweiß-Porträt einer dunklen Frau, die aussah wie aus einem Filmplakat aus der Mitte der 70er Jahre. Seine verstorbene Ehefrau. Sie nimmt noch immer einen großen Platz in vielen unserer Gespräche ein. Als ich zum Scherz bemerkte, er solle sich vielleicht mit einem kleineren Bild der Gattin begnügen, für den Fall, dass er eine neue Bekannte mit nach Hause brächte, schüttelte er den Kopf.

»Das ist der Lackmustest«, sagte er.

»Was?«

»Der Lackmustest. Seit Fannys Tod habe ich durchaus schon Frauen mit nach Hause gebracht.«

»Und?«

»Ich biete immer an, das Bild zu verhängen, ehe wir ins Bett gehen. Aber die, die das möchten, lade ich nie wieder ein.«

»Hast du schon viele wieder eingeladen?«

»Keine«, sagte er.

II

Ich frage mich, wo Sabine und Rudi jetzt sind. Sind sie schon wieder in Deutschland? Ich nehme mir die Bilder vor, die Sabine mir gegeben hat. Sabine und Rudi mit ihren Kindern, ihren Enkelkindern und Schwiegerkindern. Die Männer tragen allesamt Lederhosen und die Frauen diese für Bayern typischen Trachten. Ich lese Oskar Maiers Todesanzeige und übersetze vor mich hin, dass er nicht mehr sehen kann, dass der Garten grün wird, aber dass die Liebe, die er gegeben hat, niemals verwelken wird. Dann mustere ich das Bild von Oskar Maier und seiner Frau, das vielleicht am Tag ihrer Verlobung aufgenommen worden ist, es ist *so* ein Bild. Ich kann mich mit mir selbst nicht einigen, ob die Frau Ähnlichkeit mit Mama hat oder nicht. Es gibt auch ein Bild von Oskar Maier in deutscher Uniform, das einzige Foto im Stapel, das keine spätere Kopie ist. Die Rückseite sieht aus wie eine Postkarte, mit Platz für Namen, Adresse und einen kurzen Text. »25988« und »Oskar Maier« steht mit grüner Tinte darauf geschrieben, das Logo *Voigtländer und Photo E. Klett, Garmisch, Bay.,* und dann etwas, das ich nicht entziffern kann. Ich bin kein Experte für deutsche Militäruniformen, aber es gibt keine SS-Runen am Rockaufschlag und keinen Totenkopf auf der Mütze. Oder hatten das vielleicht nur Offiziere? Auf dem Bild ist Oskar Maier offenbar ein einfacher Soldat, und vor allem ist er ein Junge in Uniform. Er hat sich die Mütze burschikos halb in die Stirn gezogen, aber das Gesicht hat den Babyspeck noch nicht ganz verloren. Seine Züge sind rein und klar, und trotz des deutschen Adlers über der rechten Rocktasche gibt es nichts an diesem Bild, nicht einmal für einen Mann mit meiner Phantasie, das es mir ermöglicht, mir Oskar Maier vorzustellen, während er das Gewehr auf andere Menschen richtet und deutsche Befehle faucht. Auf einem anderen Foto, dieses hat die Größe von einem Passbild, hat jemand mit Bleistift auf die Rückseite geschrieben: »Ca. 1945 Gefangenschaft«. Das Bild könnte aus einem KZ stammen. Er sieht vielleicht nicht ausgehungert aus, aber der Blick ist derselbe, den ich auf ähnlichen Bildern aus den Vernichtungslagern gesehen habe. Seine Augen sind stechend, wie die Kohlestücke im Gesicht eines Schneemannes. Die Haare sind ganz kurz geschoren, was seine Ohren weiter abstehen lässt als auf dem anderen Bild, und ich kann die Stofflichkeit des dicken, grauen Stoffes am Kragen des Gefangenenanzugs geradezu spüren. Es ist absolut unmöglich zu erkennen, dass das hier Oskar Maier ist, obwohl zwischen den beiden Bildern nur fünf Jahre liegen. Das Foto erinnert an einen schlampigen Holzschnitt, der keinen einzigen der Charakterzüge einfangen konnte, die ein Gesicht menschlich machen. Ich muss dieses Bild von Oskar Maier einfach mit den Fotos von Papa vergleichen, die zur selben Zeit entstanden sind: Wenn die Bilder aus einem Film stammten, wäre Papa der Held, Oskar Maier dagegen sein getreuer, aber ein wenig verzagter Helfer. Der, der gern gegen Ende des Films sein Leben für den Helden opfert.

Bei den Fotos sind auch zwei Bilder von Oskar Maier und Mama. Auf dem ersten stehen sie vor etwas, bei dem es sich vielleicht um die Fahnenstange auf Skinnarbøl handelt. Gleichgroß, lächelnd und ja – hübsch sind die beiden. Sie ist nicht die mollige Göre von den Kinderbildern, auch nicht die junge Frau vom Hochzeitsfoto oder meine Mama – unsere Mutter – von den meisten anderen Bildern, die von ihr gemacht worden sind.

Sie ist ein Mädchen.

Ein verliebtes Mädchen.

Ihr Gesicht ist ein wenig länglich, wie das meiner Tochter, und sie hat die gleiche schlanke Erscheinung, für die es auf Englisch ein so gutes Wort gibt, *slender.* Sie trägt einen langen Rock und den Pullover mit den aufgestickten Sternen, den ich aus dem Fotoalbum zu Hause kenne. Oskar Maier trägt einen Anzug (vielleicht Tweed) und ein weißes, am Hals offenes Hemd. Er hat die Hände in die Hosentaschen gesteckt und den Kopf ein bisschen schräg gelegt, was ihn entspannt und im Augenblick anwesend wirken lässt. Auf der Brusttasche seines Sakkos hat er zwei Aufnäher. Der eine ist rund wie eine Plakette, und ich kann nicht entziffern, was darauf steht. Ich kann auch nicht sehen, was der andere vorstellen soll, und ich sage mir, dass es Wunschdenken ist, aber es sieht aus wie das Symbol, das die norwegischen Sozialdemokraten in den 30er Jahren verwendet haben, das pazifistische zerbrochene Gewehr. Auf dem anderen Foto steht Mama neben einem weiteren Mädchen, und beide tragen die Stubenmädchenkleidung, mit weißen Hauben. Oskar wirkt nicht so entspannt wie auf dem ersten Foto. Die andere auf dem Bild ist vielleicht Hjørdis, die Mama im Brief erwähnt. Hjørdis war damals eine von Mamas besten Freundinnen und später ihre Trauzeugin.

Mir fällt ein, dass Mama von einem weiteren Deutschen erzählt hat, Lothar. Auch der hat in der Gärtnerei gearbeitet, und er war mit Hjørdis zusammen. Warum ist er nicht mit auf dem Bild? Ich kann mich vage erinnern, dass Mama etwas von einem Deutschen gesagt hat, der weinte, als er nach Deutschland zurückmusste. War das Lothar oder Oskar? Möglicherweise beide. Mama meinte auch, einer der beiden sei an der Ostfront gefallen, und das war ja offenbar nicht Oskar.

Ich blättere weiter im Fotostapel und spüre ein Prickeln im Rückgrat, als mir aufgeht, dass Oskar Maier offenbar der

Fotograf war, von dem viele von Mamas Jugendbildern im Album zu Hause in Skogli stammten. Wann wurde der Brief nochmal geschrieben? Ich überprüfe das Datum.

16. November 1939. Da hatte der Krieg noch nicht angefangen. Jedenfalls nicht in Norwegen, und es war doch wohl vor dem Einmarsch in Polen? Ich gehe auf Wikipedia. *1. September 1939 bis 6. Oktober 1939, Feldzug in Polen.* Mein Mund wird trocken, und ich trinke einen Schluck kalten Kaffee. Das alles ist jedenfalls vor mehr als achtzig Jahren passiert.

Als ich in Mamas Alter war, was habe ich damals gemacht? War im vorletzten Schuljahr, verliebte mich der Reihe nach in jedes zweite Mädchen aus meiner Klasse und schrieb Texte auf Englisch, bei denen sich *heart* immer auf *apart* reimte. Tapezierte mein Zimmer mit Bildern von Rockmusikern und betrachtete drei Minuten lange Rockstücke als Gebrauchsanweisungen für das Leben. 1939 gab es kein Internet, kein Fernsehen, viele hatten kein Radio. Wie gut konnte man sich informieren? Und die Zeitungen, was schrieben die? Habe ich nicht immer gelernt, dass der deutsche Überfall auf Norwegen total überraschend kam? Wie konnten da normale Männer und Frauen, ganz zu schweigen von Jungen und Mädchen, die Geschehnisse verfolgen? Ich beschließe, in die Bibliothek zu gehen und mir per Mikrofiche alte Zeitungen anzusehen.

12

Der Frühling war immer schon meine Lieblingsjahreszeit. Das glasklare Licht, ehe die Bäume knospen, und die blauschwarzen, frischgepflügten Äcker, auf denen noch nicht gesät worden ist. Der kalte Zug in der Luft, selbst in der Sonne, der wie eine unerwartete Berührung über die Haut streicht. Und wie immer, während der Herbst zerbricht und der Winter zertrampelt, hat der Frühling etwas, das mich an ein Kind erinnert, wenn es die Hand der Eltern loslässt und mit neugierigen Schritten der Welt entgegenstapft.

Ich gehe über die alte Brücke aufs Festungsufer. Die Bretter unter mir sind breit und ich kann durch die Schuhsohlen unebene Stellen spüren. Jeder kleine Nagelkopf, jedes Astloch zermalmt das perfekte Bild des Frühlings, das ich soeben gezeichnet habe, und ein Strom von Eindrücken aus meiner Jugend legt sich übereinander. Gesichter, die ich gesehen habe, und einige, die ich noch immer sehe. Hände, die ich gehalten habe, und einige, die ich noch immer halte. Etwas daran, über diese Brücke zu gehen, hat bei mir immer schon ein seltsames Gefühl des Unbehagens ausgelöst, als ob ich hier etwas aufs Spiel setzte. Als ich die Brücke zum ersten Mal allein überqueren wollte, habe ich nur die Hälfte geschafft. Ich blieb stehen und klammerte mich ans Geländer, bis eine ältere Dame mich an der Hand nahm und mich das letzte Stück führte. Die Glomma ist nicht nur ein Fluss. Sie ist ein Strom, und in keiner Stadt im ganzen Land ist sie mehr ein Strom als in Kongsvinger im Frühling. Unterhalb der Brücke, in Richtung Fredrikstad und Meer, wird sie gerade und bohrt sich wie ein Pfeil in den Horizont, aber oberhalb trifft dich der Fluss wie ein regelrechter Überfall. Die Glomma hat durch ganz Solør hindurch Kraft gesammelt, wenn sie ohne Vorwarnung Tempo aufnimmt und bei der Flussbiegung und nach Kongsvinger hinein am breitesten wird. Manchmal frage ich mich, ob die Glomma mich mit meiner ewigen Heimatlosigkeit erfüllt hat. Weil ich an jedem einzelnen Schultag meiner ganzen Kindheit den Fluss überquerte und das Gefühl hatte, dass die Glomma versuchte, mich von der Brücke hinunter in die Strömung zu pressen. Fast, als wollte sie nicht, dass hier Menschen leben. Aber wir aus Skogli müssen immer diesen Weg nehmen, wenn wir Kinder bekommen, zur Schule gehen, heiraten und unsere Toten begraben wollen.

Als die Deutschen an jenem Apriltag 1940 durch die Stadt rollten, kamen sie aus der entgegengesetzten Richtung wie ich jetzt, und hier stand eine andere Brücke. Die norwegische Armee hatte diese Brücke vermint, doch sie hatten zu wenig Sprengstoff verwendet, weshalb die Deutschen problemlos darüber fahren konnten. Den ganzen Krieg hindurch stand die Brücke dann da, mit krummem Rücken, aber noch immer brauchbar. Nachdem die Deutschen die Stadt und das Land unter ihre Kontrolle gebracht hatten, wurde die Glomma fast zu einer Grenze. Alle, die über die Brücke wollten, brauchten einen Passierschein, und den mussten sie an dem Ufer vorzeigen, an dem sie die Brücke verlassen wollten. Ich erinnere mich an die Tränen in Mamas Augen, als sie von einem Schuljungen mit neuen Sprungskiern erzählte, der seinen Passierschein zu Hause vergessen hatte, worauf die Deutschen zur Strafe seine Skier in den Fluss warfen. Es ist seltsam, dass solche Bilder sich in die Herzen der Menschen einbrennen und zum Inbegriff der Grausamkeit des Krieges werden, statt alle später dazu gekommenen Eindrücke von den Leichenhaufen in Auschwitz oder den Wäldern von Transnistrien, wo Juden in Gruppen von dreißig oder vierzig aufgestellt wurden, um dann erschossen oder erhängt zu werden. In gewisser Weise kann ich das verstehen. Ein System, das sechs Millionen Menschen ermordet, nur weil sie Juden sind, bekommt etwas Unpersönliches. Die Sprungskier eines Jungen in den Fluss zu werfen, ist verständlicher und greifbarer.

Mama hat keine Erinnerung aus den ersten Tagen der Besatzung weitergegeben, obwohl Rustad – wo eines der blutigsten Gefechte zwischen Deutschen und Norwegern stattfand – nicht mehr als fünf, sechs Kilometer von Skinnarbøl entfernt liegen kann. Mama muss Schüsse und Flugzeuglärm gehört, den Rauch von den brennenden Höfen gesehen haben. War sie damals vielleicht zu Hause in Skogli?

Mein Sohn hat sich immer mehr für den Krieg interessiert als ich, und schon als kleiner Junge hat er Erwachsene in einem gewissen Alter gebeten, von ihren Erlebnissen zu berichten. Mama erzählte bereitwillig von Rationierung und Deutschen auf den Straßen, und sie hat ihm sogar ihren Passierschein geschenkt, aber Eindrücke vom Überfall auf Norwegen hat sie ihm wohl auch nicht vermittelt. Ich muss ihn unbedingt danach fragen.

Ich habe die Brücke jetzt hinter mir, bin vorbei an der Bank und am Sozialamt. Überquere den ›roten Platz‹ vor dem Rathaus und gehe weiter in Richtung Bibliothek. Wenn ich die Mikrofiches der Lokalzeitung von 1939 durchsehe, finde ich vielleicht weitere Spuren von Oskar Maier und dem anderen Deutschen, von dem ich nur den Vornamen kenne. Immer wieder wird behauptet, dass noch zu Anfang der 1970er Jahre die Lokalzeitung eine Reportage mit »Neger in Kirkenær gesehen« betitelte, wobei der Journalist sich als Zeuge neben dem Schwarzen habe fotografieren lassen. Zwei junge deutsche Gärtner, die in der Gegend tätig waren, lange, ehe Arbeitsmigration üblich wurde, haben vielleicht Spuren in den Zeitungsspalten hinterlassen, und sei es nur in Form einer Notiz.

Ich stelle mich an der Rezeption vor und werde in den kleinen Raum im ersten Stock geschickt, wo der Mikroficheapparat steht. Schon, nachdem ich die erste Rolle eingelegt und mich zu Anfang Juli 1939 vorgekurbelt habe, ist mir klar, dass ich auch heute Abend keinen Zug nach Karlstad erreichen werde.

Der Mikrofiche ist schwer zu lesen, und ich muss den Apparat fast bei jedem Abschnitt neu justieren. Das *Kongsvinger Arbeiderblad* wurde außerdem in dem großen Format gedruckt, das früher für Zeitungen üblich war, und enthält lange und oft bleiwüstenartige Artikel.

Das Durchsehen der alten Zeitungen verschafft mir zunächst sowas wie das Gefühl, in eine übersichtlichere Zeit einzutreten. Ein wenig wie in den ersten Cowboyfilmen, wo die Schurken der Einfachheit halber schwarze Hüte trugen und die Helden weiße. Dieses Gefühl ist jedoch nicht von langer Dauer. Es ist gelinde gesagt schwierig, mir ein Bild davon zu machen, wie der nahe bevorstehende Krieg auf die vielen normalen Väter und Mütter wirkte. Nicht, dass es im *Kongsvinger Arbeiderblad* an Berichten über die Lage in Europa mangelte, es gibt viele und lange Artikel, aber der Tonfall der Journalisten pendelt zwischen Hoffnungslosigkeit und Optimismus. Ich sehe mir zuerst die Zeitungen aus den Tagen um den Überfall auf Polen an. 29. August: *Heute Krieg?* 30. August: *Zieht die Kriegsgefahr vielleicht doch weiter?*

Überraschend am *Kongsvinger Arbeiderblad* ist die gewaltige Spannbreite zwischen dem Weltgeschehen auf der ersten Seite und den Lokalnachrichten auf der nächsten. Chamberlain, Stalin und Hitler, und daneben der Leiter der Meierei, der auf einer Ausflugsfahrt beim Zurücksetzen einen anderen Wagen gerammt hat, der Lensmann von Nes, der zwei Schwarzbrenner erwischt hat, und ein ganz besonders potenter Deckhengst, der auf dem Hof Skyberggården in Kongsvinger zur Verfügung steht. Interessant ist auch, dass der Dichter Rolf Jacobsen für die Jugendseite der Zeitung zuständig war. Jacobsen, der bereits zwei Lyriksammlungen veröffentlicht hatte und in Ungnade fallen würde, als er während des Krieges zum Chefredakteur aufrückte. Jacobsen, der zudem hinter dem Namenswechsel zu *Glåmdalen* stand und der auch das noch heute verwendete Logo der Zeitung entworfen hat.

Mir geht zudem auf, dass meine Auffassung, die norwegische Presse sei früher qualitativ besser gewesen als heute, nicht unbedingt zutrifft. Die Journalisten schrecken vor groben Spekulationen und wilden Meinungsäußerungen nicht zurück. Die Überschrift »Als Oskar Braaten getötet wurde« muss obendrein eine Vorläuferin der heutigen Clickbaits gewesen sein. Der Text wird begleitet von einem Bild des zerstörten Autos, in dem der Schriftsteller ums Leben kam, und der Journalist erklärt: *Braaten fuhr zu weit links und geriet in Panik.* In der Zeitung gibt es auch eine Notiz über Aksel Sandemose, langbärtig, braungebrannt und fit, soeben aus einer Almhütte in Brandval Finnskog zurückgekehrt, wo er den Tendenzroman *Gleden av i går* geschrieben hat. Kann das eine frühe Version von *Det Svundne er en drøm* sein, das erst 1946 veröffentlicht wurde, oder ist es ein Roman, der niemals als Buch erschienen ist?

Dann lese ich, dass der neue Dalai Lama gefunden wurde. Der fünf Jahre alte Bauernsohn wurde am Tag zuvor zum 14. Dalai Lama ausgerufen und wird damit zum Herrscher über Tibet und zum geistigen Oberhaupt von »Millionen von Anfängern«. Ja, das steht da. Auch 1939 wütete also der Druckfehlerteufel. Das Kino in Grue Finnskog zeigt *Sara fin-*

det einen Fetter und eine Anzeige nennt die Preise von Kartoffeln, *Mohren* und Kohlköpfen.

Später in diesem Monat schreibt Gandhi einen vorausschauenden Brief an Hitler und erklärt: »Was durch das Schwert gewonnen wird, wird durch das Schwert verloren gehen«, während Ministerpräsident Nygaardsvold die norwegische Bevölkerung beruhigt: »Die Versorgungslage ist zufriedenstellend. Alle Vorsichtsmaßnahmen wurden ergriffen.« Der Artikel endet mit: »Wir wollen hoffen, dass der Menschheit der grauenhafte Wahnsinn des modernen Krieges noch lange erspart bleiben wird.«

Und die ganze Zeit wird getanzt. Sigurd Berg, Kirkenær, (offenbar ein Musikalienhändler) hat eine »große Auswahl an Sommermelodien, Refrainliedern von Harry Brandelius, Sven Olof Sandberg, Book Jenssen und Åge Brårud.« Es gibt eine Menge Tanzveranstaltungen: in Kjellerlemmen, Kosten, Holabanen und Grønnerudlunden, aber ich finde nichts über Ziegentanz. Nicht den geringsten Hinweis auf Oskar Maier oder Tea Thorsen. Als ich den August durchhabe, muss ich für heute Feierabend machen. Ich schalte den Mikroficheapparat aus und schicke eine Mail ans *Stadshotell* in Karlstad, um mein Zimmer endgültig zu stornieren.

13

Wann habe ich zuletzt an Jeanne d'Arc gedacht? Es ist vielleicht nicht so lange her, aber dann hatte es mit meiner Spotifyliste zu tun. Dort gibt es zwei Lieder über sie, *Maid of Orleans* von Orchestral Manoevres in the Dark und *Joan of Arc* von Leonard Cohen. Zuerst begreife ich nicht, was mich an sie und die Lieder erinnert hat, aber als das Taxi vor dem Grundstück hält, wo mein Elternhaus gestanden hat, wird mir der Zusammenhang klar. Brand. Feuer. Lodernde Flammen.

Mein Gehirn denkt in Lieder. Schon in der Grundschule habe ich Lieder als Krücke benutzt. Etwas, worauf ich mich stützen kann. Etwas, woran ich mich aufrichten kann. Ich habe Lieder zur Linderung benutzt, um mir Stärke zu verleihen und um das vorzubringen, was ich nicht zu sagen vermochte. Gott weiß, wie viele Kassetten ich Mädchen überreicht habe, in die ich verliebt war. Und wenn es unwiderruflich zu Ende war, wurde ich der eine gegen die vielen, der, der den Jackenkragen hochklappt und in den Regen hinausgeht, während die Tonspur von jemandem geliefert wurde, der Einsamkeit als den am meisten verschlingenden Zustand ausdrücken konnte, in dem man sich befinden kann, als ob ich eher den Schmerz kultivierte als die Liebe an sich. Seit ich dann selbst anfing, Lieder zu schreiben und sie auf Schallplatten zu veröffentlichen, habe ich viele Bekenntnisse vorgetragen, vielleicht vor allem für meine Frau, Bekenntnisse, die ich von Angesicht zu Angesicht nicht aussprechen konnte. Oft ist es auch so, dass ich mich an Orte erinnere, die ich besucht habe, nicht aufgrund dessen, was ich dort getan habe, sondern anhand der Lieder, die ich dort gehört habe. Oder dass die Lieder, die ich gehört habe, mir helfen, mich daran zu erinnern, was ich getan habe. Ich weiß nicht mehr, an welche Lieder ich gedacht habe, als ich zuletzt hier oben war, oder ob ich überhaupt gedacht habe.

»Bist du sicher, dass das hier die richtige Adresse ist?«, fragt die Taxifahrerin.

»Ja«, sage ich, und nachdem ich sie bezahlt habe, bleibe ich stehen und blicke dem Auto hinterher, das an den überwucherten Kartoffelfeldern vorbeifährt, um hinter dem Hügelkamm in Richtung Dorf zu verschwinden. Ich fühle mich irgendwie schuldbeladen und werfe verstohlene Blicke nach allen Seiten, als ob dort etwas Wirkliches auf der Lauer liegen könnte, um den an den Tatort zurückkehrenden Verbrecher zu verhaften. Aber ich habe nicht das Gefühl, von menschengeschaffenen Gesetzen zur Verantwortung gezogen zu werden. Und auch nicht von lebenden Menschen. Nur von den Toten, oder genauer gesagt, *dem* Toten. Meinem Vater. Dem Versprechen, das ich ihm auf seinem Sterbebett gegeben habe. Dem Versprechen, das ich nicht gehalten habe. Dem Versprechen, das Haus zu übernehmen, das er gebaut hatte. Jetzt stehen nur noch der Schornstein, wie ein anklagender Mittelfinger, und ein Teil der Trennwand, wie die verrußten Brustknochen eines gewaltigen Tiers.

Ich kann noch immer den metallischen, harschen Geschmack im Mund spüren, von dem Moment, als ich den Schlauch in den Tank meines Pick-ups steckte und saugte, bis ich Benzin in eine Kanne ablassen konnte, weiß noch, wie methodisch ich das Haus von innen und außen begossen habe, wie ich aus einer Zeitung eine Fackel machte und ohne nachzudenken von Innenwand zu Außenwand ging und die Flammen an der Wandtäfelung hochzüngeln ließ. Erst, als das Feuer aus den Fenstern schlug, ließ ich den Motor meines Autos an und fuhr ruhig davon, ohne zurückzublicken.

Ich gehe zu den Brandruinen hinüber und bleibe dort, wo das Wohnzimmer war, auf der Grundmauer stehen. Der Boden ist verbrannt, bis auf zwei Bretter, die halb in den Keller gefallen sind. Das Muster, das die Zeit in die verkohlten Bodenbretter gegraben hat, erinnert mich an das Fossil eines wirbellosen Tiers, als wäre es ein Abdruck des Lebens meiner

Eltern. Achtundvierzig Jahre haben sie hier zusammen gelebt. Fast ein halbes Jahrhundert.

Wie misst man eigentlich ein gemeinsames Leben? In Jahren? An der Kinderzahl? Daran, wie weit man es schafft, ehrlich zu sein? Oder treu? Was man an Gut und Gold hinterlässt? Ob man es schafft, nach den Worten auf dem Wandteppich zu leben, der im Wohnzimmer neben der Uhr hing: »Lasset die Sonne nicht untergehen über Eurem Zorn.«

Irgendwo habe ich gelesen, dass eine Menschenseele einundzwanzig Gramm wiegt. Das ist verdammt wenig, wenn man bedenkt, was sie alles enthalten kann. Alles, was nicht Fleisch, Blut und Skelett ist. Alles, was einen Menschen zum Menschen macht. Alles, was uns einzigartig macht. Alles, was *ich* ist. Alles, was Mama war. Einundzwanzig Gramm, so viel wiegen die Briefe, die sie an Oskar Maier geschrieben hat, so ungefähr.

Ich springe hinab in den Keller. Die Bodenbretter stören mich, so, wie sie da stehen, und ich versetze beiden einen Karatetritt. Nur eines zerbricht. Ich lege das andere auf den Kellerboden und setze mich mit dem Rücken zum Schornstein. *Spüre Schritte durch die Nacht, von allen von früher, Menschen, die nur schweben, die weder sterben noch leben.* Ich schließe die Augen. Dieses Haus war immer voller Geräusche. Mein Vater, der jeden Morgen zur Arbeit fuhr. Das Knallen der Tür, wie ein scharfer Trommelschlag, wenn er seinen und Mamas Tag in zwei Teile schnitt. Ich im Bett oben in meinem Zimmer. Gemurmel aus dem Radio. Nachrichten, Wetterbericht und Morgenandacht. Das Pausensignal. Ich hasste das Pausensignal von ganzem Herzen. Sonische Wasserfolter. Einige Plingplongtöne, wieder und wieder, vielleicht von einem Vibrafon erzeugt. In meiner Erinnerung gab es das Pausensignal immer dann, wenn eine Sendung früher zu Ende war als geplant und man mit der nächsten bis zum festgesetzten Zeitpunkt warten musste.

Dann Schranktüren, die geöffnet wurden. Tassen und Teller, die auf den Tisch gestellt wurden. Mama, die nach dem Frühstück in den ersten Stock hochging und die Tür hinter sich schloss, um zu beten. Ich konnte nie verstehen, was sie sagte, konnte aber hören, dass sie stark bewegt war, da ihre Stimme sich hob und senkte. Die Wochenenden, die jedem Morgen Zeit ließen, in Gang zu kommen. Samstag- und Sonntagmorgende, an denen es so eisig war, dass die Kälte das ganze Haus ächzen ließ, fast wie wenn ein Nagel aus einem Brett gezogen wird. Ich lag im Bett und las Jack Londons *Die Goldschlucht*. Kälte, Tod und Verberben. Mama, die mit Kakao die Treppe hochkam, ohne dass ich darum gebeten hatte. Ihre Schritte waren immer schwer und überraschend unelegant. Papa dagegen bewegte sich mit der unbeschwerten Leichtigkeit des Skispringers. Das leicht Paradoxe an ihren Bewegungen war ganz anders als ihr Wesen. Mama mit ihrem Sängerinnengemüt. Papa, der ebenso gern die tiefen Täler aufsuchte wie die hohen Gipfel.

Das Dröhnen der Waschmaschine unten im Keller. Die Luke im Küchenboden, die geöffnet wurde. Das Singen des Seils, das die Luke daran hindern sollte, beim Geöffnetwerden gegen die Wand zu knallen. Mamas schwer zu spielende Gebetshausgitarre. Lobgesänge nach dem Mittagessen. Das Scharren des Besens auf dem Boden. Die Kochtöpfe, die über Herdplatten gezogen wurden. Besteck, das danach im Spülbecken an Gläsern und Tellern kratzte. Mama, die mit mir das Abendgebet sprach. Das Geräusch von Leben. Das Geräusch eines Lebens. Mamas Leben.

Das Trillern der Amsel, der Vorsängerin des Frühlings, lässt mich wieder die Augen öffnen. Auf Dänisch heißt dieser

Vogel *solsort,* was für ein phantastischer Name für einen Vogel, eigentlich. Darin liegt ja schon Gesang.

Ich habe Ruß an beiden Händen, als ich aufstehe. Jeanne d'Arc. Ich begreife, dass nicht nur die Brandruinen mich an sie erinnert haben. Gleich über der Stelle, wo ich jetzt stehe, stand der Fernseher. Wir waren so ungefähr die Letzten in Skogli, die sich einen anschafften. Wie die meisten Pfingstler damals wussten meine Eltern nicht so recht, welche Wirkung die lebenden Bilder auf das christliche Gemüt haben könnten, und ich glaube, es war mein vierzehn Jahre älterer Bruder, der vor irgendeinem großen Sportereignis diese Anschaffung durchsetzte, möglicherweise vor den Olympischen Spielen in Sapporo. Anfangs waren meine Eltern äußerst restriktiv, wenn es darum ging, was ich sehen durfte. Der Fernsehkrimi war verboten, und um mich am Montagmorgen auf dem Schulhof nicht ausgeschlossen zu fühlen, las ich immer die Zusammenfassung in der Freitagszeitung, damit ich mich an den aufgeregten Gesprächen über McCloud, Kojak und Cannon beteiligen konnte. Aber dann, nach und nach, wurde das Fernsehreglement gemildert, und mit zwölf durfte ich sogar Filme sehen, wenn darin keine Nacktheit oder sichtbare Gewalt vorkamen. Oft fing Papa an, die Filme mit mir zusammen anzusehen, aber ich kann mich nicht daran erinnern, dass er auch nur bei einem bis zum Ende durchgehalten hätte.

Mama sah sich nur selten einen Film an, aber ich weiß noch, wie sie sich einmal neben mich auf das Sofa setzte und sitzen blieb. Der Film war *Jeanne d'Arc* mit Ingrid Bergman, und ich hatte Mama noch nie so gesehen, jedenfalls nicht außerhalb von Eben Ezer, wo sie und die anderen in der Gemeinde sich durch das gesamte Spektrum der Gemütsbewegungen hindurcharbeiten konnten. Bei den intensivsten Abendandachten war die Stimmung geladen, wie dann, wenn das Barometer unmittelbar vor einem Gewitter fällt und aller Sauerstoff aus dem Raum verschwunden zu sein scheint. Ich erinnere mich vor allem an einmal, als zwei Missionare aus dem Kongo Eben Ezer besuchten. Mama hielt die längste Rede in Zungen, die ich je gehört habe. Sie hatte rote Hitzerosen auf den Wangen, ihre Haare waren in wilder Unordnung, und sie ballte vor sich die Fäuste auf eine Weise, die ebenso als Siegesgeste gedeutet werden konnte wie als Beweis dafür, dass sie bereit war, auszuziehen und für Jesus zu kämpfen. Die Missionare behaupteten, sie spreche eine afrikanische Sprache, die sie von den Missionsgefilden her kannten, und ich dachte, wenn ich Mama jetzt anfasste, würden Funken aus ihr schlagen.

Auch an dem Abend, an dem sie und ich sahen, wie Ingrid Bergman die Jungfrau von Orleans gestaltete, das Mädchen, das nach ihrer Jesusvision die französischen Truppen in den Kampf gegen die Engländer führte, war sie zuerst meine Mutter und wurde mir dann ebenso fremd wie bei der Rede in Zungen. Nicht so, dass sie eine Sprache gesprochen hätte, die ich nicht verstand, aber ihr Verhalten war auf dieselbe Weise exaltiert, und sie gab sich ihren Gefühlen einfach hin. Mehrmals schluchzte sie auf und schlug sich die Hände vor den Mund, und ganz gegen Ende, als Ingrid Bergman mitten auf einem riesigen Scheiterhaufen an den Schandpfahl gebunden wurde, weinte Mama ganz offen. Als der Henker Jeanne d'Arc die Kette um die Schultern wand, die Kette herunterfiel und Jeanne selbst sie zurücklegte, machte Mama mir noch größere Angst als wenn sie vom Heiligen Geist erfüllt wurde. Ich mochte nicht sehen, wie sie in Zungen redete, hatte mich jedoch nach und nach an dieses Kauderwelsch gewöhnt. Aber dort in unserem eigenen Wohnzimmer schien das, was sich in ihr nach oben und aus ihr hinaus drängte, nicht einmal ein Versuch zu Wörtern zu sein, sondern etwas aus der Zeit, ehe wir zu Menschen geworden waren, oder jedenfalls, als wir noch keine Sprache hatten und nur über Zeichen und Geräusche kommunizierten. Im Film bat Ingrid Bergman um ein Kreuz, das sie in Händen halten könnte, aber alle kehrten ihr den Rücken, bis auf einen Soldaten, der in aller Eile einige Zweige vom Scheiterhaufen brach und mit einem Lederriemen zwei davon zusammenband. Das Vorletzte, was Jeanne d'Arc sagt, ist Amen, und dann sagt sie zweimal Jesus. Als »The End« auf den Wattewolken über dem erschien, was die Normandie darstellen sollte, kam Mama mir nicht ängstlich vor, sondern wirkte bekümmert, erfüllt von einer gewaltigen Traurigkeit, als ob ihr ganzes Lebens sich auf einen Augenblick konzentrierte, in dem sie verlassen zurückblieb. Ich legte die Arme um sie und drückte sie an mich. Ein bisschen, um sie zu beruhigen, aber mehr noch, um ihr Schluchzen zu dämpfen. Wenn Papa uns oben im Schlafzimmer hörte, würde das das Ende des Fernsehens bedeuten. Deshalb hielt ich Mama während des Nachspanns noch immer fest, und so blieben wir sitzen, bis sie sich nach und nach beruhigte, bis das Wohnzimmer wieder zum Wohnzimmer wurde und alles wieder vertraut war: das Sofa, die Stühle und der Tisch. Der Teppich. Die Bilder an der Wand. Das Ticken der Wanduhr. Das Rauschen des Windes draußen. Die abendliche Wärme, die durch das von mir geöffnete Fenster hereinsickerte. Aber obwohl wir dort zusammen saßen, Mutter und Sohn, schien sie an einem ganz anderen Ort zu sein. Ihre Wangen waren heiß, doch ihre Augen hatten etwas von einer Tasse Kaffee, die jemand gefüllt und dann vergessen hat.

»Was ist los, Mama?«, fragte ich.

»Das war ein schöner Film«, sagte sie.

»Schön?«, fragte ich und dachte, sie hätte hundert Wörter finden können, die besser gepasst hätten. »Über einen schönen Film muss ja wohl kein Mensch so schrecklich weinen.«

Sie gab keine Antwort, strich mir nur durch die Haare und versuchte zu lächeln. Als sie aufstand, um nach oben ins Schlafzimmer zu gehen, konnte ich sehen, dass ihre Schultern noch immer ein wenig bebten.

Ich habe seit vielen Jahren nicht mehr an diesen Abend gedacht, und ich verstehe noch immer nicht, warum sie damals so heftig reagiert hat. Es kam auch später vor, dass wir zusammen einen Film sahen, vor allem nach Papas Tod. Sie war oft gerührt und musste sich Tränen abwischen, aber niemals war sie auch nur in der Nähe derselben Gemütsbewegung wie bei *Jeanne d'Arc.* War es so einfach, dass sie von der Geschichte einfach nur gerührt war? Dass es ein »good cry« war, wie auf dem Buch stand, das Elvira bei meinem Aufbruch gerade las? Nein. Das hier waren viel mehr als nur Kinotränen. Weckte Ingrid Bergman etwas in ihr, das sie an ihr eigenes Ringen mit Glauben und Zweifeln erinnerte? Daran, sich dem hinzugeben, was Gott sich von ihr wünschte, so, wie sie das empfand? Wurde sie in die Zeit versetzt, ehe Papa christlich geworden war? Damals, als sie auf den Knien lag und darum betete, dass er dasselbe Licht sehen möge, von dem sie geleitet wurde? Vielleicht gab es etwas, das sie bereute? Vielleicht hatte sie sich dazu berufen gefühlt, noch viel mehr zum *Gottesstreiter* zu werden, als sie es also wurde? War das einer der Gründe dafür, dass sie so unermüdlich als Skoglis Ein-Frau-Heilsarmee tätig war?

Meine jüngste Schwester hat mir erzählt, dass es vor meiner Zeit üblich war, dass sich die Pfingstler aus dem Dorf in Eben Ezer versammelten, um das neue Jahr einzubeten.

Einmal, als meine Schwester noch klein war, hatte Papa gefragt, ob Mama zu Silvester nicht bei ihrer Familie zu Hause sein könnte. Mama war trotzdem gegangen. Mir kommt der Gedanke, dass Mama unterschiedliche Weisen gehabt haben muss, für ihre Kinder Mutter zu sein. Die beiden Töchter, die sehr dicht hintereinander kamen. Dann mein Bruder, sechs Jahre nach der zweiten Tochter. Und ich? Meine Schwestern waren schon ausgezogen, als ich geboren wurde. Meine Eltern hatten achtundvierzig Jahre lang Kinder bei sich wohnen. Genau so lange, wie sie zusammen in diesem Haus gewohnt haben.

Ich verspüre einen leisen Stich im Zwerchfell, als ich an etwas denke, das Mama nach Papas Tod erzählt hat: dass die schönste Zeit in ihrem Leben vielleicht die war, als ich gerade ausgezogen war. Jetzt glaube ich zu verstehen, was sie gemeint hat. Es liegt ein stiller Segen darin, nicht jeden Tag daran erinnert zu werden, wie schwierig es ist, für jemanden Vater oder Mutter sein zu müssen.

Ich fahre mit Zeigefinger und Mittelfinger über die rußigen Wände und zeichne mir auf jede Wange zwei Striche. Es kommt mir vor, als wäre ich niemals von hier weggegangen. Als hätte ich niemals aufgehört, der Indianer zu sein, der allein hier im Wald spielte. Der aufgrund der fehlenden Spielkameraden seine eigenen Geschichten erfand und manchmal tagelang in einer Art parallelen Wirklichkeit leben konnte. Und ich wüsste gern, ob es stimmt, dass die Geschichten über uns, über unser Leben, früher oder später aufhören werden, das zu sein – Geschichten – und zur Fiktion werden?

Das Telefon klingelt. *Badlands*. Springsteen. Es ist lange her, dass dieses Stück das Lieblingslied meines Sohnes war, dennoch ist es mein Anrufsignal für ihn.

»Hallo, Papa, was machst du?«, fragt er, und wie so oft, wenn ich mit ihm telefoniere, staune ich darüber, dass er genauso klingt wie ich.

Ich zögere ein wenig mit der Antwort. Wenn er mit Elvira gesprochen hat, weiß er, dass ich jetzt eigentlich in Schweden sein müsste.

»Ich versuche mich zum Schreiben von neuen Liedern zu ermannen«, sage ich und denke, dass das nicht gelogen ist.

»Dann viel Glück. Das geht sicher gut«, sagt er auf seine gelassene Weise. Ich glaube, er kann sich kaum an eine Zeit erinnern, wo ich kein Musiker war. Einen Vater zu haben, der vom Liederschreiben lebt, ist für ihn genauso normal, als wäre ich ein Mann, der Häuser baut.

»Und du?«, frage ich.

»Ich habe versprochen, einem Kumpel beim Umzug zu helfen, und wollte wissen, ob ich deinen Pick-up leihen kann.«

»Ja, nimm ihn nur«, sage ich und bin erleichtert, weil nicht mit seiner Freundin Schluss ist oder ihm gekündigt wurde. Die übliche Sorge, die ich verspüre, wenn er anruft.

»Himmel, bist du krank? Immer, wenn ich den Wagen leihen will, kommst du mit einer endlos langen Liste von Ermahnungen.«

»Ich habe jetzt angefangen, mich auf dich zu verlassen«, sage ich und lache, obwohl es vielleicht wie ein Husten klingt.

»Danke. Dann will ich dich nicht weiter stören. Schick mir von unterwegs mal eine Nachricht«, sagt er, ebenso effektiv wie immer, wenn wir telefonieren.

»Werde ich«, antworte ich, und dann, ohne dass ich darüber nachgedacht hätte, redet mein Mund von selbst weiter.

»Ich musste neulich an Oma denken. Du hast oft mit ihr über den Krieg gesprochen. Hat sie jemals erzählt, was sie gemacht hat, als die Deutschen kamen?«

Er antwortet nicht sofort, und ich weiß nicht, ob er sich über die Frage wundert oder ob er nachdenken muss.

»Sie hat oft über die Deutschen gesprochen. Die Soldaten, die auf der Brücke Wache standen, und dass sie eine Art Pass vorzeigen musste, um die Glomma überqueren zu dürfen. Dann weiß ich noch, dass sie wütend und verängstigt zugleich war, als sie auf Skinnarbøl bei Tisch deutsche Offiziere bedienen musste, der Gutsbesitzer war doch Nazi. Es war mitten im Winter und schrecklich kalt. Ihr taten die einfachen Soldaten leid, die waren doch nur Jungs, die draußen stehen und Wache halten mussten.«

»Ja, diese Geschichten habe ich alle gehört«, sage ich. »Aber hat sie nie darüber gesprochen, was sie beim eigentlichen Einmarsch gemacht hat?«

»Nein. Daran kann ich mich nicht erinnern. Ich denke noch immer viel an sie; als ich klein war, habe ich gedacht, sie würde hundert Jahre alt werden.«

»Ja, ich weiß noch, dass du das gesagt hast.«

»Bei den beiden letzten Malen, als ich mit ihr gesprochen habe, hat sie den Brief erwähnt.«

»Was? Welchen Brief?«

»Papa! Das habe ich doch erzählt. Den Brief von diesem Deutschen.«

Der Gesang der Amsel kann das Brausen in meinem Kopf jetzt nicht übertönen, und ich presse mir das Telefon noch fester ans Ohr, als ob das mein Gedächtnis auf Trab bringen könnte.

»Von welchem Deutschen?«

»Ihrem Freund.«

»Oskar Maier?«, frage ich, und die beiden Wörter fühlen sich in meinem Mund an wie Russisch Brot.

»Ja, so hieß er wohl.«

Jetzt kann ich die Amsel überhaupt nicht mehr hören, und ein plötzlicher Windstoß, der über die Brandstätte fegt, lässt mich frösteln.

»Das hatte ich vergessen«, sage ich.

»Mama hat wirklich recht, du erinnerst dich nur an das, woran du dich erinnern willst, und manchmal nicht einmal das«, sagt er.

»Nun erzähl schon.«

»Oma hat gedacht, ich wäre du, und sie hat erzählt, dass einige Zeit nach Kriegsende ein Brief von Oskar Maier kam. Zuerst sagte sie, sie habe ihn ungelesen verbrannt. Aber beim nächsten Mal sagte sie, Opa habe ihn ungeöffnet verbrannt.«

»Das kannst du nicht erzählt haben«, hauche ich.

»Doch, und zwar, als du angerufen und gesagt hast, dass es jetzt zu Ende gehe. Da warst du sicher nicht aufnahmefähig. Aber jetzt klingelt es an der Tür, und ich muss los und den Pick-up holen. Ich hab dich lieb«, sagt er.

Erst, als er nicht mehr dran ist, kann ich mich dazu aufraffen und sagen, dass ich ihn auch lieb habe. Meine Worte werden zu einem Flüstern in dem Keller, den mein Vater mit der Hand ausgehoben hat. Ich habe das Haus abgebrannt, das er erbaut hatte. Aller Wahrscheinlichkeit nach hat er die Wörter verbrannt, die Oskar Maier geschrieben hatte. Das Haus und mein schlechtes Gewissen sind nie verschwunden, nicht ganz. Ich frage mich, ob Oskar Maiers Brief für Papa auch auf diese Weise aufgetaucht ist, lange Zeit, nachdem er sich eingeredet hatte, das alles vergessen zu haben.

14

Gestern habe ich zwei Stunden für den Heimweg gebraucht. Ich glaube, ich war noch nie zu Fuß von Skogli nach Kongsvinger gegangen. Nach unten durch die Kiesgrube, weiter über den Storvei und entlang am alten Königsweg. Vorbei am Schlachtfeld vom April 1808, als bei Zusammenstößen mit den schwedischen Truppen vierundfünfzig norwegische Soldaten ihr Leben lassen mussten. Es war schwer, dort vorbeizugehen, ohne meinen Geschichtslehrer aus der Mittelstufe vor mir zu sehen. Die Dirigentenhände, die leicht bebende Unterlippe und die Art, wie er stolz den Kopf hob, als er die Stunde der Niederlage schilderte und uns vorführte, wie die norwegischen Soldaten ihre Stellungen aufgeben und sich in die Festung Kongsvinger zurückziehen mussten. Seine Stimme versagte, als er erzählte, dass die Schweden bei der Schanze blieben, die sie am 19. Mai 1808 erobert hatten.

»Wir waren *so* kurz davor, Skogli und seine Umgebung den Schweden überlassen zu müssen, so wie Jämtland und Härjedalen«, sagte er und drückte Daumen und Zeigefinger so fest zusammen, dass es kaum möglich gewesen wäre, eine Büroklammer dazwischen zu schieben.

Es ist seltsam, aber als er vom Zweiten Weltkrieg in unserer Gegend erzählte, davon, wie der Lensmann am 16. April in Kongsvinger auf der Brücke erschossen worden war, und von den darauf folgenden Scharmützeln vor der Stadt, war er ganz ruhig und sprach mit neutraler Stimme. Vielleicht ist es so, dass die Menschen sich aussuchen, welche Kriege für sie wichtig sind, und vielleicht auch, welche Teile eines Krieges sie vor allem berühren.

Elvira und ich haben uns nie besonders für den Zweiten Weltkrieg interessiert, oder für irgendeinen anderen Krieg, aber ich weiß noch, wie wir einmal in New York City waren und uns in einem Kino am Times Square *Der Soldat James Ryan* angesehen haben. Der Film beginnt mit dem D-Day in der Normandie und ist ein überwältigendes Heldenepos mit Tom Hanks in der Hauptrolle. Als wir uns danach im Hotelfoyer mit unseren Drinks in die Sessel sinken ließen, führten wir ein Gespräch von der Sorte, an die ich mich erinnern werde, so lange ich überhaupt die Fähigkeit haben werde, mich zu erinnern.

»Wie können die Leute eigentlich so total sicher sein, dass sie sich im Krieg für die richtige Seite entschieden hätten?«, fragte Elvira. Das grelle Neonlicht der Reklametafeln draußen ließ ihre Augen noch blaugrüner wirken als sonst.

»Wie meinst du das?«, fragte ich.

»Wenn wir in der Schule den Elternbeirat wählen sollen, meldet sich nie jemand freiwillig, und doch schlagen wir uns auf die Brust und behaupten unerschütterlich, dass wir garantiert im bewaffneten Widerstand gewesen wären, wenn wir im Zweiten Weltkrieg gelebt hätten.«

»So habe ich mir das noch nie überlegt«, sagte ich.

»Kannst du sicher sein, wie du dich entschieden hättest?«

»Ja.«

»Weshalb?«

»Weshalb? Weil ich Rockmusiker bin, oder vielleicht nicht deshalb, aber so weit ich mich zurückerinnern kann, vielleicht schon in der Grundschule, habe ich mich gegen alle Arten von Autorität gewehrt. Wenn sie sagten, ich sollte springen, dann habe ich mich hingelegt. Sock it to the man, so in etwa.«

»Schön, dass du dir so sicher sein kannst. Bei mir ist das genaue Gegenteil der Fall. Ich habe immer getan, was mir gesagt worden war, und ich war alles andere als antiautoritär.«

Ich glaube, ich habe sie nie so sehr geliebt wie in diesem Augenblick. Die Art, wie sie sich in ihrer ganzen Ehrlichkeit für mich entblößte, erfüllte mich mit der Gewissheit, dass ich, auch wenn wir nicht forever and ever amen zusammenbleiben könnten, doch immer ihre Art lieben würde, mir gegenüber brutal ehrlich zu sein.

Die Erinnerung an Mama mischt sich ein. War sie ebenso ehrlich zu mir? Wo sie doch bei Kriegsausbruch mit einem Deutschen zusammen war? Und gleichzeitig um die hungernden Kinder in Afrika geweint hat. Und gleichzeitig den Zehnten ihrer bescheidenen Einkünfte der Mission hinter dem Eisernen Vorhang, dem IBRA Radio und anderen christlichen Organisationen spendete. Mama, die vielleicht nicht entweder oder war, sondern sowohl als auch? Dann denke ich, nein! Mama hat einen Deutschen geliebt, nicht Deutschland oder das, wofür Deutschland stand. Ich brauche nicht einmal zu zweifeln. Mama war wie alle rechtgläubigen Pfingstler in den 70er Jahren stark pro-Israel, und sie schrieb Leserbriefe an die Lokalzeitung, um gegen das Auflodern des Neonazismus zu protestieren. Meine jüngste Schwester hat mir erzählt, wie sie einmal mit Mama bei Verwandten zu Besuch war, wo der Mann bei der Grenzpolizei war. Das war nach dem Jahrtausendwechsel, und Mama hatte auf der Fahrt nach Hause im Auto geweint, weil sie meinte, der Mann sei noch immer Nazi.

Ich öffne das Fenster zur Bahnlinie. Seit gestern Abend gibt es einen Defekt in der Oberleitung, und erst jetzt normalisiert sich der Zugverkehr. Ich freue mich noch immer darauf, loszufahren, in Schreibmodus zu kriechen und die Lieder zu vollenden.

Ich bilde mir ein, dass Liederschreiben wie Malen ist. Zwei Wörter auf einer Akkordreihe werden zu gelb über blau. Manchmal warten die Lieder einfach auf mich. Dann geht es nur darum, durch die richtige Tür einzutreten. Im Moment weiß ich nicht einmal, ob ich vor dem richtigen Haus stehe. Ich habe kaum das Gefühl, in der richtigen Stadt zu sein, genauer gesagt, das bin ich offensichtlich nicht. Ich müsste jetzt schon in Schweden sein, aber ich kann das mit Mama nicht verdrängen. Die Tür sperrt mich aus dem Raum aus, den ich betreten möchte.

15

Skinnarbøl, Dienstag, den 28. 11. 39

Geliebter Oskar.

Tausend Dank für Brief und Karte, die ich gestern erhalten habe. Ich habe lange darauf gewartet. Aber Du hattest am 16. Nov. Geschrieben, und ich bekam ihn erst am 27. Nov. Ich hoffe, Du hast meinen Brief bekommen, den ich schon vor langer Zeit an dich sandte. Vielleicht bist Du beim Militär, wenn du diesen Brief bekommst. Hoffe, daß es Dir gut geht. Mir geht es auch gut, aber ich sehne mich jeden Tag mehr nach Dir. Ich fühle mich so einsam, wenn Du so weit fort von mir bist, Geliebter. Tausend Dank auch für Dein Photo. Das sehe ich jeden Abend an, bis ich einschlafe. Du siehst so gut darauf aus. Hoffe, ich bekomme bald ein größeres Photo. Grüß Deine Eltern und sag danke für die Einladung zu Dir nach Hause. Ich werde bestimmt irgendwann kommen, Geliebter. Du mußt herzlich Deine Schwestern und Freunde grüßen, die mir Grüße geschickt haben. Das war eine schöne Karte, die ich von Dir bekommen habe. Der Mann, der draußen stand, das warst nicht etwa Du? Du schreibst sehr gut Norwegisch, ich verstehe auch alles. Hoffe, daß auch Du meine Briefe verstehst.

Hast Du auch ein norwegisches Lied gelernt? Das wäre schön. Ich habe geweint, als ich Deinen Brief gelesen habe. Ich habe ihn sicher 1000 Mal gelesen. Ach, Geliebter, wenn Du jetzt hier in meinem Zimmer wärst. Dann würde ich Dich küssen und umarmen, du mein geliebter Junge. Ich liebe Dich über alles auf der Welt.

Ach was, Du hast Deine frühere Freundin noch nicht getroffen. Liebst Du sie nicht mehr, Oskar?

Am Sonntag waren Hjørdis und ich im Kino. Es war ein schöner Film, er hieß Das Gesicht einer Frau! Am Sonntag habe ich frei, dann fahre ich nach Hause. Soll Dich von meiner Mutter, meinem Vater, meiner Schwester und meinem Bruder grüßen und sagen, daß Du bald zurück nach Norwegen kommen sollst.

Ich werde immer Deine Tulla sein, mein geliebter Maier!

Es hat jetzt ein bißchen geschneit, und es ist ziemlich kalt. Hast Du denn von Lothar gehört? Es war sicher traurig, Euch zu trennen? Meine Uhr geht sehr gut. Die von Hjørdis auch. Hjørdis hat auch einen kleinen Brief geschrieben.

Den ganzen Tag denke ich an Dich, und nachts träume ich von Dir, mein Herzensbrecher.

Nein, jetzt muß ich aufhören. Es ist gleich halb 12. Soll von allen hier auf dem Hof grüßen. Ich hab gesehen, daß Briefe von Dir für den Kandidaten und für Uggeland gekommen sind. Jetzt werde ich mich hinlegen und schlafen und von Dir träumen, Geliebter.
Grüße von Deiner Tea.

Gute Nacht, mein geliebter Schatz! Ich schicke Dir viele, viele Küsse, mein Maier.

Die Freundin schreibt:

Skinnarbøl, 28. 11. 39

Lieber Oskar.

Ich bin jetzt zu Besuch bei Tea. Ich war mit Ugland in Røros. Da bekam ich Rückenschmerzen und mußte wieder nach Hause fahren. Der Alte ist jetzt also allein dort oben.

Wie geht es Dir? Mir geht es irgendwie auch gut. Hier bei Tea bin ich jeden Abend. Sie heizt richtig gut ein, im Ofen meine ich. Hier im Haus ist es so warm, wie sich das gehört. Ich warte sehr auf Post von Lothar. Hast Du von ihm gehört, seit Ihr euch getrennt habt? Mach es gut. Herzliche Grüße Hjørdis.

16

Es hat jetzt ein bisschen geschneit, und es ist ziemlich kalt. Das ist so alltäglich. Eine Bemerkung über das Wetter. Etwas, das man zueinander sagt, wenn man telefoniert, und doch ist es der Satz in dem fünf Seiten langen Brief, bei dem ich hängenbleibe. Er erinnert mich an den Anfang von *In einem anderen Land* und lässt mich Mamas Worte wie Dichtung in einem Buch betrachten. Vielleicht ist das eine Verleugnung, eine Art, Distanz zu schaffen, denn das hier ist keine Dichtung, es sind die Gedanken meiner Mutter als verliebtem

Teenager. Sie, die dabei war, sich aus meinem Leben und dem meines Bruders und meiner Schwestern hinauszuschreiben, ehe alles überhaupt anfangen konnte.

Mama, die hofft, ihn eines Tages in Deutschland besuchen zu können. Ich sehe sie vor mir in einer Wohnung im Jahre 1939. Zimmer mit weißer Blümchentapete. Ein runder Glastisch in der Ecke, mit Gläsern und Karaffe. Einige Schnapsflaschen auf der Abstellplatte darunter. Ein Mahagonibuffet mit Trichtergrammophon. Wagner-Schallplatten. Einige wenige Bücher in einem Bücherregal. Die Bibel in Frakturschrift. Schiller und Goethe. Familienbilder an der Wand, in der Mitte das des Führers. Kurzgeschorene Knaben mit geradem Scheitel und Mädchen mit Zöpfen, versammelt um einen Schreibtisch. Ein Vater in Uniform und eine Mutter in Kleid mit Mieder. Oder vielleicht war Familie Maier genau wie Mamas auf den Bildern, die ich aus ungefähr dieser Zeit gesehen habe. Ein rundlicher Patriarch mit Uhrkette und Weste, der so, wie er als milde Erscheinung im Zimmer steht, den Mittelpunkt der Familie bildet. Eine Mutter mit langer Schürze über dem guten Kleid, wodurch sie auch am Sonntag arbeitsam wirkt. Kinder, die ihre Schmusetiere in die Kamera halten. Sommer.

Ich google *München 1939*. Das erste Bild zeigt Hitler, der im offenen Wagen durch eine Straße mit einer jubelnden Menschenmenge paradiert. Dann ein Farbfoto, auf dem ein gelbkoloriertes Wikingerschiff auf einer Parade zu Ehren von Nazikunst durch die Straßen gefahren wird. Das Bild stammt von 1938. Es gibt auch das Foto von Hitler und Chamberlain, die das Münchner Abkommen unterzeichnen, was Letzteren zu der zu traurigem Ruhm gelangten Aussage verleitete, jetzt sei der Friede für unsere Zeit gesichert. Es kann durchaus sein, dass Oskar Maier oder jemand aus seiner Familie auf diesen Bildern zugegen ist. Aber egal, Mama musste sich diesen Dingen stellen, jedenfalls die Mama, die ich gekannt habe. 1939. Drei Jahre, nachdem die Nazis die Olympischen Spiele in Berlin zu einem Schaufenster für ihre Propaganda gemacht hatten. Ein Jahr nach der Kristallnacht. Dasselbe Jahr, in dem Deutschland die Tschechoslowakei annektierte und in Polen einmarschierte. 1939. Es war nicht möglich, so zu tun, als gäbe es keinen Nazismus, oder zu glauben, der werde schon wieder verschwinden. Ich kann mir nicht vorstellen, dass zwei Menschen dermaßen vergafft ineinander sind, dass sie die ganze Welt aus den Augen verlieren.

Wieder lese ich die Zeilen über die Uhren von Mama und Hjørdis. Warum war es wichtig, das zu erwähnen? Hatten die Deutschen ihren norwegischen Freundinnen ihre Armbanduhren geschenkt? Wieviel hat 1939 eine Uhr gekostet? Es war ein großes Ereignis, damals eine Armbanduhr zu bekommen. Vielleicht das großartigste Konfirmationsgeschenk. Trug Mama eine ewig tickende Erinnerung an Oskar Maier am Handgelenk? Schlief sie, ohne die Uhr abzulegen? Hielt sie das Ohr ans Glas, schloss sie die Augen und stellte sich vor, das seien Oskar Maiers Herzschläge?

28. November 1939. In vierzehn Monaten wird sie Papa heiraten. Als er ihr Handgelenk nimmt, um ihr den Ring anzustecken, trägt sie um das andere Oskar Maiers Uhr?

Ich hole mir das Telefon und halte es in der Hand. Ich rufe Elvira sonst nicht von unterwegs an, wenn ich auf Tour bin. Das hat sich einfach so ergeben. Ich bin manchmal bis zu vierzehn Tage weg, und in dieser Zeit sprechen wir vielleicht einmal miteinander. Es hat mit der Monotonie zu tun, mit neuen Hotelzimmern, Soundchecks, Auftritten und noch mehr Asphalt, das hat uns dazu gebracht, über SMS, Messenger-Mitteilungen oder Snapchat zu kommunizieren. Nach Anrufen von zu Hause habe ich mich oft wie zerstört gefühlt, wenn es um kleine Kinder ging, die gerade das erste Wort gesagt hatten, um Geburtstage oder andere wichtige Tage, an denen ich unterwegs war und für Leute auftrat, die ich gar nicht kannte. Jetzt sind die Kinder erwachsen, aber trotzdem kommunizieren wir noch immer auf need-to-know-Basis, wenn ich auf Tour bin oder wegfahre, um Lieder zu schreiben.

»Hallo«, schreibe ich. »Komme langsam in Gang. Freue mich auf den richtigen Teil der Reise. Das wird ein gutes Album. Ich hab dich lieb.« Dann drücke ich auf *senden* und versuche mich zu erinnern, wann ich zuletzt so leidenschaftlich an Elvira geschrieben habe wie Mama an Oskar Maier.

Ich rufe meine Tochter an. Sie ist dreiundzwanzig. Drei Jahre jünger als ihr Bruder. Als Mama so alt war, war sie Mutter von zwei Kindern und seit vier Jahren verheiratet.

»Hast du kalte Füße gekriegt?«, fragt sie ohne irgendeine Einleitung.

»Was?«, frage ich und habe einen Pfeifton in den Ohren. Haben irgendwelche Bekannten von ihr mich in Kongsvinger gesehen, wo ich doch eigentlich schon weg sein sollte?

»Hast du keine Lust mehr, der coole Rock-Opa zu sein?«, fragt sie.

Ich schüttele den Kopf. Elvira sagt, dass sie meinen Humor nie verstanden hat, und es irritiert sie, dass unsere Tochter es mir nachmacht.

»So habe ich das wohl nie ausgedrückt, aber ich freue mich noch immer darauf, wieder ein kleines Kind in den Armen zu halten.«

Und als ich das sage, weiß ich, dass es stimmt, jede einzelne Silbe und jedes Wort. Ich brauche es nicht laut zu sagen, um mich selbst zu überzeugen, ich brauche es nicht zu wiederholen, damit es wahr wird. Ich freue mich wirklich darauf, Großvater zu werden, langsam über die Erde wandeln zu können. Normale Sachen zu tun, nicht als Ausnahme, sondern als Norm. Für einen Moment sehe ich Mama zu Hause in Skogli vor mir. Ich erinnere mich daran, wie die Kinder und ich sie am Küchentisch sitzen sehen konnten und wie sie strahlte, wenn sie uns kommen sah. Mama war einundzwanzig Jahre lang Witwe, aber ich habe sie in Gedanken nie einsam gesehen. Erst jetzt geht mir auf, dass es vielleicht daran lag, dass ich nie gewagt habe, richtig darüber nachzudenken.

»Alles geht gut. Danke der Nachfrage«, sagt meine Tochter, und ehe ich noch mehr sagen kann: »Das sollte nur ein Witz sein, Papa. Aber das ist fast immer so, wenn wir telefonieren. Ich muss dir doch jedes Wort aus der Nase ziehen.«

»Tut mir leid«, sage ich. »Hab es immer schon schwierig gefunden, mit Leuten zu sprechen, die ich nicht sehen kann.«

»Dann verstehe ich, dass du aufhörst. Das war doch dein Job. Mit Leuten zu sprechen, die du nicht sehen kannst. Über deine Lieder.«

»Vergiss es. Ich wollte nur wissen, ob alles in Ordnung ist. Ich hab dich doch gestern erst an deinem ersten Schultag begleitet«, sage ich.

»Bist du betrunken?«, fragt sie, und jetzt ist mir klar, dass sie Witze macht. »Papa, du bist der nostalgischste und sentimentalste Mensch, den ich kenne. Manchmal auch der abwesendste. Als wir klein waren, gab es trotzdem keine Erwachsenen, die uns besser gesehen haben als du. Ich weiß, dass du so weitermachen wirst, du wirst die Kinder sehen. Schreib jetzt die besten Lieder, die du je geschrieben hast, dann reden wir unterwegs weiter.«

Danach denke ich, dass meine Tochter jetzt so wird wie Mama. Ich habe mich immer besser gefühlt, nachdem ich mit ihr gesprochen hatte.

Ich hole mir die stählerne Thermosflasche, die ich mit Kaffee gefüllt habe, und stecke sie zusammen mit dem Laptop in die Schultertasche. Wird das jetzt mein neuer Job, in Mamas Leben herumzuwühlen? Auf dem Weg nach draußen sehe ich im Briefkasten nach. Als ich gestern Abend aus Skogli zurückkam, habe ich meine älteste Schwester angerufen und meinen Schwager versprechen lassen, mir Mamas altes Fotoalbum zu bringen, aber er ist noch immer nicht hier gewesen.

Es ist ein weiterer Tag mit frisch angestrichenem Himmel. Am Straßenrand blühen die ersten Leberblümchen, und die wintermageren Bäume zeigen schon Knospen. Ich gehe mit langen Schritten durch die Glommengate, über die Brücke und in die Bibliothek. Lasse mir die Linse für den Mikroficheapparat geben und suche mir die Metallbehälter mit dem *Kongsvinger Arbeiderblad* aus dem zweiten Halbjahr 1939 heraus.

Die Sonne sticht durch das kleine Fenster, und es riecht nach Papierstaub. In den Regalen hinter mir steht die lokale Büchersammlung, Bücher, die man nicht aus diesem Raum entfernen darf. Als ich Kind war, hat mich die Bibliothek mit Ehrfurcht und Traurigkeit zugleich erfüllt. Ehrfurcht, weil es so viele Bücher gab, und Traurigkeit, weil ich nicht einmal ein Zehntel der hier versammelten Geschichten würde lesen können. Aber jetzt?

Ich gieße mir ein wenig Kaffee in die Thermostasse und denke wieder an mein Gespräch mit Elvira in New York, irgendwann im vorigen Jahrtausend. Es war unsere erste gemeinsame Reise nach der Geburt unseres Sohnes. Wie wir auf dem Küchentisch ihrer Schwester einen Brief hinterlegt hatten, dass sie versprechen müsse, sich um den Kleinen zu kümmern, wenn uns unterwegs etwas zustieße. Wenn das Flugzeug abgestürzt wäre oder wir auf andere Weise verunglückt wären, würde unser Sohn dann so dasitzen und versuchen, Spuren seiner Eltern zu finden? Oder würde er sich in seinem Leben sicher fühlen und kein Bedürfnis danach verspüren, in dem zu graben, was war und was hätte sein können? Das ist eine Frage, auf die ich niemals eine Antwort bekommen werde, deshalb fange ich nun an, mich durch den letzten Spätsommer vor dem Krieg hindurchzukurbeln.

Wieder geht mir auf, wie schwer es gewesen sein muss, sich von den Ereignissen in Europa im Jahre 1939 ein klares Bild zu verschaffen. Mit dem *Kongsvinger Arbeiderblad* als Hauptnachrichtenquelle, hätte ich damals furchtlos einen Standpunkt bezogen und durch dick und dünn daran festgehalten? Oder hätte ich gedacht, das, was in der Tschechoslowakei und danach in Polen passierte, ginge mich nichts an?

Ich habe immer gedacht, dass es des Menschen Los ist, sich Sorgen zu machen, aber vielleicht gilt auch das Gegenteil? Dass der Mensch eine grundlegende Erleichterung über alles Böse verspürt, das nicht ihn selbst betrifft, jedenfalls, so lange er jung ist?

Dennoch, das hört sich nicht an wie Mama.

Ich gehe davon aus, dass die Berichterstattung des *Kongsvinger Arbeiderblad* zeittypisch für das ganze Land war, und nachdem ich mich nun schon seit Jahren über den immer mehr boulevardmäßigen Zustand der norwegischen Presse ärgere, ist es eine seltsame Entdeckung, dass die spitzen Federn, die großen Stilisten und überhaupt ein objektiver, sachlicher Tonfall auch 1939 schon dünn gesät waren. Mehrere Artikel sind von einer stark herablassenden Haltung allen gegenüber geprägt, die eine andere Ansicht vertraten. Es ist auch überraschend, wieviel Ironie sich die Journalisten damals erlaubten. Etwas aber ist völlig unverändert. Die erste Überschrift, auf die mein Blick fällt, lautet: »Es wird wärmer in Norwegen. Die Gletscher schmelzen. Werden wir auf den Almwiesen Getreide anbauen?«

Das Radio hatte sich damals offenbar auf Sendungen für Hausfrauen spezialisiert: »Ferienfragen für Bauernfrauen. Vortrag von Ragna Arentz.« Einige Tage darauf spricht Magister Ottar Rygh für diese Zielgruppe über das Thema »Modernes Saftkochen und Einwecken«. Die Lokalnachrichten variieren von einer Notiz über eine Füchsin mit drei Jungen, die an einer Badestelle bei Kongsvinger tot aufgefunden wurden, und einem Reh, das über den Fußballplatz von Flisa spaziert ist, bis zu einem längeren Artikel über Spione in Sander. Die Leute in diesem Dorf machten sich bereits seit einiger Zeit Sorgen um einen Mann, der neun Abende hintereinander sein Fahrzeug hinter einigen dunklen Kiefern abgestellt hatte. Ein Leser hatte am Ende den Lensmann angerufen und um Rat gebeten und die Antwort erhalten, dass es in diesen unruhigen Zeiten nur gut sei, allem auf den Grund zu gehen, was auch nur entfernt an Spionage erinnern könne. Der Mann holte sich deshalb weitere mutige Männer zu Hilfe, und sie schlichen sich wie erfahrene Indianer durch den Wald, nur um einen unschuldigen Jüngling von zwanzig Jahren zusammen mit einem gleichaltrigen Mädchen zu erwischen. »Also ein verliebtes junges Paar«, betont die Zeitung. »Der Vollständigkeit halber« hält es der Journalist für seine Pflicht, darauf hinzuweisen, dass das Paar aus Kongsvinger kam, und in »diesen Tagen der Benzinknappheit« darum zu bitten, Liebesdinge ohne längere Autofahrten zu erledigen.

Die Autofrage greift die Zeitung dann auch in dem Bericht über eine Schlägerei mit gezogenen Säbeln auf, die unter Gruppen von fahrendem Volk stattgefunden hat. Ein Auto ohne Luft in den Reifen stehe »noch immer« auf dem Kampfplatz. Auch das fahrende Volk sei nämlich inzwischen motorisiert.

Ich gieße neuen Kaffee in die Tasse, drehe im Jahr 1939 weiter vor und lande einen Treffer, der sich mit Mama in Verbindung bringen lässt, wenn auch nicht so, wie ich gehofft hatte. Unter der Überschrift »Junger Negerprediger nach Kongsberg« gibt es einen längeren Artikel über Emanuel Minos, den Adoptivsohn des Missionars G. Tollefsen. Emanuel Minos war der erste farbige Mensch, den ich gesehen habe, und in Pfingstlerkreisen war er so beliebt, dass das *Filadelfia* in Kongsvinger gar nicht genug Platz für alle hatte, die ihn sehen wollten. Es kam mir vor wie Sonntag mitten in der Woche, als die Pfingstler aus Skogli von Eben Ezer zum *Vinger Hotell* fuhren. Papa trug das Nylonhemd und den Anzug, die er sonst nur zu den Versammlungen zu Pfingsten anzog, während sich Mama besonders große Mühe damit gegeben hatte, sich die Haare hochzustecken. Bei der Andacht war die Stimmung noch ekstatischer als sonst, und ich presste Papas Hand, als Mama anfing, in Zungen zu sprechen. Ich weiß nicht mehr, ob ihre Rede übersetzt wurde, und wenn ja, ob von Minos selbst, aber danach durften alle, die das wollten, ihm die Hand schütteln, und ich wusch meine mehrere Tage lang nicht.

Ich lese weiter und stoße mit dem Knie gegen das Tischbein, als ich die Überschrift entdecke: »Drei Tschechen von Skinnarbøl nach Hause geschickt«. Die Tschechen waren mit einem Wanderzirkus nach Kongsvinger gekommen und hatten sich als Landarbeiter verdingt, wurden aber ausgewiesen, weil ihre Aufenthaltsgenehmigung abgelaufen war. Ich lese den Artikel sorgfältig, aber von anderen Gastarbeitern auf dem Gut ist nicht die Rede.

Dann hat der Krieg Europa getroffen, am 1. September marschiert Deutschland in Polen ein. Am selben Tag erklärt das *Kongsvinger Arbeiderblad*: »Hitler auf dem Rückzug, Kriegsfahr jedoch noch nicht vorbei«. Das erinnert mich daran, wie *Glåmsdalen* die Nachricht nicht brachte, dass Olof Palme erschossen worden war, weil sie nicht glauben wollten, dass sie zutraf. Am 2. September beschreibt das *Kongsvinger Arbeiderblad* die Verwirrung, die am Vorabend in der Redaktion geherrscht hat. Als Berlin Hitlers Vorschlag zu einer Lösung des Konflikts mit Polen bekanntgegeben hatte, hatte der Chefredakteur das so gedeutet, dass die Deutschen auf dem Rückzug seien. Redaktionsschluss war um drei Uhr nachts, zwei Stunden später veröffentlichte Hitler die Kriegserklärung.

Am 4. September druckt die Zeitung Norwegens Neutralitätserklärung, und zwei Tage darauf verspricht Deutschland, diese Neutralität zu respektieren. Am 9. September werden die Bargeldvorräte der Staatskasse und der Valutabestand der Bank von Norwegen für zufriedenstellend erklärt. Während des Ersten Weltkrieges hat der Neutralitätsschutz pro Monat 5,5 Millionen Kronen gekostet. Vorläufig glaubt die Regierung, mit einer Bewilligung von 40 Millionen zurechtkommen zu können. Ansonsten lese ich, dass die »Juden das abessinische Problem lösen« sollen und dass es dort Platz für fünf Millionen Juden gibt. In Dänemark legen sich viele Juden neue Namen zu. Die Anzahl von Anträgen auf Namensveränderung ist sechsmal so hoch wie sonst, und die meisten Antragsteller haben typisch jüdische Namen. Ein Direktor des Personalhistorischen Instituts erklärt, dass die ursprünglichen Namen manchmal schwer auszusprechen seien und dass es in diesen Tagen angenehmer sei, Branner, Hansen oder Langemølle zu heißen statt Cohn, Abrahinowitsch oder Pacharzina. Der letzte Artikel, den ich noch zu lesen ertrage, ehe die stickige Luft und die abgenutzten Mikroficherollen mich umwerfen, stammt aus einer Zeitung aus Lwow in der heutigen Ukraine. *Viek Novy* behauptet, dass der Krieg nicht lange dauern und mit der vollständigen Niederlage der Achsenmächte enden wird. Deutschland wird zweigeteilt werden, und Italien wird Abessinien verlieren. Vor meinen Augen tanzen inzwischen Punkte, mein Kopf protestiert und ich kann mich nicht mehr konzentrieren.

Ich kann den Mikrofiche noch in die Rolle zurückkurbeln, das Gerät ausschalten und die Tür zu dem Schrank öffnen, in dem die Fiches aufbewahrt werden, ehe mir einfällt, dass Mama in dem letzten Brief erwähnt hat, dass sie mit ihrer Freundin im Kino war. Statt den Mikrofiche wieder in den Apparat einzuführen, google ich *Das Gesicht einer Frau* auf meinem Laptop. Es ist ein Hollywoodfilm von 1941 mit Joan Crawford in der Hauptrolle. Zwei Jahre vor seiner Premiere kann Mama ihn nicht gesehen haben. Ich schreibe »Das Gesicht einer Frau+1939« ins Suchtfeld, und der erste Treffer ist ein weiterer Link zu dem Film mit Joan Crawford, aber weiter unten auf der Seite finde ich *A Woman's Face,* Film von 1939, Schwedisch: *En kvinnas ansikte* mit Ingrid Bergman.

Ich muss mich wieder setzen, habe kein Wasser, gieße aber den restlichen Kaffee aus der Thermoskanne in mich hinein. Mamas Tränen, als sie und ich Ingrid Bergman in *Jeanne d'Arc* gesehen haben, und ihre aufgewühlte Stimmung – war es der Gedanke an diesen Film, der diese starken Empfindungen weckte? Alles, was war und nicht wurde. Sie im dunklen Kino in Kongsvinger und allein im Zimmer auf Skinnarbøl, während sie sich Oskar Maiers Gesicht vor Augen rief. Mama, die sich nichts sehnlicher wünschte, als mit ihm zusammen zu sein, egal, ob in Deutschland oder Norwegen.

17

Als ich in die Wohnung zurückkomme, hat mein Schwager nicht nur ein Fotoalbum gebracht, sondern gleich zwei. Das eine hat einen grünen Pappumschlag und ist mit einem braunen, geflochtenen Band zusammengebunden. Album Nr. 2 ist viel schlechter behandelt worden, es hat keinen Umschlag und die ursprüngliche Bindung ist durch rosa Zwirn ersetzt worden. Ich erinnere mich an das erste Album, aber ich habe auch einige Bilder aus dem anderen vage im Gedächtnis. Die Fotos, die chronologisch gesehen wild durcheinander eingeklebt sind, und die Alben zeigen, dass auch meine Schwester hier und da Bilder eingeklebt hat. Was das Ganze noch unübersichtlicher macht. Das umschlaglose Album weist zudem etliche Lücken auf. An mehrere Stellen sind nur noch die Fotoecken vorhanden, mit denen die Bilder befestigt waren.

Tea Henriksen, Rønningen, hat sie auf die erste Seite des grünen Albums geschrieben, und mit diesem fange ich an. Rønningen muss der Name des kleinen Hofes meiner Großeltern gewesen sein, und ich denke, dass das sicher Mamas allererstes Album war. Das erste Bild gehört möglicherweise zu den ältesten, aber nicht Mama hat es eingeklebt. Das Bild zeigt Oma und ihre vier Söhne, und darunter hat meine Schwester die Namen geschrieben: Jonette, Leif, Sverre,

Hermann und Bjørn. Die beiden Letzteren haben nackte Oberkörper, und mein Vater ist sommerlich braun und muskulös. Onkel Bjørn hat ebenfalls Farbe, aber nur an den Armen, und dieses Bild sagt viel über die beiden. Obwohl mein Vater Skispringer war, fühlte er sich in der hellen Jahreszeit am wohlsten und trug in den Sommermonaten kaum je ein Hemd. Mein Onkel war der Künstler in der Familie, und ich habe mir immer vorgestellt, dass er lieber mit Pinsel und Farben im Haus blieb. Leif und Sverre sind auf dem Bild noch Jungen, aber ebenso ernst wie die Mutter und die älteren Brüder. Es ist verlockend, mir das Bild als eine Art Vorkriegsidylle vorzustellen, aber ich weiß ja, was sie für eine Jugend hatten. Der Vater von Sverre und Stiefvater der drei anderen versuchte systematisch, den Brüdern jeden Rest Selbstvertrauen zu nehmen, und dabei leistete er gute Arbeit. Papa schlug Stefanus an seinem Konfirmationstag zusammen und verließ den Hof für immer. Sverre schaffte das nie, und gleich nach dem Krieg erschoss er sich kurz nach Weihnachten auf einer Hochzeit. Die beiden anderen Brüder wurden die Art Mann, die sogar dann ernst wirkt, wenn sie lächelt.

Die brutale Vorgeschichte meines Vaters hat mich immer fasziniert. Papa hat nie über seine Kindheit gesprochen, und das hüllte ihn in eine rätselhafte Aura, während Mama für mich immer ein Mensch ohne Geheimnisse war. Bis jetzt …

Ich blättere weiter in der Geschichte, die nun in Mamas Handschrift geschrieben ist. Meine Schwester als Baby, ein Jahr, zwei Jahre, drei. Das war offenbar eine fixe Idee bei Mama. Sie hat dasselbe mit mir gemacht, in jedem Schuljahr. Von Bild zu Bild wurde ich mürrischer, bis ich mich in der siebten Klasse weigerte, mich noch einmal so aufzustellen. Dann wird die Chronologie durch ein neues Bild durchbrochen, das offenbar meine Schwester eingeklebt hat.

Mama und Papa beim Zelten. Mein Vater sitzt auf dem Boden und Mama auf seinen Schultern. Sie hat das Kopftuch im Nacken zusammengebunden und raucht. Zuerst glaube ich, falsch gesehen zu haben, aber als ich meine Lesebrille als Lupe nehme, gibt es keinen Zweifel mehr: Sie hält in der rechten Hand im Greta-Garbo-Stil eine Zigarette. Das Bild versetzt mich in gute Laune. Es muss nach der Geburt meiner Schwester aufgenommen worden sein, und doch wirken die beiden unbeschwerter als auf allen anderen Bildern, die ich je von ihnen gesehen habe. Eine Augenblicksaufnahme, nicht aufgestellt und zwanghaft, meine Mutter und mein Vater als Liebespaar, zwei, die ihr Leben lang das gegenseitige Gewicht perfekt balancieren. Hinter ihnen der Schatten der beiden, der zu einem wird. Die restlichen Bilder springen in der Zeit vor und zurück und zeigen vor allem die Familie, aber fast keins ist von Skinnarbøl, abgesehen von einem von Mama und Papa aus dem Jahr 1940, mit zwei Terriern, die Røskalle und Remus heißen. Auf einer der letzten Seiten ein Foto aus Garmisch-Partenkirchen. Es sieht genauso aus wie in meiner Erinnerung, darunter Mamas Handschrift.

Das andere Album beginnt unmittelbar nach Kriegsende. Meine Eltern sind nach Skogli gezogen, und meine älteste Schwester feiert ihren fünften Geburtstag. Auf dem Bild sind noch weitere Kinder, und ich erkenne das apfelrunde Gesicht meiner anderen Schwester. Danach folgt ein weiterer Bruch in der Chronologie. 26. Januar 1941. Der Hochzeitstag meiner Eltern. Sie stehen hinter einem Tisch, auf dem offenbar die Hochzeitsgeschenke liegen. Mama lächelt und schaut nach unten. Auch Papa blickt nicht in die Kamera. Er macht ein Gesicht wie ein Sportler, der zu seiner Überraschung ein Rennen gewonnen hat. Ich kann das Zimmer, in dem sie stehen, nicht erkennen, aber ich gehe davon aus, dass es zu

Hause bei meinen Großeltern ist. Dann noch ein Bild, das am selben Tag aufgenommen worden ist. Diesmal draußen. Mama lächelt wieder, jetzt schaut sie in die Kamera, und es sieht aus, als ob mein Vater sie gleich küssen wird. Danach ein Bild von Heiligabend auf Skinnarbøl, 1943. Drei Frauen und zwei Männer. Der eine muss mein Vater sein, aber ich kann ihn nur mit Mühe erkennen. Vom nächsten Zeitdokument sind nur noch einige Leimflecken erhalten. Darunter hat Mama geschrieben: »Skoglivarden, Ostern 1939«. Ich bin ganz sicher, dass das fehlende Bild Mama zusammen mit Oskar Maier gezeigt hat. Auf der nächsten Seite ein Bild von Papa, der über einem Lagerfeuer Kaffee kocht, Mama auf Radtour mit einer Freundin und ein Bild, unter das Mama geschrieben hat: »In der Jungfernkammer (Skinnarbøl)«. Sie hat keine Jahreszahl dazu geschrieben, aber der Unterschied zu den Bildern von 1939 ist auffällig, Mama trägt die Haare offen und hat nicht die lange, schlanke Gesichtsform, die mich an meine Tochter erinnert. Und trotz der Bezeichnung für das Zimmer denke ich, dass sie bereits schwanger gewesen sein muss und deshalb plötzlich üppiger wirkt. Dann kommt ein weiteres Bild von Skoglivarden, Ostern 1939. Es zeigt fünf junge Menschen, die auf Kiefernzweigen im Schnee um ein Lagerfeuer sitzen. Ich erkenne Mama, die übrigen jedoch nicht. Dennoch bin ich sicher, dass es sich bei dem einen der jungen Männer um Lothar handeln muss, den anderen Deutschen. Seine Kleidung lässt annehmen, dass er nicht an Schnee gewöhnt ist, vielleicht ist er aber auch härter im Nehmen. Er trägt einen Pullover, die anderen dagegen Jacken und Anoraks. Der andere Mann, oder eher Junge, auf dem Bild trägt eine zünftige Helmmütze, während der, den ich für Lothar halte, barhäuptig ist und Pfeife raucht. Er sitzt leicht vornübergebeugt da und hat den Kopf schräg gelegt.

Seine Haare sind kurzgeschnitten und zu einem Seitenscheitel gekämmt. Es ist vielleicht falsch zu sagen, dass er typisch deutsch aussieht, aber er ist jedenfalls definitiv arisch. Ein athletisch aussehender junger Mann, der durchaus Werbung für Tabak machen könnte. Für *Asbjørnsens Eventyrblanding* vielleicht. »Man kann sich durchaus eine Zigarette gönnen und trotzdem fit bleiben.« Das Foto hat etwas Zeitloses, eigentlich könnte es jederzeit aufgenommen worden sein. Einige junge Leute, die zusammen sind und nur den Augenblick wahrnehmen. Nichts, was auf Aufbruch oder einen unmittelbar bevorstehenden Krieg hinweist. Bei dem einer von ihnen an der Ostfront sein Leben lassen wird.

Als dieses Bild aufgenommen wurde, suchte der Schreiner Johan Georg Elsner den Bürgerbräukeller in München auf, um ein Attentat gegen Hitler vorzubereiten, das später in diesem Jahr ausgeführt werden sollte. Während Mama durch den Rauch über dem Lagerfeuer oben in Skogli in die Kamera lächelt, beginnt der Schreiner aus Königsbronn mit der gewissenhaften Arbeit, in einer Säule des Bierkellers eine Zeitzünderbombe anzubringen. Dort hält Hitler seit seiner Machtergreifung jedes Jahr eine Rede, um an den Putschversuch am 8. und 9. November 1923 zu erinnern. 1939 weicht der Führer jedoch um Haaresbreite von seinem Zeitschema ab und sitzt bereits im Auto auf der Rückfahrt nach Berlin, als die Bombe hochgeht. Georg Elser war nur dreizehn Minuten davon entfernt, den Verlauf der Geschichte zu ändern.

Dreizehn Minuten. Genau so lange, wie ich brauche, um von Skogli nach Kongsvinger zu fahren.

Hätte Hitler sich an seinen Zeitplan gehalten, hätte Oskar Maier vielleicht nicht nach Deutschland zurückfahren müssen, jedenfalls nicht so früh und ziemlich sicher nicht allein.

Dreizehn Minuten.

Zwölf Wörter.

Plötzlich erscheint mir meine Existenzberechtigung als Rechenaufgabe. Plötzlich erscheint es mir als meine größte Leistung im Leben, dass ich überhaupt geboren worden bin. Mama hat immer gern erzählt, wie der Arzt ihr riet, eine Abtreibung vornehmen zu lassen, weil sie so alt war und deshalb das große Risiko bestand, dass mit dem Fötus etwas nicht stimmen könnte. Dem *Fötus.* So habe ich an mich selbst noch nie gedacht. Ein quallenähnlicher Klumpen, der in Mama herumschwappte. 1964 gab es noch keine Fruchtwasseruntersuchungen, aber was, wenn es sie gegeben und der Arzt festgestellt hätte, dass etwas mit mir nicht stimmte; hätten Mama und Papa mich trotzdem haben wollen? Ja, das glaube ich. Sie waren Pfingstler und glaubten an die Existenzberechtigung jeglichen Lebens. Aber nun hat die Geschichte eine neue Dimension erhalten. Am 28. November 1939. Vierundzwanzig Jahre, fünf Monate und siebzehn Tage vor meiner Geburt schreibt Mama, sie wünschte, Oskar Maier wäre bei ihr im Zimmer, und dann würde sie ihn küssen und umarmen. Meine Großeltern, Onkel und Tante, lassen ihm ausrichten, dass er bald nach Norwegen zurückkommen soll. In äußerster Konsequenz bedeutet das: Wäre der Zweite Weltkrieg nicht ausgebrochen, wäre ich nicht geboren worden, während zweiundsiebzig Millionen Menschen nicht ihr Leben gelassen hätten. Das ist ein so großer Gedanke, dass ich ihn nicht an mich heranlassen kann.

Dreizehn Minuten.

18

Ich gehe zum Kühlschrank, nehme eine Flasche Miller-Bier heraus, die ich als Dank für die Wohnungsbenutzung gekauft habe, und leere sie in einem Zug. Auf der anderen Seite der Bahnlinie in Richtung Fluss sehe ich einen Mann kommen. Ich weiß, wer er ist. Er war in der Schule ein Jahr über mir und hat schon früh in seinem Leben die Richtung verloren. Jetzt hat er vermutlich hinter dem Lokdepot gesessen und getrunken. Hier stehe ich an einem normalen Werktag mit einem Bier in der Hand und frage mich, ob ich auch so hätte enden können wie er.

Natürlich hätte ich das.

Einmal nach der Schule in der dritten Klasse saß ich hinten in unserem Cortina und wartete auf meine Eltern, während sie in einem Elektroladen zu tun hatten. Wie heute war es ein glasklarer Frühlingstag, an dem die Menschen die Augen zusammenkniffen, um sich an die grelle Sonne zu gewöhnen. Der Laden lag im Keller unter einem Lebensmittelgeschäft, und der kleine Parkplatz war voll besetzt, deshalb hatte Papa an einer Bushaltestelle gleich bei der Ausfahrt geparkt. Vom Parkplatz zu der Stelle, wo ich wartete, führte ein sanfter Hang, und als eine Kundin einen Staubsauger aus dem Laden trug, konnte sie gerade noch in einen alten Volvo einsteigen, dann setzte der Fahrer auch schon zur Hauptstraße hin zurück. Gleichzeitig bog ein Mann um die Ecke des Geschäftshauses vor mir, und er schaffte gerade zwei Schritte über den Weg, da traf der Volvo ihn von der Seite. Der Wagen fuhr nicht schnell, und es war vielleicht eher ein Schubs als ein Auffahrunfall, aber der Mann geriet aus dem Gleichgewicht und kippte um. Was den größten Eindruck auf mich machte, war nicht, zu sehen, wie ein Mensch von einem Auto getroffen wurde, sondern dass der Mann total unangefochten auf die Beine kam und weiterging, als wäre gar nichts passiert. Der Volvofahrer musste gemerkt haben, dass sein Wagen etwas getroffen hatte, denn er hielt an, aber die beiden im Auto machten keinerlei Anstalten, auszusteigen und sich nach dem Befinden des Mannes zu erkundigen. Und dann erkannte ich ihn. Den Bratterud-Mörder. Papa hatte ihn mir auf der Straße gezeigt und erzählt, dass er wegen Mordes festgenommen, aber niemals verurteilt worden war. Ein ganz normaler älterer Mann, der sich nur in einem Punkt von seinen Altersgenossen unterschied: Ich habe nie gesehen, dass er zu irgendwem Blickkontakt aufgenommen hätte. An diesem Tag bewegte er nicht einmal den Kopf in Richtung des Volvos, der ihn angefahren hatte, er ballte auch nicht die Fäuste oder rief Verwünschungen. Das hatte etwas unbeschreiblich Tristes. Als sei das nur etwas gewesen, mit dem er rechnen musste, oder schlimmer noch, das er verdient hatte.

Ein Mann, an dem nicht vielen lag.

Über solche will ich singen.

Nachdem er dreißig Jahre lang in aller Öffentlichkeit für den Mord gebüßt hatte, starb der Mann. Ein halbes Jahr danach gestand ein anderer die Tat. Ich habe mich oft gefragt, ob einige von denen mit den längsten Zeigefingern danach in sich gegangen sind, ob sie sich wohl geschämt haben, weil sie ihn so behandelt hatten. Aller Wahrscheinlichkeit nach aber nicht.

Ich muss immer wieder an die Diskussion darüber denken, welche Seite man während des Krieges gewählt hätte. Wie leicht es ist, mutig zu sein, wenn man es nicht mehr sein muss.

Ich kehre zu dem Album zurück, mache dort weiter, wo ich aufgehört habe. Und dort, unten in der Mitte, fehlt noch ein Foto. Teile der Rückseite sind in drei Fotoecken hängen geblieben. Keins der anderen verschwundenen Bilder hat so deutliche Überreste hinterlassen. Darunter steht in Mamas Handschrift: »Hjørdis und Lothar, Oskar und ich, Skinnarbøl«.

Das Größte von allem ist die Liebe, nicht wahr? Was aber, wenn die Liebe die falsche Uniform trägt? Ich habe Bilder der Deutschendirnen nach dem Krieg gesehen. Vor allem erinnere ich mich an ein Foto aus Trøndelag, und mir geht auf, dass diese geschundenen und geschorenen Mädchen in dem Alter gewesen sein müssen, in dem Mama die Briefe geschrieben hat. Dennoch haben nicht die Mädchen auf dem Bild den größten Eindruck auf mich gemacht. Natürlich war die Angst in ihren Augen ergreifend, aber was mich vor allem traf, waren die anderen Menschen. Die dabei standen. Die Richtigen, die Anständigen, die Normalen. Die, die recht hatten. Leute wie du und ich. Die Schadenfreude, die aus den Gesichtern der Frauen und der Kinder leuchtete, und vor allem aus dem des jungen Mannes, der den Mädchen die Haare abgeschnitten hatte. Er hielt sich ein Bild von König Haakon über den Kopf wie einen Pokal nach einem Fußball-Endspiel, und sein selbstherrliches Lächeln schien anzudeuten, dass er eine große Tat vollbracht hatte. Aber nichts an diesem Mann ließ mich denken, er sei der Typ, der sich freiwillig für einen Einsatz hinter den feindlichen Linien gemeldet hätte oder als einer der Ersten in Omaha Beach an Land gegangen wäre. Das Hässliche in den Herzen der Menschen bleibt in alle Ewigkeit unverändert.

Was ist mit mir? Kann ich zu hundert Prozent wissen, dass ich mich der Widerstandsbewegung zur Verfügung gestellt hätte? Kann irgendwer das wissen?

Wie oft habe ich gesehen, wie Mamas Buchstaben zusammengebunden wurden und daraus Wörter und Namen entstanden. Auf Geburtstagskarten, als ich klein war. Auf Paketaufklebern zu Weihnachten. Auf einigen seltenen Postkarten, als sie und Papa anfingen, ans Mittelmeer zu fahren.

Mamas Schrift blieb bis an ihr Lebensende dieselbe. Während ihre Stimme, ihre Haltung und ihr Gang zeigten, dass sie älter wurde, verloren ihre Buchstaben niemals ihre jugendliche Leichtigkeit. Sie schrumpften nicht und verloren nicht ihre Form, niemals wirkten sie gebrechlich oder schwerfällig. Mama bekam keine zittrigen Hände wie fast alle männlichen Familienmitglieder. Am Ende, nachdem alles andere verwittert war, waren ihre Hände das Letzte, was aufhörte, *sie* zu sein, mit den blauen Adern, die sich unter der Haut ihren Weg bahnten wie drei Flussarme, die zusammenfließen und zu einem gewaltigen Strom werden. Dieselben Hände, die eben noch Tintenfass und Feder gehalten und an ihren Maier geschrieben hatten, den Geliebten, den Herzensbrecher.

Wer hat wohl das Bild aus dem Album genommen? Und ist es nur Einbildung, wenn ich glaube, dass es im Affekt passiert ist? Hat das überhaupt eine Bedeutung? Oder will ich, dass es mein Vater war, der in einem Wutausbruch laut wurde, Nazi-Deutschland verfluchte und das Foto von Mama und Oskar Maier aus dem Album riss?

Aller Wahrscheinlichkeit nach hat er jedenfalls den Brief verbrannt, den Oskar Maier nach der Entlassung aus der russischen Kriegsgefangenschaft geschickt hatte.

Der Brief war vielleicht so ungefähr das Erste, was Oskar schrieb, als er nach Hause kam. Vielleicht wartete er nicht einmal so lange, sondern erbettelte sich Papier von denen, bei denen er doch auf dem langen Weg zurück nach Bayern übernachten musste. In Scheunen und Schuppen am Straßenrand, mit dem Mond als einziger Lichtquelle, kann ich vor mir sehen, wie er sich über den Brief beugt, während er sich ihr Gesicht vor sein inneres Auge holt. *Liebe Tea,* nein, nicht liebe, *Geliebte Tea,* fange ich an, und dann komme ich nicht weiter. Nach acht Jahren fern der Heimat und neun Jahren fern von ihr, wie hätte die Fortsetzung ausgesehen? Er hätte sich nicht mehr auf zwölf Wörter beschränken müssen. Oskar Maier hätte schreiben können, so viel er wollte.

Es hätte vermutlich mit Erleichterung und Sehnsucht angefangen. Vielleicht Überraschung darüber, dass er am Leben war, möglicherweise Dankbarkeit. Vor allem aber hätte es davon gehandelt, dass man niemals aufgeben darf, sich nicht den Gedanken erlauben, dass sie, die versprochen hatte, immer auf ihn zu warten, dieses Versprechen nicht gehalten hat.

Aber wohin hätte er den Brief geschickt? Nach Skinnarbøl?

Konnte er sich die Möglichkeit vorstellen, dass sie, die ihm gehörte und keinem anderen, auf dem Gut geblieben war, wo sie sich kennengelernt hatten? Vielleicht war sie befördert worden, war zur Kaltmamsell geworden, die die Stubenmädchen herumkommandierte und nach Feierabend viel Zeit allein in ihrem Zimmer verbrachte. Eine erwachsene Frau, die jeden Morgen lange vor dem Spiegel stand, um sich jünger zu machen, und die an keiner der Fenstertüren vorbeigehen konnte, ohne einen Blick auf die Birkenallee zu werfen, auf die Hauptstraße, in Richtung Bahnhof, in Richtung Welt.

Oder fand Oskar Maier die Adresse von Andreas und Gullborg Thorsen, meinen Großeltern? Wurde denen der Brief zugesandt, so dass Oma damit nach Bjørkeli gehen musste, zum kleinen Hof meiner Eltern? Aller Wahrscheinlichkeit nach nicht. Obwohl Mama jetzt einen anderen Nachnamen hatte, dachte der Postbote bestimmt weit genug, um den Brief in ihren Briefkasten zu stecken. Als ich klein war, stand der Briefkasten unten an der Hauptstraße, einen knappen Kilometer von unserem Haus entfernt. Wie das gegen Ende der 40er Jahre aussah, weiß ich nicht. Wichtig ist, dass der Brief von Oskar Maier an Tea Thorsen zu Hause in Skogli landete, und dass nicht Mama an jenem Tag die Post geholt haben kann. Sie kann keinen Brief mit der Handschrift, die sie so gut kannte, hochgehoben haben, um ihn dann ungeöffnet mit nach Hause zu nehmen und auf den Küchentisch zu legen, bis Papa von der Arbeit kam. Es war acht Jahre her, dass sie zuletzt von Oskar Maier gehört hatte, Mama war verheiratet und hatte zwei Töchter, aber dennoch, sie muss neugierig gewesen sein. Auch wenn sie Papa von ganzem Herzen liebte, muss sie sich ab und zu gefragt haben, was aus Oskar Maier geworden war. Sie muss davon ausgegangen sein, dass er tot war, und dann tauchte plötzlich seine Handschrift auf einem an Tea Thorsen adressierten Briefumschlag auf. Wenn sie wirklich entschlossen gewesen wäre, ihn nicht zu öffnen, hätte sie ihn nicht mit nach Hause genommen. Sie hätte ihn in Fetzen gerissen und die in den Flyktningssee gestreut, ehe sie den Hang nach Bjørkeli zurück hochgestiegen wäre. Aber weder vom christlichen noch vom menschlichen Standpunkt aus hätte sie so reagieren können oder wollen, da bin ich sicher. Tea Henriksen schuldete Oskar Maier vielleicht keine Entschuldigung, aber sie schuldete ihm eine Erklärung. Eine Möglichkeit, mit seinem Leben weiterzumachen.

Deshalb muss es Papa gewesen sein, der mit dem Brief nach Hause kam und ihn zwischen sie und sich auf den Küchentisch legte. Papa hatte von Oskar Maier gehört, und wenn nicht mit Namen, dann jedenfalls als dem Deutschen, der bei Kriegsausbruch mit Papas Frau zusammen gewesen war. Alles andere ist unvorstellbar.

Es war Papa, der den Brief verbrannte. Aber hatte Mama ihn gebeten, den Brief in den Ofen zu werfen, oder hat er das mit der größten Selbstverständlichkeit getan, als wäre es sein gutes Recht? Es spielt keine Rolle, wer von den beiden es getan hat, aber ich kann mich nicht von dem Gefühl befreien, dass Oskar Maier damals Unrecht geschehen ist. Er hätte es verdient, die Wahrheit zu wissen.

Hatte er einen Plan B? Egal, wie sehr er Mama brauchte, um Krieg und Gefangenschaft zu ertragen, muss es Augenblicke gegeben haben, in denen er daran zweifelte, dass sie ihr Versprechen halten und auf ihn warten würde. Vor allem, als sein Heimatland in ihres einmarschierte, und nicht zuletzt, als der Krieg zu Ende war und er nicht nach Hause durfte. Wenn Mama auf den Brief geantwortet und von Papa und ihren Töchtern erzählt hätte, hätte er sich damit abgefunden?

Es muss Momente in der Gefangenschaft gegeben haben, wo eine falsche Bewegung, ein Schritt nach vorn, eine geballte Faust alles war, was er gebraucht hätte, um nie wieder etwas empfinden zu müssen. Dennoch alles ausgehalten zu haben, nur um einen kurzen, abweisenden Brief zu bekommen, müsste ihm als großer Verrat erschienen sein, als wäre er abermals dem Tod entronnen, den er vielleicht etliche Male gern aufgesucht hätte.

Vielleicht hätte er versucht, nach Norwegen zu fahren, um alles mit eigenen Augen zu sehen, wenn sie ihm von ihrer Familie erzählt hätte? Zu sehen, ob sie wirklich glücklich war. Zu sehen, wer seine Stelle eingenommen hatte.

Hat Oskar Maier jemals erfahren, dass Tea am Leben war?

Nein, bitte, jetzt nicht noch mehr Film ablaufen lassen. Pause! Ich stehe vom Tisch mit den Bildern und den Briefen auf. Öffne den Gitarrenkasten und setze mich mit der Gibson auf dem Schoß an das Fenster zur Straße. Die Gitarre fühlt sich in meinen Händen fremd an, aber ich zwinge mich zum Spielen, dazu, in einigen meiner alten Lieder Gesellschaft zu suchen. Es klingt gezwungen. Uninspiriert. Als das Telefon klingelt, bin ich erleichtert darüber, meinen eigenen Gedanken zu entkommen, und lege die Gitarre auf das Sofa. *Hickory Wind* ist diesmal das Lied.

»Hallo«, sage ich neutral.

»Wie ist Karlstad? Hast du etwas geschafft?«, fragt Gerhard.

»Das waren zwei Fragen auf einmal«, sage ich.

Es bleibt so lange still, dass ich schon glaube, die Verbindung sei unterbrochen, aber dann räuspert er sich und sagt:

»Du bist nie losgekommen, was?«

»Wieso glaubst du das?«

»Das höre ich deiner Stimme an. Ich fahre jetzt gerade über die alte Brücke. Ich komme dann vorbei«, sagt er.

»Können wir einen Ausflug machen? Ich gehe hier gerade die Wände hoch«, sage ich.

19

Als der pensionierte Sprungrichter draußen hupt, schnappe ich mir die Topfrose, ziehe die Jacke an und laufe die Treppe hinunter. Als ich mich in den Mercedes setze, habe ich das Gefühl, in ein Taxi zu steigen, ohne zu wissen, wohin es geht.

»Warum nimmst du die Rose mit?«, fragt er.

»Die sollst du haben.«

»Weil?«

»Weil du es besser schaffst, dich um Dinge zu kümmern, als ich.«

»Danke. Die nehme ich gern. Das ist eine prachtvolle Rose.«

Er sieht mich an, als ob er erwartet, dass ich noch mehr sage.

»Bitte sehr«, sage ich.

»Wohin soll's gehen?«

Ich zucke nur mit den Schultern.

»Dann fangen wir mit der Festung an. Dahin fahre ich immer, wenn ich nicht weiß, wohin«, sagt er.

»Gute Idee. Ich war schon ziemlich lange nicht mehr da«, sage ich, stelle die Rose vorsichtig vor mir auf den Boden und schließe den Sicherheitsgurt.

Ich habe Gerhard kennengelernt, als er mir geholfen hat, die Resultate von Papas Skispringerkarriere zu finden. Durch seine Quellen konnte er herausfinden, dass unser Vater vor dem Krieg einer der besten Springer in seinem Landkreis gewesen war. Seither sind wir in Kontakt geblieben. Wir können lange Strecken fahren, ohne jede Kleinigkeit beschreiben zu müssen, die wir am Wegesrand sehen. Die Fähigkeit, zusammen zu schweigen, ist zu einer der Eigenschaften geworden, die ich an einem Menschen am meisten zu schätzen weiß. Im Tourbus benutze ich oft Kopfhörer als Scheuklappen für die Ohren, um das ewige Geplapper um mich herum nicht hören zu müssen.

Heute trägt er Jeans und ein Grievous-Angels-T-Shirt, und wie immer scheint er frisch vom Friseur zu kommen. Seine graumelierten Haare sind glatt zurückgekämmt und passen perfekt zu den Farben des gestreiften Hemdes. Es ist vielleicht komisch, dass ich ihn immer den pensionierten Sprungrichter nenne. Ich könnte genauso gut ehemaliger Lehrer oder Hobbygärtner sagen, aber er war nicht nur

Sprungrichter, er war auch aktiver Springer und hat mir deshalb geholfen, eine Seite an meinem Vater zu verstehen, die er und ich niemals gemeinsam hatten: die Kunst zu fliegen. Als die Erinnerung an Papa vorüberflackert, fällt mir ein, dass ich noch einmal ins Fettnäpfchen getreten bin und nicht die Frage gestellt habe, die jeder normale Mensch sofort gestellt hätte.

»Wie geht es deiner Mutter?«, frage ich.

»Ich habe ihre Hand gehalten, als sie gestorben ist«, sagt er.

Ich hebe die Hände zu einer halbherzigen Bewegung. Wenn wir in der Wohnung wären, hätte ich ihn vielleicht umarmen müssen, aber wir sind Männer, die einander noch nie umarmt haben, deshalb klopfe ich ihm nur auf die Schulter.

»Tut mir leid, dass ich am Telefon vergessen habe, zu fragen. Das war gedankenlos. Mein Beileid«, sage ich.

»Mutter hatte ein langes Leben. Nicht zuletzt hatte sie ein reiches Leben. Sie war bereit zum Aufbruch, und sie ist im Kreis ihrer Kinder gestorben.«

Ich nicke nur, sage nicht, dass ich weiß, was das für Gefühl ist, dass Mama mir noch immer fehlt, etwas, das die Aufmerksamkeit von seiner Trauer ablenken würde.

»Ich bin froh darüber, dass sie nicht lange liegen musste. Mutter war an ein aktives Leben gewöhnt. Aber wie geht es dir? Ich kann es kaum erwarten zu hören, warum du nicht gefahren bist«, sagt er.

»Das ist jetzt nicht wichtig.«

»Doch, genau das ist es. Vor der Beerdigung schaffe ich doch nichts mehr«, sagt er und erinnert mich an etwas, das Mama gern gesagt hat: Die größte Fürsorge, die du dir selbst erweisen kannst, ist, dich um andere zu kümmern.

»Ich war verhindert«, sage ich und bereue diese schroffe Antwort sofort. Damit er nicht denkt, dass er schon wieder meine persönliche Klagemauer sein und sich anhören soll, wie schwer es ist, Lieder zu schreiben, fange ich an, von Mama und Oskar Maier zu erzählen.

Wir haben den Parkplatz oben bei der Festung erreicht, ehe ich zum Ende komme, und er bleibt lange einfach sitzen, ohne etwas zu sagen, aber ich kann sehen, dass die Geschichte ihn bewegt.

»Das ist seltsam«, sagt er endlich. »Ich bin dabei, meine Mutter zu begraben, und du gräbst deine aus.«

Ich nicke nur, denn ich weiß nicht, was ich antworten soll.

»Das wird eine ganz andere Art von Liedern, als du eigentlich schreiben wolltest«, sagt er.

Ich schüttele den Kopf.

»Es dreht sich nicht alles ums Liederschreiben.«

»Einmal, als wir unterwegs waren, hast du gesagt, dass deine Tage jetzt Lieder darüber sind, was werden wird.«

»Diese Briefe sind nicht die Tage von jetzt. Sie sind die Tage von vor langer Zeit. Ich werde noch immer mit dem Zug durch Schweden fahren. Da werde ich die Lieder für mein letztes Album schreiben, aber ich kann diese Geschichte nicht verdrängen.«

Er sieht mich an und nickt.

»Das kann ich verstehen«, sagt er. »Aber weißt du noch, wie ich die Sprungergebnisse deines Vaters gefunden habe?«

Ich nicke.

»Als wir später über ihn gesprochen haben, hast du gesagt, dass Leute gern die Leben ihrer Eltern unter die Lupe nehmen, um Entschuldigungen für ihre eigenen Charakterfehler zu finden. Versuchst du das gerade?«

»Nein«, sage ich. »Damals war ich in einer ziemlichen Krise, wollte weglaufen vom Leben als Musiker, von meiner Frau und von mir selbst. Dachte, dass der Widerwille gegen das Einzige, worin ich irgendwann gut gewesen bin, damit zusammenhängen müsste, wie mein Vater immer der Frage ausgewichen ist, die ihn sein ganzes Leben lang gequält hat.«

»Und die war?«

»Warum er das Gefühl hatte, nie gut genug zu sein.«

Gerhard will etwas sagen, aber ich lasse ihn nicht zu Wort kommen.

»Das hier ist anders. Was es an Licht in mir gibt, habe ich von Mama. Ich habe mir immer gewünscht, so zu sein wie sie, und jetzt erlebe ich sie plötzlich als Teenager mit Sehnsüchten und Träumen, wie ich sie selbst auch hatte. Mit denselben Fehlern und Schwächen.«

»Ich habe das Gefühl, das ist noch nicht alles?«

Ich antworte nicht sofort. Das Ticken des Motors erinnert mich an eine Uhr, die kurz vor dem Stehenbleiben ist.

»Ich stelle mir vor, wenn Oskar Maier während des Krieges zurückgekommen wäre, dann als Besatzungssoldat. Hätte Mama ihn dann immer noch geliebt?«

20

Wir steigen aus dem Auto. Im Laufe der Jahre habe ich die Festung in meinen Liedern zahllose Male auf immer neue Weise beschrieben. Als Krone auf dem kahlen Kopf eines erschöpften Königs, als Raumschiff oder als Narrenkappe, die mich an die vielen Male erinnert, als ich hätte gehen sollen. Hier haben Elvira und ich uns verlobt, und als sie fünfundfünfzig wurde, haben wir hier ein kleines Fest gefeiert. Während die Glomma in meinem Leben immer anwesend war, da ich sie jeden Tag auf dem Weg zur Schule überqueren musste, ist die Festung in meinem Bewusstsein langsam gewachsen, wie ein Bild der Stadt Kongsvinger. Ohne die Festung würde hier vielleicht keine Stadt liegen. Seit ich älter geworden bin, bin ich jedesmal stolz und gerührt, wenn ich hier oben bin. Noch fünfundzwanzig Jahre, nachdem ich von hier weggezogen bin, kommt es mir vor, als wäre ich niemals gegangen.

Wir gehen über die Pflastersteine durch das erste Tor, vorbei an den Kasematten im äußeren Wall und durch das Haupttor, das zum Festungshof hochführt. Unter dem Dach hängen noch immer Haken für die Beleuchtung, und das hohle Geräusch unserer Schritte klingt wie der schwache Widerhall der Pferdehufe, die hier ein- und ausgetrabt sind.

Draußen auf dem offenen Hofplatz nimmt der Wind Tempo auf, und die spitze Fahne bläht sich wie ein Segel. Wir gehen vorbei an Restaurant, Toiletten und Museen, setzen uns auf der Ostseite hinter den Kanonen auf eine Bank und schauen zum Fluss hinüber. Das hier ist vielleicht die schönste Aussicht, die ich kenne. Die blauen Gipfel in Richtung Solør weiter oben, die Felder der großen Höfe am Vingersee am anderen Ufer der Glomma. Der Fluss, der eine jähe Biegung macht und wie ein gigantischer Arm die Stadt in zwei Teile schneidet.

»Seit ich die Briefe bekommen habe, laufen meine Gedanken in mehrere Richtungen gleichzeitig. Manchmal fehlt mir meine absolute Sicherheit von damals, als ich jung war. Die Fähigkeit, immer alles in Schwarzweiß zu sehen.«

»Willkommen in meiner Welt«, sagt er.

»Wie war es in deiner Familie? Haben die im Krieg alle auf der richtigen Seite gestanden?«

Er antwortet nicht sofort. Schaut zuerst flussabwärts, dann flussauf in Richtung Solør, bis er endlich den Blick wieder auf mich richtet.

»Nein, mit fünfundsechzig habe ich herausgefunden, dass beide Eltern meiner Mutter NS-Mitglieder waren«, sagt er.

»Das ist doch erst ein paar Jahre her?«, frage ich.

Er nickt.

»Als das Landesverräterarchiv 2015 geöffnet wurde, hat mein Bruder nachgesehen, ob da irgendwas über unsere Großeltern zu finden wäre. Er interessiert sich für solche Dinge. Das war bei mir nie der Fall. Mein Bruder hat unter anderem den Antrag unseres Großvaters auf Mitgliedschaft in der NS gefunden, dazu das Protokoll mehrerer Vernehmungen. Mein Großvater hat erklärt, dass er ohne Druck von außen im Herbst 1942 in die Partei eingetreten ist und dass er seither keinen Versuch gemacht habe, wieder auszutreten.«

»Glaubst du, es war möglich, einfach auszutreten?«

»Sicher nicht. Jedenfalls wussten meine Großeltern Bescheid über die Aktivitäten der Grenzlotsen, aber nichts in den Unterlagen deutet darauf hin, dass sie irgendwen verraten hätten. Im Gegenteil, es sieht aus, als hätten Flüchtlinge auf dem Weg nach Schweden in ihrer Scheune übernachtet, und meine Großmutter hat ihnen Essen gebracht. Ihren Kindern hat sie erzählt, sie müsse das Vieh füttern.«

»Sie haben also auf beiden Seiten mitgekickt«, sage ich.

»Sieht so aus. Und bei deinen Leuten, gab es da Quislinge?«, fragt er.

»Ein angeheirateter Onkel war bei der Grenzpolizei und hat nach dem Krieg gesessen«, sage ich und frage mich, warum es plötzlich so wichtig ist, zu betonen, dass er und ich jedenfalls nicht blutsverwandt sind. Und warum ich nicht auch erzähle, dass Papas andere Schwester, die, die nicht mit dem Grenzpolizisten verheiratet war, zu Anfang des Krieges mit dem Nazismus geflirtet hat.

»Es gab wohl in sehr vielen norwegischen Familien beides«, sagt er.

Über uns bildet ein Kranichschwarm ein V. In Richtung Schweden zieht sich die Wolkendecke zusammen, und in den Häusern unter uns quillt Rauch aus mehreren Schornsteinen. Ich ziehe den Reißverschluss meiner Jacke ganz hoch.

»Oskar Maiers Tochter hat mir erzählt, dass ihr Vater während der Gefangenschaft, jedenfalls gegen Ende, jeweils nur zwölf Wörter nach Hause schreiben durfte. Meistens bat er dann um Lebensmittel, vielleicht auch um Kleider. Wenn ich mir überlege, dass er auch an Mama so einen Brief geschickt hätte, welche zwölf Wörter hätte er sich dann wohl ausgesucht?«

»Du liebst doch Hemingway, oder?«, fragt er.

»*In einem anderen Land* ist das beste Buch, das ich je gelesen habe«, sage ich.

»Dann kennst du auch die Geschichte von der Novelle in sechs Wörtern?«

Ich schüttele den Kopf.

»Es ist nicht sicher, ob es eine wahre Geschichte ist, aber es ist eine gute Geschichte.«

»Und?«, frage ich.

»Die Geschichte geht: *Baby shoes for sale. Never worn.*«

Ich sehe ihn nur an. Sage zuerst nichts, dann zähle ich an den Fingern ab.

»Das sind fünf Wörter, *babyshoes* wird doch sicher zusammengeschrieben.«

Er schüttelt den Kopf.

»Jetzt fällt mir jedenfalls ein Wort ein, das eine passende Beschreibung für dich ist. Ein Wort, von dem ich nie gedacht hätte, dass es passen würde.«

»Welches denn?«, frage ich.

»Pragmatisch.«

Dass ich lospruste, überrascht uns beide, und es tut gut, wieder zu lachen. Ich habe seit Tagen nicht mehr gelacht.

»So bin ich noch nie genannt worden. Aber du hast natürlich recht. Es ist eine phantastische Geschichte. Vielleicht hatte Oskar Maier das Wort in seiner Gewalt. Vielleicht brauchte er nicht einmal zwölf Wörter, um zu sagen, was er sagen wollte. Es braucht Zeit, sich kurz zu fassen, aber Oskar Maier hatte alle Zeit der Welt«, sage ich.

»Du hast auch Zeit, um dich kurz zu fassen, wenn du willst«, sagt er.

Ich nicke. Denn etwas an einem Wort, sechs Wörtern, zwölf Wörtern, lässt mich an den Abschied von Sabine und Rudi denken.

Die Rosen. *Die sind von der einen Sorte, one of a kind* (zehn Wörter, zähle ich in Gedanken). Die Rosen sind also einzigartig, aber auf welche Weise?

»Du kennst dich doch mit Blumen aus, nicht wahr?«, frage ich.

Er sieht mich an und nickt.

»Ich weiß ein bisschen. Das hat mich auf andere Gedanken gebracht, nachdem meine Frau gestorben war.«

»Die Rose, die ich dir gegeben habe, ist die etwas Besonderes? Als Sabine mir den Topf gegeben hat, habe ich das so verstanden.«

»Daran habe ich noch nicht gedacht. Ich muss sie mir genauer ansehen, um diese Frage beantworten zu können«, sagt er.

Im Auto hebt er den Topf mit der Rose hoch. Schnuppert an den Blüten und befühlt die Blätter.

»Die sind nicht unbedingt etwas Besonderes, aber die Rose ist okuliert.«

»Was?«, frage ich.

»Sie wurde veredelt und später aufgepfropft, wenn dir das lieber ist, dieser Begriff ist dir vielleicht schon mal untergekommen?«

Ich nicke.

»Du kannst sehen, dass diese Rose okuliert ist, weil sie einen Knick im Wurzelhals hat«, sagt er und zeigt auf die untersten Zweige.

»Und?«, frage ich.

»Die Deutschen waren und sind gute Rosenveredler, und ich kann mir vorstellen, dass Oskar Maier vielleicht von einer der Rosen auf Skinnarbøl ein Blatt oder eine Knospe mitgenommen hat, als er nach Deutschland zurückmusste. Das Blatt oder die Knospe, das, was wir Auge nennen, hat er dann unter die Rinde eines neuen Grundstamms gepfropft. Irgendwann wachsen die beiden Teile zusammen und werden zu einer ganz neuen Rose. Für einen Geschichtenerzähler muss das ein gutes Bild für die Liebe sein.«

»Wie meinst du das?«, frage ich.

»Du kannst Oskar Maier als den Grundstamm betrachten, den ausdauernden, den tragenden. Während deine Mutter das Schöne war, das, was alle sehen können. Rosen zu veredeln ist ungeheuer spannend. Ich habe es schon oft gemacht. Und dann habe ich immer gewartet, bis ich die Eigenschaften der Rose sehen konnte, ehe ich ihr einen Namen gegeben habe.«

»Was für Eigenschaften?«

»Blühfähigkeit, Größe, wie die nächste Blüte verläuft, Haltbarkeit und Farbe, eine Reihe solcher Dinge.«

»Aber wenn Oskar Maier diese Rose veredelt hat, kannst du doch sicher nicht durch den bloßen Anblick feststellen, ob es eine norwegisch-deutsche Kreuzung ist?«, frage ich.

»Nein, natürlich nicht«, sagt er und lacht. »Weißt du ihren Namen?«

Ich schließe die Augen und lege das Gesicht in die Hände. Konzentriere mich darauf, die Antwort irgendwo in der Dunkelheit hinter den Augenlidern zu finden.

»Lohmühle, sagt dir das was?«, frage ich schließlich.

»An sich ja, aber auf eine sehr sachliche Weise. Keine Elegie auf die Liebe.«

»Wie meinst du das?«

»Fast alle deutschen Städte von einer gewissen Größe haben eine Straße oder einen Platz, die irgendwas mit Lohmühle heißen.«

»Und?«

»Da hatten die Gerber ihre Werkstätten.«

»Ach was«, sage ich und kann nichts daran ändern, dass ich enttäuscht bin. Wenn Oskar eine Rose okuliert und ihr einen Namen gegeben hat, der etwas mit Gerberei zu tun hat, welche Geschichte erzählt das dann? Keine!

»Siehst du den Zusammenhang nicht?«, fragt Gerhard.

Ich schüttele den Kopf.

»*Skinnarbøl* bedeutet Wohnort des Schinders, oder wenn du so willst, des Gerbers.«

21

Einmal hatte ich einen Song namens *Lied für die Wartenden* geschrieben, und immer, wenn wir das spielten, sah ich meine Frau vor mir. Wenn Oskar Maier seine Rose Lohmühle genannt hat; wollte er damit eine Erinnerung an die erschaffen, die der Krieg ihm genommen hatte? Wollte er damit laut ihren Namen sagen, ohne das wirklich zu tun? Wenn der Gedanke an Mama ausreichte, um ihn zuerst im Krieg und dann in russischer Gefangenschaft am Leben zu erhalten, dann bin ich sicher, dass er sie auch für den Rest seines Lebens als Wand benutzt hat, an der er sich aufrichten konnte.

»Wenn du die Geschichte über deine Mutter erzählst, muss ich daran denken, wie man den Boden in einem alten Haus aufbricht«, sagt Gerhard.

»Wie meinst du das?«

»Immer, wenn man glaubt, bei den Originalbalken angekommen zu sein, stößt man auf eine noch frühere Schicht.«

»Du bist es hier, an dem ein Dichter verlorengegangen ist«, sage ich.

»Das meinst du ja wohl nicht im Ernst. Ich weiß einiges über das Restaurieren von alten Häusern, aber nichts übers Dichten. Du dagegen? Was suchst du?«

»Die Frage ist einfach zu beantworten«, sage ich. »Ich weiß es nicht. Irgendwie erscheinen mir diese Briefe wie ein Geschenk. Gleichzeitig wünsche ich mir, ich hätte sie weggeworfen. Es gibt immer mehr Fragen, auf die ich keine Antwort finde. Einerseits finde ich es schön, an Mamas Gedanken teilzuhaben und mich in dem wiederzuerkennen, was sie schreibt. Andererseits macht die Geschichte mich traurig. Als Sohn bin ich natürlich froh darüber, dass es so gekommen ist, wie es eben gekommen ist. Der Geschichtenerzähler in mir wünscht sich für die Geschichte der beiden einen richtigen Schluss. Verstehst du?«

»Ich weiß nicht so recht«, sagt er.

»Hast du dich nie gefragt, wie dein Leben verlaufen wäre, wenn du mit einer anderen zusammen gewesen wärst als mit deiner Frau?«

»Nein. Vor und nach Fanny gab es nichts. Sie war die große Liebe. Die einzige.«

Er lacht.

»Hörst du? Jetzt hör ich mich schon an wie ein Dichter ohne Endreim.«

Ich lache auch, aber es ist kein frohes Lachen.

»Weißt du«, sagt er. »Der Boden des eines Mannes ist das Dach des anderen und überhaupt. Ich weiß nicht, wie ich reagieren würde, wenn mir so etwas passierte, aber ich verstehe sehr gut, dass das hier zwischen dir und deinen neuen Liedern steht.«

Ich nicke.

»Die Freundin deiner Mutter, diese Hjørdis oder wie sie hieß, weiß deren Familie vielleicht mehr?«

Ich werde ganz still, denn auf diesen Gedanken bin ich einfach noch nicht gekommen.

»Daran habe ich noch nicht gedacht«, sage ich. »Aber wenn ich das richtig verstanden habe, ist ihr Freund, Lothar, an der Ostfront gefallen.«

»Vielleicht gibt es noch weitere Bilder? Weißt du, ob Hjørdis Kinder hatte?«

Ich zucke mit den Schultern.

»Daran kann ich mich nicht erinnern.«

»Wie hieß sie mit Nachnamen?«

Ich nenne den Namen.

»So heißen nicht viele in Kongsvinger. Ich kenne einen, der so heißt, und vom Alter her könnte er ihr Sohn sein.«

Er zieht sein Telefon hervor und klickt sich zur Auskunft durch.

»Hier ist die Nummer. Soll ich anrufen?«

Ich nicke.

Er bekommt fast sofort eine Verbindung. Nennt seinen

Namen und plaudert ein wenig, dann fragt er, ob er eine etwas besondere Frage stellen darf. Während das Gegenüber antwortet, sieht Gerhard mich an und nickt.

Wie immer bin ich verlegen, weil ich jemanden besuche, den ich nicht kenne. Wenn ich mit einer Gitarre um den Hals vor einem Mikrofon stehe, ist es mir egal, wie viele mich sehen, und ich kann zwischen den Liedern lange improvisierte Monologe halten. In privater Gesellschaft begrenzt sich meine Fähigkeit oft darauf, meinen Namen zu nennen und dann zustimmend dazu zu nicken, was die anderen sagen. Bei diesem Sohn von Hjørdis ist mir bald klar, dass er kein besonderes Verhalten von mir erwartet, und dass er kein Verhältnis zu mir als Musiker hat.

»Es hat mich ziemlich umgeworfen, als Sie angerufen und erzählt haben, dass meine Mutter kurz vor dem Krieg mit einem Deutschen zusammen war«, sagt er zu Gerhard. Und dann zu uns beiden: »Aber ich war im Keller und habe ein altes Album und ziemlich viele einzelne Fotos gefunden.«

Wir sitzen in seinem Wohnzimmer in einem Haus beim vorletzten Kreisverkehr, ehe man die Stadt in Richtung Skogli verlässt. Auf allen Bildern, die ich von Hjørdis gesehen habe, ist sie auf eine südländische Weise dunkel. Sogar auf den schwarzweißen Bildern ist deutlich zu sehen, dass sie leicht braun wird. Soweit ich das sehen kann, hat ihr Sohn diese romanische Prägung nicht geerbt, aber es ist schwer, das sicher zu sagen. Er hat graue Haare und ist sicher fünfzig Jahre älter als seine Mutter auf den Bildern, die ich gesehen habe.

»Ihre Mutter war die Trauzeugin meiner Mutter, sie waren also offenbar enge Freundinnen«, sage ich.

Der Sohn nickt.

»Ich habe das Album kurz durchgesehen, und da gibt es mehrere Bilder von unseren Müttern. Ziemlich viele von Skinnarbøl, aber auch einige von einer Radtour.«

»Gibt es Leute auf diesen Bildern, die Sie nicht kennen?«, frage ich und sehe gleich darauf ein, wie dumm diese Frage ist. Die Bilder sind achtzig Jahre alt, aber der Sohn versteht, was ich meine.

»Es gibt ein Bild, auf dem meine Mutter mit zwei Männern zusammensteht. Sie hält den einen am Arm, aber es ist noch eine andere Frau auf dem Bild, nicht Ihre Mutter, glaube ich.«

Er schlägt das Album auf der richtigen Seite auf. Die Frau auf dem Bild ist wirklich nicht Mama. Der Mann, dessen Arm Hjørdis hält, ist auch nicht der, den ich auf dem Bild von Skoglivarden Ostern 1939 für Lothar gehalten habe. Dieser andere Mann oder Junge ist mir total unbekannt.

»Die Frau muss Liv sein, eine andere Freundin von Mama, ich bin ziemlich sicher, dass sie später Lehrerin geworden ist. Die Männer kenne ich nicht«, sage ich.

»Sie können das Album und die Einzelfotos ausleihen. Die liegen seit Mutters Tod im Keller«, sagt Hjørdis' Sohn, und ich habe das Gefühl, dass ich noch ein Stück vom Leben meiner Mutter an mich bringe, aber im Tausch gegen was?

»Danke«, sage ich und nehme das Album und den Karton mit den Fotos. Alte Bilder erfüllen mich immer mit Wehmut, und jetzt verspüre ich eine Sehnsucht. Am Ende konnte ich Mama nur bei mir behalten, wenn ich mit ihr alte Bilder anschaute, auch wenn sie sich selbst oft nicht erkannte und fast konsequent meinen Bruder und mich verwechselte.

»Wann haben Ihre Eltern geheiratet?«, fragt Gerhard. Ich war so beschäftigt mit der Schicksalsgemeinschaft mit Hjørdis' Sohn, dass ich seine Anwesenheit fast vergessen habe.

»Im Januar 1941.«

»Und wann hat deine Mutter den letzten Brief an diesen Deutschen geschrieben?«, fragt Gerhard.

»Im April 40.«

»Himmel!«, rutscht es ihm heraus. »Das ist genau neun Monate vorher.«

»Ja, aber meine Schwester wurde erst im Mai 1941 geboren, und als meine Mutter im April des Vorjahres den letzten Brief geschrieben hat, war Oskar Maier schon seit einem halben Jahr wieder zu Hause. Es ist also nicht so, wie du denkst.«

»Aber es ist schnell gegangen«, sagt er.

Ich nicke nur und drehe mich zu Hjørdis' Sohn um.

»Ich glaube, Ihr Vater war der Trauzeuge meines Vaters, aber ich kann mich nicht erinnern, dass Ihre Eltern je bei uns zu Besuch waren.«

Er nickt.

»Seltsam, dass sie sich nie mehr getroffen haben«, sage ich nun.

»Haben Sie Kontakt zu Ihren Trauzeugen?«

Ich hebe die Hände, als wollte ich um Entschuldigung bitten.

»Touché«, sage ich. »Man verliert den Kontakt, aber hat Ihre Mutter oft von Skinnarbøl erzählt?«

»Sie hat einiges über den Zusammenhalt der Angestellten erzählt. Wieviel Spaß sie hatten, und dass die, die keine Kinder hatten, abends immer zusammen waren. Ihre Mutter hat wohl nur in der Küche gearbeitet, meine Mutter dagegen auch in der Gärtnerei. Immer da, wo sie gerade gebraucht wurde.«

Ich nicke. Stelle mir vor, dass Hjørdis die deutschen Gärtner sicher als Erste kennengelernt hat.

»Wussten Sie, dass unsere Mütter auf Skinnarbøl zu Mörderinnen wurden?«

Hjørdis' Sohn lacht, als er mein Gesicht sieht, und fügt eilig hinzu:

»Aber sie haben keinen Menschen umgebracht. Nur einen Hund.«

»Nur?«, frage ich und muss an eines von Mamas letzten Fotos von Skinnarbøl denken, auf dem zwei Hunde derselben Rasse zu sehen sind. Røskalle und Remus.

»Die Mädchen in der Küche hatten es total satt, dass die Hunde ihnen die ganze Zeit zwischen den Füßen herumliefen, wenn sie kochen und aufräumen mussten. Vor allem ein Terrier war eine Plage. Eines Abends reichte es ihnen, ich weiß nicht, von wem die Idee stammte, aber unsere Mütter haben dabei mitgemacht, dem Hund so viel zu fressen zu geben, dass er erschossen werden musste, weil er sich überfressen hatte.«

Ich sitze da mit dem Album und den Fotokartons auf dem Schoß wie ein Kind am Heiligen Abend, das nur bekommen hat, was es braucht, aber nichts, was es sich wünscht. Denke an die vielen Male, da ich Mama nach Einbruch der Dunkelheit gezwungen habe, mit in den Wald zu kommen, um meine Katzen zu suchen, oder als wir draußen auf der Treppe saßen, mit einem Vogel in der Hand, der gegen das Küchenfenster geflogen war. Wenn mein Vater in den Hundemord verwickelt gewesen wäre, hätte ich sicher nur geschmunzelt. Hätte es als Bild vom Aufruhr gegen die Klassentrennung genommen, einen der Hunde des Gutsbesitzers umzubringen. Woran liegt es also, dass diese Geschichte mich schockiert? Weil Mama immer gepredigt hat, man solle auch die andere Wange hinhalten? Weil sie auch Dinge getan hat, die sie später bereute? Weil sie sich von anderen zu Dingen verleiten lassen konnte, die sie eigentlich gar nicht wollte?

Eine andere Geschichte schiebt sich vor die, die ich gerade gehört habe. Unsere Nachbarn in Skogli waren Nazis, und Mama hat erzählt, dass sie während des Krieges jedesmal Angst hatte, wenn sie über deren Grundstück gehen musste, weil der Hofhund als gefährlich bekannt war. Als die norwegischen Soldaten bei der Befreiung 1945 mit dem Zug von der Grenze kamen, hielten sie am Bahnhof von Skogli an, marschierten zum Nachbarn hoch und erschossen den Köter. Mama erzählte, dass der Hund, der natürlich ein Schäferhund war, die Fremden damals zum ersten Mal nicht verbellt hat, sondern versuchte, sich zu verkriechen.

»Der wollte sich verstecken«, sagte Mama, und dann fügte sie hinzu: »›Rache ist eine faule Art, mutig zu sein.‹«

»Hat Ihre Mutter vom Kriegsausbruch erzählt, und ob sie mit meiner Mutter zusammen war, als die Deutschen gekommen sind?«

Hjørdis' Sohn schüttelt den Kopf.

»Ich kann mich nicht erinnern, dass sie etwas darüber erzählt hat.«

Ich nicke und frage mich, ob die beiden Freundinnen an jenem Tag miteinander geredet haben. Ob sie einander in den Arm genommen und um Norwegen und die beiden Jungen getrauert haben, die sie so sehr geliebt hatten.

»Aber ich habe andere Berichte aus erster Hand«, sagt er nun.

»Wie meinen Sie das?«

»Mein Vater war bei mehreren Gefechten hier in der Gegend dabei, aber er wollte nie mit uns Brüdern darüber reden, was er erlebt hatte. Am Ende konnte mein Neffe ihn überreden, zu erzählen, und er hat es aufgeschrieben. Das können Sie lesen, wenn Sie wollen.«

»Sehr gern«, sage ich. »Ehe ich Mamas Briefe bekommen habe, habe ich mich nicht für den Krieg interessiert. Ich habe nichts über die Gefechte in der Gegend gelesen, jedenfalls keinen Bericht von Beteiligten. Ist Ihr Vater verletzt worden?«

»Nein, aber mein Onkel wurde von einer Kugel getroffen.«

»Hat er das überlebt?«

Er schüttelt den Kopf.

»Ihr Vater hat damals also seinen Bruder verloren?«

Er schüttelt wieder den Kopf.

»Es war nicht der Bruder meines Vaters, sondern der meiner Mutter.«

»Es war also der Bruder von Hjørdis, der von den Deutschen erschossen wurde?«

»Ja«, sagt er, und ich denke, da ist es kein Wunder, dass sie nach der Besatzungszeit nie wieder über Lothar gesprochen hat.

22

Mama sagte oft, wir lebten in den letzten Zeiten, und unmittelbar bevor ich endgültig zu Hause ausgezogen bin, betonte sie dann noch, es gebe deutliche Anzeichen dafür, dass wir nun das Ende der letzten Zeiten erreicht hätten.

»Also, Mama«, sage ich, als ich die Tür aufschließe, »ich bin noch immer hier, und du bist das auch in allerhöchstem Grade.«

Noch einmal trage ich die Topfrose in die Wohnung. Ich kann sie nicht hergeben, wo ich doch jetzt voll damit beschäftigt bin, meine Mutter auszugraben. Aber, graben? Da höre ich mich doch an wie ein Grabräuber. Was ich tue, ist, einen Schritt zurückzugehen, um zwei nach vorn zu machen. Ab und zu äfft das Leben die Kunst nach, denn die Vergangenheit ist niemals tot. Sie ist nicht einmal vergangen, wie William Faulkner gesagt hat. Es ist aber auch nicht so, dass die Toten unter uns wären, sie sind *in* uns. Du verschwindest erst, wenn der letzte Mensch stirbt, der dich geliebt hat. Das wollte ich damit sagen. Zu dem, was Mama nach Papas Tod ganz besonders irritiert hat, gehörten alle, die sagten, er werde ihr Leben beobachten und weiterhin über sie wachen. »Was für eine Heimkehr wäre das denn«, sagte sie, »wenn man im Himmel verfolgen könnte, was hier unten passiert? Das wünsche ich wirklich niemandem.«

Ich lege das Album, die Kartons mit den Bildern und die Kriegserinnerungen von Hjørdis' Ehemann auf den Schreibtisch. Verspüre eine gewisse Wehmut, weil eines Tages die Reste meines Lebens etwas sein werden, das in einen Pappkarton gepackt und im Keller verstaut werden kann. Ich mache mir noch ein Bier auf und fange an, die Kriegserinnerungen aus den Apriltagen 1940 zu lesen. Eine kurze Einleitung, geschrieben von Hjørdis' Enkel, erklärt, dass die Geschichte so genau wie möglich wiedergegeben und in Ich-Form geschrieben wurde.

9. April 1940. Ich fuhr gerade mit dem Raupenfahrzeug Holz zum Sägewerk Vollenga, als meine Mutter kam und sagte, daß in Norwegen Krieg war, die Deutschen waren im Oslofjord, sie hatte es im Radio gehört. Ich lud sofort das Holz ab und brachte das Fahrzeug nach Skinnarbøl, wo es hingehörte. Ich arbeitete zusammen mit Karl Langtjernet, als die Nachricht kam. Er wurde später Kurier und Flüchtlingslotse. Danach ging ich die ca. fünf Kilometer von Skinnarbøl nach Kongsvinger und meldete mich zum Militärdienst. Ich gehörte dem Dragonerregiment 1 (DR 1), Gardermoen, an, einem Teil der Kavallerie. Der Lensmann befahl mir, nach Hause zu gehen und weitere Anweisungen abzuwarten. Als mein Bruder Harald abends von der Arbeit nach Hause kam, beschlossen wir dennoch, am nächsten Tag nach Kongsvinger zu gehen. Ich hatte eine alte Harley Davidson, mit der wir teilweise fuhren und die wir ansonsten durch Schnee und Matsch hinunter nach Frantzbråten schoben, ca. 7 km von Kongsvinger entfernt. Von dort aus gingen wir in die Stadt und meldeten uns im heutigen Vinger Hotell, das damals das Kongsvinger Kino war.

Die Armee war damals überaus schlecht organisiert. In der Festung gab es zwar ausreichend Waffen und Munition, aber der Kommandant, Major Hoch-Nielsen, der mit den Deutschen sympathisierte, gab jedem nur ein Krag-Gewehr und zehn Patronen. Hier wechselten wir zudem von ziviler Kleidung auf Uniformen. Am Donnerstag dem 11. April kamen Finnlandfreiwillige durch Schweden nach Kongsvinger, unter ihnen war Max Manus. Sie waren 24 Mann und verlangten Waffen, ihnen wurde jedoch gesagt, es gebe keine. Das wurde ihnen im Vinger Kino von einem Offizier erzählt, und sie könnten versuchen, nach Hamar zu fahren, mit einem Passierschein, den dieser Offizier ausstellen würde, den wir übrigens nie wieder sahen und den wir ebenfalls in Verdacht hatten, mit den Deutschen zu sympathisieren. Max Manus antwortete ihm: »Ich und meine vierundzwanzig Männer fahren überall hin in Norwegen, und da soll mich erschießen, wer will«, worauf er einen riesigen Colt hervorzog. Danach begab er sich mit seinen Leuten zur Festung Kongsvinger, wo zwei der Männer den Kommandanten in Schach hielten, indem sie ihn an die Wand preßten, während die anderen Munition und Waffen aus einem Lager auf einen Lastwagen luden und dann zum Vinger Kino zurückkehrten. Der Leutnant hatte vorher befohlen, die Gewehre nur im Magazin zu laden und nichts in den Lauf zu stecken. Als Max Manus das erfuhr, riß er das Endstück eines Gewehrs auf, sah, daß es leer war, und sagte darauf, daß alle den Ladegriff betätigen sollten. Es sollten fünf Patronen im Magazin und eine im Lauf sein, denn wie er sagte: »Das hier ist Krieg, kein Spiel.« Waffen und Munition wurden später im Keller des Vinger Kinos gelagert, und wir konnten uns dort ungehindert bedienen. Von Mittwoch dem 10. bis Sonntag dem 14. organisierten wir Wachpatrouillen in Kongsvinger.

Erste Begegnung mit den Deutschen:
Sonntag, 14. April, wurden wir zum Gemeindehaus gefahren, wo es vom freiwilligen Frauenkorps zubereitetes Essen gab. Ca. 14 Uhr begaben wir uns nach Martemoen, wo ein umgekippter Lastwagen in einem frisch gegrabenen Loch quer über der Straße lag, als Hindernis für die Deutschen. Wir blieben dort bis ca. 16 Uhr, dann wurde gefragt, ob jemand fahren könne. Es meldete sich niemand sofort, aber dann sagte ich, ich könne fahren. Danach wurden noch vier andere ausgesucht, mit denen ein schwedischer Leutnant durch den Wald zu der Stelle ging, wo die Straße hinter Skarnes eine Biegung macht und wo heute der Autofriedhof liegt. Sie gingen mitten durch den Wald weiter, und es kam zu einem Schußwechsel mit den Deutschen, bei dem mein

bester Kumpel, Oscar Andreassen, fiel. Oscar und die anderen hatten rekognoszieren und Fotos von den Deutschen machen sollen, »damit wir sehen können, wie die aussehen«, um den Offizier zu zitieren. Neben Oscar fiel bei diesem Gefecht noch einer aus Fredrikstad.

Auf der deutschen Seite der Sperre standen zwei Wagen. Ich fuhr zu einem Benzintank in Iler, gleich bei Martemoen. Da ließ ich die vier Männer aussteigen, die ich im Wagen hatte, und fuhr zurück, um weitere vier zu holen. Inzwischen waren die Deutschen so nahe gekommen, daß sie das Feuer auf uns eröffnen konnten. Ich machte beim Benzintank kehrt, und die vier, die ich gefahren hatte, kamen angerannt und warfen sich auf die Motorhaube und hielten sich fest, während ich nach Martemoen zurückfuhr. Wir lagen dort bis ca. 21–22 Uhr abends in Stellung, und es kam in unregelmäßigen Abständen zum Schußwechsel. Die Deutschen gingen vier und vier nebeneinander, während sie mit Maschinengewehren und normalen Gewehren das Feuer eröffneten. Unser Maschinengewehrschütze wurde verletzt, es sah aus wie ein Bauchschuß. Ich weiß nicht, ob er gestorben ist, aber heute steht dort, wo der Schußwechsel stattgefunden hat, ein Gedenkstein. Wir hatten das Gefühl, daß das hier unsere letzte Reise war. Die Deutschen gingen um uns herum und kamen beim Krankenhaus von Skarnes herunter. Nun wurde uns befohlen, auf einen Lastwagen zu steigen und nach Kongsvinger zu fahren.

Unsere Rücksäcke ließen wir auf einem Hof in Snekkermoen stehen, gleich vor Skarnes, wo die Deutschen auf der anderen Seite des Hofes in Stellung lagen. Im Rucksack hatte ich unter anderem meine Rasiersachen, aber auch einen Trommelrevolver, den ich von meinem Vater bekommen hatte. Der blieb mit allem anderen im Rucksack zurück.

Die Rucksäcke wurden von den Deutschen mitgenommen, wir bekamen sie nach dem Krieg aber leer zurück.

In Kongsvinger gingen wir ins Haus der Antialkoholikerbewegung, wo wir vom Frauenkorps Essen bekamen. Alle Waffen wurden unter Bewachung draußen abgelegt. Von dort wurden wir zum Hof Holtgården verlegt, wo wir die Nacht auf dem Küchenboden verbrachten, durchnäßt von Schnee und Matsch auf einem Steinboden.

Der Tonfall dieses Berichts ist nüchtern. Sein bester Kumpel stirbt. *Wir hatten das Gefühl, daß das hier unsere letzte Reise war.* Sie schlafen nass und kalt auf einem Steinboden. Der Maschinengewehrschütze neben ihm wird getroffen, vielleicht ein Bauchschuss. Was, wenn der Mann, der später Hjørdis heiraten sollte, mit seinem besten Kumpel *rekognoszieren* gewesen wäre, statt sich als LKW-Fahrer zu melden?

Ich kann mich an ihn und Hjørdis erinnern. Sie wohnten neben Tante Tulla und meinem Onkel. Oft, wenn Mama, Papa und ich dort zu Besuch waren, sahen wir die beiden im Garten. Gebeugt über Stachelbeersträucher, Blumenbeete, sitzend in der gleichen Art von Liegestühlen, die meine Eltern zu Hause hatten. Obwohl ich ein Kind mit blühender Phantasie war, hatte der Mann von Hjørdis nichts an sich, was darauf hinwies, dass er gegen die Deutschen gekämpft hatte. Gott allein weiß, was ich mir im Nachhinein vorstelle, wie es möglich sein soll, einem Menschen so etwas anzusehen. Wäre er einer gewesen, der sich gern mit Orden schmückt, dann ja, vielleicht, aber Mitte der 70er Jahre schienen alle denselben Stilberater zu benutzen, für sich selbst und in eher übertragener Bedeutung für das ganze Leben.

Mama und Hjørdis wechselten in der Regel über den Zaun hinweg einige Worte. Immer lächelnd, immer freundlich, aber so war Mama zu fast allen, die ihr begegneten. Nichts ließ annehmen, dass es zwischen ihr und Hjørdis eine besondere Verbindung gegeben hätte. Wenn ich das hier vor mir sehe, dann durch die Augen eines ich-bezogenen Jungen. Beide Ehepaare müssen in dem Alter gewesen sein, in dem ich selbst jetzt bin, aber damals kamen sie mir alt vor. Alt in unmodernen Polyesterhosen, formlosen Kleidern, gekauft in einer der Modescheunen, von denen es in der Gegend mehrere gab, und mit einer Brille, die die meisten um mindestens ein Dutzend Jahre älter aussehen ließ. Als ob sie keine Rockmusik hörten, nicht ins Kino gingen, nicht im Restaurant aßen, außer an runden Geburtstagen, und auch dann nur selten. Als ob sie jeden Abend die Fernsehnachrichten einschalten mussten, immer lange vor Mitternacht im Bett lagen und streng genommen im Leben keine andere Mission mehr hatten, als die Eltern und Großeltern von irgendwem zu sein. Das Karma ist eine treulose Geliebte. Ich habe es wirklich verdient, dass meine Kinder mich so oft behandelt haben wie ein Relikt aus der Kreidezeit.

Ich öffne die Schachtel mit den Einzelfotos. Augenblicke aus dem Leben von Menschen, die ich nicht kenne, erstarrt in einer schwarz-weißen Ewigkeit. Alltag und Feiertag. Arbeit und Spiel. Große Kinderscharen. Ich erkenne Hjørdis auf mehreren Fotos. Sie muss ungefähr ein Dutzend Geschwister gehabt haben. Es gibt auch etliche Bilder vom Grabstein ihres Bruder, mit der Inschrift: *Oscar Erling Andreassen, 9. 2. 1917 – 14. 4. 1940. Bei Martemoen in Sør-Odal. Gefallen für Norwegen.*

Das Foto der Mädchen auf Skinnarbøl. Das Hochzeitsbild meiner Eltern. Zum ersten Mal sehe ich es als Originalfoto und nicht als Kopie einer Kopie. Das Bild hat Postkartengröße, und auf der Rückseite gibt es Zeilen zum Beschreiben.

Dann gelange ich zu dem Brief von Mama vom 28. November 1939 und zu der Zeile *meine Uhr geht sehr gut.* Ich halte das Bild schräg ins Licht, um besser zu sehen. Mama hat den linken Handrücken im Schoß liegen, und um das Handgelenk trägt sie etwas, das aussieht wie ein Riemen, und wenn meine Vermutung stimmt, hat Oskar Maiers Armbanduhr die Zeit gemessen, als Mama Papa ihr Ja-Wort gegeben hat.

Ich lege das Foto mit dem Bild nach unten, wie eine Spielkarte, deren Wert ich verstecken möchte, und blättere weiter durch die zusammenhanglosen Motive. Ein Foto von Mama, Papa und einem kleinen Kind, vermutlich meine jüngste Schwester. Ihr Kleid lässt annehmen, dass es am Tag ihrer Taufe aufgenommen wurde. Im Stapel liegt auch ein richtiges Filmstarbild des Gutsbesitzers, der mit vier Terriern posiert. Er ist halb in die Knie gegangen, halb in die Hocke, vor Skinnarbøl, mit dem Doppelreiheranzug und einem breiten, gepunkteten Schlips, während er einen Stock vor sich hinhält, in den zwei der Hunde beißen. Der Schnitt seiner Kleidung, die Frisur, das Motiv, alles ist so komponiert, dass Skinnarbøl im Hintergrund aussieht wie ein riesiger Palast, alles ruft Oberklasse. Umso witziger wirken die Namen der Hunde: Røskatta, Rusken, Rex und Reggi. Hjørdis hat sie hinten auf das Foto geschrieben, und ich wüsste gern, warum alle Hunde auf Skinnarbøl einen Namen auf R haben mussten. Es war sicher schwer, sich wie Cary Grant aufzuführen und im doppelreihigen Anzug die Treppe hinunterzuschreiten, während man nach Rex und Reggi rief.

Dann folgt eine Reihe von Familienfotos, durch die ich rasch hindurchblättere. Unbekannte Gesichter in bekannten Situationen. Norwegisches Alltagsleben in blassen 70er Jahre Farben.

In dem braunen Album tritt Mama schon auf dem ersten Bild auf. Ein Foto, das ich noch nie gesehen habe. »Wardenær, Stortingsgate 16« ist auf das Bild gedruckt, eine Googlesuche ergibt, dass sich dort 1913 ein bekannter Fotograf mit eigenem Studio etablierte, damals, als Oslo noch Kristiania hieß. Der Fotograf wurde dreiundneunzig Jahre alt, und der Eintrag zeigt Porträts von allerlei norwegischer Prominenz.

Neben Mamas gibt es ein entsprechendes Bild von Hjørdis. Ins Album ist nichts geschrieben. Keine Informationen darüber, wann die Bilder entstanden sind. Ich habe so ein Bild von Mama noch nie gesehen. Das hier ist kein aus einem Menschenleben gestohlener Augenblick, sondern eine genau einstudierte Inszenierung, so, wie ich es selbst bei zahllosen Promobildern erlebt habe. Als ich klein war, habe ich oft gehört, dass ich Mamas Familie ähnle, und als ich älter wurde, wurde diese Ähnlichkeit immer größer, sagen meine Schwestern. Dennoch sehe ich hier zum ersten Mal, wie sehr ich ihr am Ende der Teenagerjahre ähnlich sehe. Die gleiche hohe Stirn, die mir bei den großen Jungs im Schulbus den Namen Stierkopf eingebracht hat, die geschwungene Nase, die für mich immer von Vorteil war, wenn wir Indianer und Cowboy spielten, und nicht zuletzt die ernste Miene.

Mama! Was hat sie auf diesem Bild gedacht? Warum ist sie mit ihrer Freundin zu einem von Oslos bekanntesten Fotografen gegangen? Warum hatte Mama selbst keinen Abzug von diesem Bild? War das etwas, das sie verbergen wollte? Es ist seltsam, an Mama als eitel zu denken, Mama als mädchenhaft, Mama, die beim Fotografen posiert. Mama zu einer Zeit, als Jesus und ich noch nicht das Wichtigste in ihrem Leben waren.

Auf den nächsten Bildern folgt eine Art Erklärung für den Besuch beim Fotografen, oder jedenfalls dafür, warum sie in Oslo sind. Hjørdis und Mama sind auf Radtour. Ein Bild stammt aus dem Vigelandspark, wo sie zusammen mit einer unbekannten Frau vor *Mann jagt vier Genien* stehen, dieser seltsamen Skulptur, wo ein erwachsener Zornteufel mit einem Fuß mit einem Kind und mit den Händen mit drei weiteren jongliert. Vielleicht interpretiere ich zu viel in dieses Bild hinein, aber Mama scheint den Blick ein wenig beschämt niedergeschlagen zu haben, während Hjørdis der Statue zwischen die Beine starrt. Dann ist Mamas Ähnlichkeit mit meiner Tochter wieder da, diesmal auf einem neuen Bild, nicht nur, was das rein Physische angeht, sondern ebenso in der ausgelassenen Stimmung, die dieses Bild ausstrahlt. Die beiden Freundinnen haben die Arme umeinander gelegt, und Mama drückt sich an Hjørdis, als wären sie ein Liebespaar. Und da geht es mir auf: Das hier müssen Bilder aus dem Sommer 1939 sein, und ich begreife, warum ich diese Porträtaufnahme noch nie gesehen habe. Die war ein Geschenk an Oskar. Ich höre Sabines Stimme: *Ich möchte Ihrer Mutter dafür danken, dass sie meinen Vater während des Krieges am Leben erhalten hat.* Es war dieses Bild, das er in der Tasche seines Uniformrocks hatte, gleich über dem Herzen. Das Letzte, was er vor dem Einschlafen ansah. Das Erste, was er nach dem Aufwachen hervorzog. Das, was ihn an Tagen wärmte, die ihm vorkamen, als ob sie nie ein Ende nehmen würden, von einem neuen Anfang ganz zu schweigen. Ein kleines Pappstück, das sein hämmerndes Herz an Ort und Stelle hielt, wenn er sich zur Stellung vorrobbte. Dann, danach, wenn die Schüsse verklungen waren und die Verwundeten nicht mehr schrien, eine Rettungsleine zu dem, was tief im Soldaten noch immer ein Mensch war. Ihr Gesicht in seinen Händen, die Finger, die in einem anderen Leben einem Gärtner gehört und Pflanzen zum Leben und Blühen gebracht hatten, die sich jetzt um den Abzug der Mauser krümmten und auf andere Soldaten zielten, Männer wie er, die noch vor wenigen Herzschlägen ebenfalls Jungen gewesen waren. Die Tränen, die er von dem glänzenden Fotopapier wischte, während der Kloß in seinem Magen weiter wuchs, weil alles, was er nicht wollte, aber musste, zur Gewohnheit geworden war. Seine Finger, die wieder Geräte hielten, nun aber im russischen Gefangenenlager. Das Bild von Tea Thorsen, das er längst verschlissen hatte, das er aber auch nicht mehr anzusehen brauchte, um sich an jedes einzelne Detail in ihrem Gesicht zu erinnern. Sie, die siebzehn blieb, während Oskar Maier sein eigenes Gesicht nicht sehen wollte in allem, was es im Lager widerspiegeln konnte, aus Angst, dass sich sein Gesicht ebenso sehr verändert haben könnte wie seine Hände. Wenn er sich nicht selbst erkennen könnte, wie sollte dann Tea, sie, die versprochen hatte, zu warten, die gesagt hatte, sie gehöre ihm und keinem anderen, ihren *Maier* erkennen, wenn sie sich wiedersähen?

Draußen lässt der Tag den Kopf hängen. Die Dämmerung senkt sich über Lebende und Tote. Hätte diese Geschichte mich in einer anderen Stadt als Kongsvinger ebenso berührt? Wenn ich im Zug gesessen hätte, als Sabine anrief, hätte sie mich dann überhaupt bewegt?

Nun habe ich ein Gesicht für Oskar Maiers Tochter. Und Mamas Gedanken, Buchstabe für Buchstabe, Wort für Wort, ungefiltert und geradeheraus, mit der Innigkeit eines Teenagers zu Papier gebracht. Langsam tritt Oskar Maier als Mensch hervor, den ich wirklich gekannt habe. Ich bilde mir ein, dass ich die Sehnsucht des deutschen Soldaten spüren, seine Freude teilen und über seine Trauer weinen kann. Und Mama wird jetzt zu Tea. Undeutlich in all ihrer Deutlichkeit.

Es kommt mir vor, als ob ich den Teil von ihr, den ich überhaupt nicht gekannt habe, jetzt am besten kenne.

Plötzlich sehe ich Mama am Ende vor mir. Als es keine Wörter mehr gab. Nur ihre Hand in meiner. Wie klein die mir vorkam. Gebrechlich. Diese Hand, die einmal meine ganze Welt enthalten hatte. Nun lag sie da wie ein Vogel ohne Flügel. Ich erinnere mich daran, wie oft ich durch die Türen des Pflegeheims ging und mir vor dem Besuch bei ihr grauste, was mir dann wiederum ein schlechtes Gewissen machte. Dennoch gab es etwas in der Weise, wie Mama und ich miteinander redeten, das dafür sorgte, dass ich mich immer als ein etwas besserer Mensch fühlte, wenn ich sie verließ. Doch als sie nicht mehr richtig klar war, als sie immer vergesslicher wurde, verspürte ich eine Irritation darüber, dass sie nicht mehr meine Mutter sein konnte, so, wie sie es immer gewesen war. Bei einem unserer letzten Gespräche fragte sie, ob sie eine gute Mutter gewesen sei. Ich antwortete, sie sei die beste gewesen, und ich merke, dass ich das noch immer meine, dass ich das immer meinen werde.

Auf den nächsten Seiten in dem braunen Album gibt es viele Bilder von Mama und Hjørdis zusammen. Auf der Treppe vor Skinnarbøl, auf Skiern im Wald und wieder mit diesen Hunden. Aber es gibt keine Variante des Bildes von Skoglivarden 1939. Und auch keine Kopie des Fotos, das offenbar im Affekt aus Mamas Album gerissen worden ist. *Hjørdis und Lothar, Oskar und ich, Skinnarbøl,* hatte Mama geschrieben.

Mein Telefon klingelt und Gram Parsons' sanfter Walzer beschwört das Bild des pensionierten Sprungrichters aufs Display.

»Was für ein seltener Anrufer«, sage ich.

»Nicht wahr. Ich weiß, dass ich dich vor Kurzem erst abgesetzt habe, aber hast du etwas Interessantes gefunden?«

»Eigentlich nicht, abgesehen von einigen Bildern meiner Mutter, die ich noch nie gesehen hatte. Aber nicht das Bild von Hjørdis und Lothar, Mama und Oskar, das aus unserem Album entfernt wurde. Und auch keins von Lothar oder Oskar.«

»Alles, was du beweisen konntest, ist also deine eigene These, dass es wenig wahrscheinlich ist, dass Hjørdis Bilder von Lothar aufbewahrt hat, nachdem ihr Bruder von den Deutschen umgebracht wurde.«

»Ja«, sage ich.

»Du bist kein Historiker, oder?«

»Nein.«

»Du bist Musiker.«

Ich nicke.

»Was?«, fragt er.

»Warum nervst du hier rum? Natürlich bin ich Musiker.«

»Weißt du, was morgen für ein Tag ist?«

»Freitag«, fange ich an, ehe ich begreife, was er meint. »Hör mal, ich werde nach Schweden fahren, eigentlich bin ich schon unterwegs. Ich muss nur zuerst die Briefe lesen und in der Bibliothek alles gesehen haben.«

»Was machst du in der Bibliothek?«, fragt er.

»Die haben das *Kongsvinger Arbeiderblad* auf Mikrofiche.«

»Mikrofiche! Du weißt doch, dass du auf die Website der Nationalbibliothek gehen und da alte Zeitungen lesen kannst?«

»Nein«, sage ich. »Aber jetzt weiß ich es.«

»Ein Letztes. Weißt du, wer meine Lieblingsspringer sind?«

»Torgeir Brandtzæg und Frithjof Prydz?«

»Momentan nicht.«

»Momentan nicht?«

»Momentan sind meine Lieblingsspringer Simon Ammann und Gregor Schlierenzauer.«

»Na gut«, sage ich und verstehe nicht, warum er mir das erzählt.

»Weißt du, warum?«

»Nein.«

»Weil sie immer noch mitmachen, obwohl sie seit Ewigkeiten kein Wettspringen mehr gewonnen haben. Der eine hat beim Worldcup bei den meisten Einzelrennen gesiegt, der andere ist der Einzige, der bei den Olympischen Spielen vier individuelle Goldmedaillen erlangt hat. Jetzt können sie sich meistens nicht einmal für die zweite Runde qualifizieren.«

»Dann springen sie wohl, weil sie gute Sponsorenverträge haben«, sage ich.

»Vielleicht, aber weißt du, was ich glaube?«

»Nein«, antworte ich und gebe mir keine Mühe zu verbergen, dass meine Stimme scharf und irritiert klingt.

»Ich glaube, sie machen weiter, weil sie gern Skispringen«, sagt er.

23

Den 8. Dezember 1939

Mein lieber Junge,

Tausend Dank für Deinen Brief. Ich habe Dir schon zwei Briefe geschickt, hast Du die nicht bekommen? Das finde ich seltsam. Bei mir ist wirklich alles gut. Aber ich habe so schreckliche Sehnsucht nach Dir, mein geliebter Maier. Das war ein schönes norwegisches Lied, das Du da gelernt hast. Ich habe geweint, als ich es gelesen habe. Ich denke den ganzen Tag an Dich, und nachts träume ich von Dir. Hoffentlich dauert es nicht so lange, bis wir uns wiedersehen. Fängst Du wieder in der Gärtnerei an? Musst Du denn nicht zum Militärdienst?

Ja, jetzt ist es in Norwegen Winter geworden. Es hat hier ziemlich viel geschneit. Und gestern und heute waren es 28 Grad unter Null. Ich kann Dir sagen, das ist wirklich kalt, aber sehr gut zum Skilaufen. Gestern Abend war ich lange allein unterwegs, und ich wünschte nur, Du hättest dabeisein können, Geliebter. Ich sah zu den Sternen und dem blauen Himmel hoch und dachte an Dich, der so weit weg von mir ist. Ach, Oskar, ich habe solche Sehnsucht nach Dir, ich glaube, ich werde noch verrückt. Aber einmal werde ich zu Dir kommen, mein Junge. Ja, jetzt ist bald Weimachten, wie Ihr auf Deutsch sagt, das große Friedensfest. Ich habe zu Heiligabend frei. Am Sonntag hatte ich auch frei. Mein Bruder Tor hat mich mit dem Pferd nach Hause und zurück gefahren. Uggeland ist noch nicht wieder zu Hause. Er ist jetzt in Namsos. Jetzt musst Du mir bald ein größeres Bild von Dir schicken. Ich warte so darauf. Schick mir doch auch die, die wir zu Hause bei mir photographiert haben. Hast Du Post von Lothar bekommen? Hjørdis hat noch nichts von ihm gehört. Hoffe, Du bekommst diesen Brief bald, Geliebter.

Ja, Oskar, ich werde auf Dich warten, denn ich gehöre Dir und keinem anderen.

Soll von meinen Eltern und meinem Bruder grüßen. Alle konnten Dich sehr gut leiden.

Es ist jetzt 11, und ich muß ins Bett und schlafen und von dir träumen, Geliebter. Schreib bald.
Gute Nacht, Geliebter!
Gruß von Deiner Tea.
(Soll Dich von Milla, Mary, Gerd und Hjørdis grüßen.)

24

Dem Brief hatte Mama einen Liedtext beigelegt, *Mustalainen*. Vielleicht als Antwort auf das norwegische Lied, das Oskar Maier gelernt hatte. Erwartungsvoll gebe ich diesen Titel bei YouTube ein. Stelle mir vor, dass dort vielleicht Inspiration zu finden sein könnte. Vielleicht etwas Großartiges, Schwebendes, Episches und Osteuropäisches, wie die Stimmung, die die Waterboys im *Red Army Blues* erschaffen. Aber das Lied ist für mich eine Enttäuschung: Es klingt, als ob ein ganzes Schiffsorchester mit Streichern im Studio eingesperrt wurde. Die Musik wirkt konstruiert, mehr gedacht denn empfunden. Ich lege Mamas Brief vor mich hin und lasse das Lied noch einmal ablaufen. Ich finde mehrere Aufnahmen. Das, was Mama geschrieben hat, passt zu keiner Version so richtig, aber ich werde in den Text hineingezogen, der eine seltsame Mischung aus Schwedisch und Norwegisch ist. *Wortlos und einsam, warum gehen, fragst du mich wohl, darauf kann ich dir nicht antworten. Frag die Wolken, die über den Himmel ziehen. Die Wellen, die immer wieder an den Strand schlagen.* Plötzlich bin nicht ich es, der hier sitzt. Sondern Mama. Mama, die die Augen schließt, um sich besser an den Text erinnern zu können. Sie, die die Melodie summt und im selben Moment Oskar Maiers Hand in ihrem Kreuz spürt. Die Spitze der Feder, die über das Papier kratzt und Schauer über das Rückgrat jagt, als ob sich die Fingerspitzen des geliebten Menschen durch das Niemandsland zwischen Kleidern und Haut stehlen. Der Geruch von Rasierseife, seine Haare, die ihre Wange kitzeln, die beiden, die eine Verlängerung ihrer beider Bewegungen sind. Harscher Schnee und Rauch vom Lagerfeuer. Schwerfällige Tage. Wolken wie aus Wolle. Weiße Ruhe. Das Gefühl, allein zu sein auf der Welt, ehe es Licht ward. Dann die trotzigen Strahlen der Nachmittagssonne, die die Landschaft um sie lebendig machen und die beiden in die Vorstellung hüllen, dass der nächste Tag und auch der danach alles für sie richten wird. Juniabende bei Skinnarbøl. Ihre Hand, die in seiner verschwindet. Was sie gesagt hatten, und alles, was sie beiseitegelassen hatten. Der Schatten einer Forelle im Wasser. Eine plötzliche Bewegung und dann nichts. Er, der darauf zeigte, sie, die lachte. Sie, die sprach, er, der verstand.

Mein Arbeitstag scheint nie ein Ende zu nehmen. Immer gibt es etwas, das ich noch in Ordnung bringen muss, etwas, das dafür sorgt, dass ich nur halb anwesend bin. Mit einem Fuß in dem, was war, und einem in dem, was hätte sein können. An guten Tagen mit beiden Füßen sicher in dem, was ist. So, wie ich Mama immer gesehen habe. Sie wirkte immer so zufrieden. So anwesend. So sicher in ihrem Glauben.

Sie hat Oskar Maier Norwegisch beigebracht, indem sie Mundharmonika gespielt und auf Dinge gezeigt hat. Gräser. Huflattich und Leberblümchen. Aber Oskar Maier muss auch zurückgezeigt haben, und Mama muss sich eingeprägt haben, was er sagte. Außer bei der Zungenrede in Eben Ezer kann ich mich nicht erinnern, dass sie je den Eindruck erweckt hätte, auch nur die einfachsten Floskeln einer anderen Sprache zu kennen, aber jetzt: *Pferd. Weimachten.* Norwegisch und Deutsch im selben Satz. *Ich habe zu Heiligabend frei.* – Aber warum gerade diese Wörter? Warum nicht die nächstliegenden: *Ich liebe Dich. Gute Nacht, mein Lieber. Ich sehne mich nach Dir.* Vielleicht hat Mama auf eigene Faust Deutsch gelernt? Vielleicht hatte Oskar Maier ihr ein Wörterbuch hinterlassen. Vielleicht saß sie abends in ihrem Zimmer und unterstrich darin Wörter so, wie sie es in ihrer Bibel machte? Vielleicht hatte sie sich eine neue Mundharmonika zugelegt und machte kleine Melodien, um sich die Wörter einzuprägen, eine ganz neue Tonspur, von der sie sich vorstellte, dass sie für den Rest ihres Lebens so bleiben würde.

Pferd. Heiligabend. Vielleicht sind diese Wörter doch nicht so überraschend. Ich gehe auf die Website der Nationalbibliothek. Suche mir das *Kongsvinger Arbeiderblad* vom 8. Dezember 1939 heraus. Die Hauptüberschrift auf Seite 2: *Nach dem Aufklaren am Mittwochabend setzte im ganzen Bezirk ziemlich scharfe Kälte ein. Gestern Morgen wurden in Kongsvinger 25 Grad minus gemessen. In Åsnes Finnskog wurden 30 Grad minus gemessen.* Die Zeile in ihrem Brief: *Ich sah zu den Sternen und dem blauen Himmel hoch und dachte an Dich, der so weit weg von mir ist.* Wie weit weg er ihr sicher vorgekommen ist, bei 25 Grad minus. Wie verlockend es gewesen sein muss, sich ein Pferd und einen Schlitten zu erdichten. Die beiden, die auf Skinnarbøl noch immer zusammen waren. Ihr Bruder, der kam und sie zu Weihnachten nach Hause holte.

25

Es ist Sonntag. Dezember. Ich bin zehn. Der Schnee knirscht ungehalten, als Mama und ich über den Parkplatz vor Eben Ezer gehen. Das Thermometer zeigte 31 Grad minus, als ich aufgestanden bin. Ich mache den Mund auf und ziehe die kalte Luft in die Lunge. Das Atmen tut weh. Im Schulbus am Freitag habe ich gesehen, dass in der Stadt die Weihnachtsdekorationen angebracht worden sind. Die großen Pappglocken auf der Brücke sahen aus wie verbleichende Tierschädel. Aus einer der Glocken auf der Festungsseite war ein großes Stück herausgefallen. So fühle ich mich. Als ob mir etwas fehlt. Als ob ich in Stücke gebrochen wäre. Ich will gar nicht hier sein und beneide meine Freunde und die anderen aus meiner Klasse. Keiner von denen ist Pfingstler. Wenn sie christliche Eltern haben, ist der Gottesdienst schon längst vorbei und sie durften für den Rest des Tages Sport im Fernsehen sehen. Brettspiele spielen. Über die Trapper von Ozark oder Blomkvist, den Meisterdetektiv, lesen. Aber ich nicht. Wir müssen zur Abendandacht.

Im Sommer bin ich gern dabei. Die offenen Fenster. Die Vögel, die draußen zwitschern. Die Gitarren und die Geige meines Onkels. Vielleicht ist ein Akkordeonspieler zu Besuch. Die Harmonien. Gesang und Musik, die den ganzen Raum füllen und alles, was mit Glauben zu tun hat, so natürlich wirken lassen. Es ist, als ob die Jahreszeit die Botschaft und deren Verkündigung beeinflusst. Es kommt mir nicht vor wie ein Wettbewerb, bei dem der, der am lautesten ruft, den Sieg davonträgt. Nicht wie die Prüfungen in der Schule, wo andere das Ergebnis bestimmen. Und das Allerbeste: die Abendsonne, die draußen wartet, wenn die Treffen vorbei sind, und die mich dazu bringt, mir Jesus als etwas Lichtes vorzustellen. Etwas, dessen Nähe ich in der Landschaft hier überall ahnen kann.

Im Winter ist das Gegenteil der Fall. Alles bekommt etwas Gezwungenes. Automotoren müssen zum Anspringen genötigt werden. Was normalerweise still ist, ist voller Geräusche. Die Autotüren knacken, wenn sie geöffnet werden, es knirscht, wenn Papa am Lenkrad dreht, und sogar meine Kleider machen Geräusche. Ein raschelndes Klagen, das mich daran erinnert, wie klein und verloren ich bin. *Mein Boot ist so klein und das Meer ist so groß, doch Jesus lässt meine Hand nicht los,* haben wir in der Sonntagsschule gesungen, aber ich kenne niemanden, der jetzt meine Hand nimmt, und wie sollte ich das durch meine dicken Fäustlinge überhaupt spüren? Ich stelle mir die Hölle nicht heiß vor, sondern weiß, groß und öde, und niemals kommt sie mir näher vor als bei den Abendandachten im Winter. Der Andachtsleiter, meistens der Gemeindevorsteher oder ein angereister Prediger, schließt immer mit einer Ermahnung. Ich kann mich vor allem an einmal gut erinnern: Das Treffen hatte noch länger gedauert als sonst. Oben auf dem Rednerplatz bedankte der Vorsteher sich bei uns mit: »Dann sehen wir uns am nächsten Sonntag.« Eine lange Kunstpause, und dann: »Falls unser Erlöser uns bis dahin nicht heimholt.« Selten ist mir der Himmel so weit weg erschienen wie damals, an jenem Abend draußen in der Januarkälte. Als wir nach Hause gekommen waren, dauerte es lange, bis ich mich entspannen und einschlafen konnte. Alles, woran ich denken konnte, war, wo ich wohnen sollte, wenn Mama und Papa plötzlich in die Herrlichkeit aufrückten.

An diesem Sonntag, als ich hinter Mama her über den Parkplatz gehe, sind über uns keine funkelnden Sterne angezündet worden. Es ist noch immer Nachmittag. Mama muss vor der Abendandacht die Gitarren stimmen. Normalerweise macht sie das allein. Papa fährt sie hin, und dann kommen er und ich dazu, wenn die Andacht losgeht, aber heute muss er einen Arbeitskollegen im Krankenhaus besuchen. Die Hitze schlägt uns entgegen, als Mama die Eingangstür aufschiebt. Es riecht nach Heizöl und wie dann, wenn feuchte Wischlappen in einem Eimer getrocknet sind. Ich war noch nie mit Mama allein im Gebetshaus, und ohne Menschen kommt der Saal mir viel kleiner vor, als wenn er voll ist. Vorn auf der Tribüne hängt das weiße Schild mit den roten gotischen Buchstaben: *Jesus lebt.* Hinten an der Wand ist die Hauptperson ans Kreuz genagelt und hat ihr mädchenhaft hübsches Gesicht gen Himmel gewandt.

Die Gitarren stehen jede auf einem Stuhl. Ich kann mich nicht daran erinnern, welche Marke es war, aber es waren jedenfalls halb so viele wie Jesu Jünger. Das waren Gitarren, die im Winter ein grausames Leben hatten. Zwischen den Andachten wurde in Eben Ezer nicht geheizt, und das Holz der Instrumente konnte im Laufe der Woche Temperaturunterschiede von bis zu fünfzig Grad erleben.

Bis dahin hatte ich kein Verhältnis zu Gitarren gehabt, sie waren für mich nichts Besonderes gewesen. Sie waren einfach etwas, das meine Mutter und die anderen in Eben Ezer zum Singen benutzten. Papas Sprungskier, die in der Scheune untergebracht waren, waren mit größerem Staunen verbunden, waren viel geheimnisvoller. Ab und zu legte ich heimlich die Skier auf den Boden und ließ die viel großen Bindungen um meine Schuhe zuschnappen. Mit geschlossenen Augen richtete ich mich dann auf, während sich das Vibrieren der Skier auf dem Schnee oben auf der Schanze überall in mir verbreitete, ehe der Lockruf an der Absprungkante mir für einige Millisekunden das Gefühl gab, dass mein Körper und ich getrennte Wege einschlugen.

In Eben Ezer, wo ich mit dem Rücken zur Tribüne saß, wünschte ich mich nur nach Hause. Wollte ein Buch lesen. Die Katze auf dem Schoß haben. Indianer zeichnen. Radio hören. Egal was, eigentlich. Aber dann schlägt Mama einen Akkord an. Einen Winterakkord. Voller Dunkelzeit. Schlittenkufen auf hartem Schnee. Messerscharfe Tage, bei denen alles zusammenschrumpft, kleiner wird. Der Akkord hat etwas Unheilverkündendes. Etwas, das dadurch verstärkt wird, dass mehrere Saiten ungestimmt sind. Das Geräusch verschafft mir ein Gefühl im Leib wie dann, wenn ich die Kruste von einer Wunde kratze. Als ich mich umdrehe, hält Mama eine Art Pinzette in der rechten Hand und schlägt damit gegen das Rednerpult, was ein singendes Geräusch erzeugt. Mit einer einzigen langen Bewegung legt sie den Metallgegenstand an die Gitarre, während sie mit der linken die Stimmschraube der zweitobersten Saite verstellt.

»Was ist das?«, frage ich.

»Eine Stimmgabel. Die sorgt dafür, dass ich die Gitarre im richtigen Dur stimmen kann.«

Sie schlägt abermals mit der Stimmgabel gegen das Rednerpult.

»Das ist ein A«, sagt sie.

»Ein A?«, frage ich.

Sie nickt.

»Alle Saiten der Gitarre heißen wie ein Buchstabe, hast du das nicht gewusst?«

Ich schüttele den Kopf.

»E-A-D-G-H-E«, sagt sie, während sie der Reihe nach jede Saite anschlägt, von der dunkelsten bis zur hellsten.

»Fast, wie lesen lernen?«, frage ich.

»Fast«, sagt sie und lacht, schlägt mit der Stimmgabel auf den Holzkörper, der vor ihr liegt, und dreht an der Stimmschraube, bis sie zufrieden ist, dann stimmt sie die restlichen Saiten, ehe sie eine der anderen Gitarren aufhebt und von der Tribüne steigt. Als sie sich neben mich setzt, sieht es aus, als hätte sie zwei tote, langhalsige Vögel in der Hand.

»Nimm die hier«, sagt sie und reicht mir die Gitarre, die sie gestimmt hat.

»So. Das ist vielleicht der einfachste Griff von allen. Das Pfingstler-G«, sagt sie und drückt den Daumen auf den dritten Bund der obersten Saite und den Zeigefinger entsprechend auf die unterste.

»Warum heißt das Pfingstler-G?«, frage ich und versuche, es ihr nachzutun.

»Vielleicht, weil es so einfach ist«, sagt sie. und ich gebe mir alle Mühe, die Saiten herunterzudrücken, aber es ist schwer, den Hals zu halten, fast wie einen Axtstiel, und das Geräusch, das ich hervorbringe, ist trocken und unsicher und nichts, was an Musik erinnert.

»Schau her, versuch das mal. Dann brauchst du den Hals nicht zu halten. E-Moll«, sagt sie und drückt Zeigefinger und Mittelfinger auf die zweite und dritte Saite von oben am dritten Bund.

Als ich das versuche, klingt es fast noch weniger wie Musik und mehr wie wenn ich zu Hause mit den Fingern über den Eierschneider fahre. Ich stelle die Gitarre weg, kann aber nicht verhindern, dass meine Unterlippe anfängt zu zittern.

»Das geht nicht«, sage ich, stehe auf und warte darauf, das sie lacht. Aber sie sieht mich nur mit demselben geduldigen Blick an, wie dann, wenn ich meine Mathebücher auf den Boden schmeiße.

»Du darfst nicht so leicht aufgeben. Als ich das erste Mal zu spielen versucht habe, war es ganz genauso. – Weißt du, was ich da gemacht habe?«, fragt sie.

Ich schüttele wieder den Kopf.

»Es immer wieder versucht«, sagt sie und legt die Gitarre auf den Boden.

»Schau her«, sagt sie dann, nimmt die gestimmte Gitarre und klopft sich auf den Schoß.

»Setz dich.«

Das tue ich und nehme den Geruch ihres Andachtsparfüms wahr. Mama, die sich nicht schminkte und die keine Ohrringe oder anderen Schmuck besaß, abgesehen von einem Kreuz und ihrem Trauring, nahm immer vor den Treffen einen Spritzer Parfüm, wenn sie dachte, ich sähe das nicht. Der Geruch war aufdringlich wie Maiglöckchen, und es gefiel mir nicht, dass Mama Parfüm benutzte. Ich konnte nicht verstehen, warum sie nur für Jesus gut riechen wollte und nicht für Papa, aber jetzt, wo wir beide allein auf einem Stuhl in Eben Ezer sitzen, ist alles anders. Der Geruch, mit dem sie sich umgibt, erscheint mir plötzlich seltsam prickelnd, und er macht mich auf eine Weise schwindlig, wie ich es noch nie erlebt habe. Ich bin ein kleiner Junge, der etwas Großes und Erwachsenes verspürt, und eigentlich will ich nur so sitzen und von ihr festgehalten werden, aber sie legt mir die Gitarre auf den Schoß und drückt meine Finger zu einem Pfingstler-G zurecht.

»Jetzt«, sagt sie. »Zieh deine andere Hand über die Saiten.«

Ich gehorche. Es klingt verzerrt und unsauber.

»Noch mal.Versuch E-Moll«, sagt sie, aber ich habe diesen Griff schon vergessen, und wieder legt sie meine Finger auf den Gitarrenhals und drückt zu.

»Spiel!«

Und ich tue, wie mir geheißen. Das trockene und unsaubere Geräusch wird vertrieben, und ich erkenne den Winterakkord, die Saiten singen zusammen auf eine Weise, die mich so erfüllt, wie wenn ich auf Papas Skiern stehe und mir vorstelle, wie es wäre, zu schweben, aber jetzt endet die Bewegung nicht an der Absprungkante. Ich schließe die Augen und ziehe wieder und wieder meine Finger über die Saiten. Beuge mich ein wenig vor, während ich das Gefühl habe, dass die Musik ebenso sehr aus mir herauskommt wie aus der Gitarre. Das Geräusch, das ich produziere, füllt das gesamte Gebetshaus, und in mir hebt ein Schmetterlingsschwarm ab. Der Leerraum, den ich zu füllen versuche, wenn ich die Hände falte, ist keine leere Höhle mehr, in der der Klang meiner Stimme klein und ratlos wirkt.

Eine der biblischen Geschichten, die auf mich bis dahin den größten Eindruck gemacht hatten, war die von Daniel, der in die Löwengrube geworfen wird. In meinen Albträumen tauchte diese Geschichte immer wieder auf, und ich erwachte dann davon, dass ich zu schreien versuchte, während sich die Löwen um mich scharten. Jetzt fühle ich mich plötzlich unverletzlich, als ob ich niemals wieder vor irgendwem den Kopf zu senken brauchte. Den großen Jungs im Schulbus, die mich einen Christenarsch nennen. Den Schülern mit den teuersten Daunenjacken auf dem Schulhof, die mich verachten, weil ich aus Skogli komme. Denen in der Klasse, die fragen, ob Mama meine Großmutter ist. All denen, bei denen ich mich kleiner und unterlegener fühle, als ich es bin. In der Geschichte von Daniel bereut der König, dass er es gestattet hat, den Propheten den Löwen vorzuwerfen, und als er am nächsten Morgen loseilt, rechnet er damit, nur noch Überreste zu finden. Doch Daniel ist total unversehrt und erzählt dem König, ein Engel habe die Rachen der Löwen versiegelt. Als ich in Eben Ezer auf Mamas Schoß sitze und ihre Finger sich auf meine drücken, während meine rechte Hand über die Saiten fegt, bis meine Fingerspitzen bluten, begreife ich, was den Engel dazu gebracht hat, die Rachen der Löwen zu versiegeln.

Irgendwo in meinem tiefsten Inneren habe ich immer die gebrochenen, unsauberen Töne von damals bewahrt, als ich zum ersten Mal versuchte, auf einer Gitarre zu spielen. Ich will nicht behaupten, dass ich ohne diesen Nachmittag mit Mama in Eben Ezer kein Musiker geworden wäre, aber Mama dekodierte für mich das Gitarrespielen, das mir bis dahin abstrakt erschienen war. Sie erklärte, dass die Saiten Namen hatten, und machte mir klar, dass Gitarrespielen nicht so viel anders ist als Lesenlernen. Vielleicht war es ähnlich, als sie Oskar Maier die Mundharmonika geschenkt hat. Er war achtzehn Jahre alt und hätte so oder so Norwegisch gelernt, aber ich bin sicher, das mit der Mundharmonika machte die Sache leichter. Vielleicht hat auch sie dazu beigetragen, ihn während der Gefangenschaft am Leben zu erhalten? Weil er sein Leben lang eine Mundharmonika hatte, mit der er seiner Sehnsucht Leben einhauchen konnte?

Für mich wurde die Gitarre jedenfalls eine Möglichkeit, um mich durchzusetzen. Die Gitarre schenkte mir Glauben an mich selbst, und sie trug in sich den Keim einer Hoffnung, dass ich eines Tages nicht der Einzige in der Klasse sein würde, der von den anderen Jungen nicht zum Geburtstag eingeladen wurde. Mama hinterließ bei Oskar Maier und mir einen Ton, der uns, jeden auf seine Weise, befähigte, den Keim eines notdürftigen Glaubens zu finden, sogar an Orten, wo man nicht glauben sollte, dass irgendetwas dort wachsen könnte.

26

Ich hebe die Gitarre vom Sofa, wo sie seit gestern wie ein träger Hausgast herumliegt. Von der Form her hat eine Gitarre etwas Weibliches, aber wenn ich spiele, ist sie für mich niemals etwas anderes als ein Werkzeug. Ich benutze sie so, wie wir in meiner Familie Äxte, Sägen und Hämmer benutzt haben, zum Abreißen und zum Aufbauen. Alles in allem, am Ende des Arbeitstages, geht es darum, ob es dir gelungen ist, dich nützlich zu machen. Papa hatte Motorsägen. Ich habe Gitarren. Der größte Unterschied ist, dass mir eine Gitarre auf ganz andere Weise Gesellschaft leistet als eine Motorsäge. Mit einer Gitarre auf dem Schoß dazusitzen ist, wie einen Menschen reden zu hören, oder zu hören, wie ich selbst auf andere Weise spreche. Auf der Gitarre zu klimpern hilft mir zu denken, wenn ich keinen klaren Gedanken habe. Was herauskommt, sind meine rauen, unverfälschten Gefühle, wie sie nur dann sind, wenn ich mich nicht zu verstellen oder Rücksicht auf Menschen in meiner Umgebung zu nehmen brauche.

Ich schmiege die Wange an den Gitarrenkörper, lasse den Daumen über die Saiten spielen. Die linke Hand macht, was sie will. G und C. Als wäre das nichts. Als wäre das alles. Als wäre es das Ende von etwas. Der Anfang. Wie Mamas Hand über meiner. E-Moll. Der Akkord erfüllt mich noch immer mit demselben Gefühl von Unverletzlichkeit wie beim ersten Mal in Eben Ezer. Aber er hat auch etwas Schwereres bekommen. Etwas Dunkleres. Weniger Winter, mehr November ohne Schnee. Zugleich klingt er trotziger. Energisch. Selbstsicher. Er klingt wie Mama.

Ich habe sie zum letzten Mal gesehen, als mein Bruder, die beiden vom Bestattungsunternehmen und ich sie in dem Zimmer, in dem sie gestorben war, in den Sarg legten. Wir hatten Abschied genommen, alles gesagt, was zu sagen war, während sie noch antwortete und als sie vielleicht nur noch hörte. Ich dachte, ich hätte meine Tränen gefunden, meine Art, um sie zu trauern. Aber als wir das, was Mama gewesen war, aus dem Zimmer trugen, fiel mein Blick auf ihre Gitarre, die in der Ecke zwischen Kommode und Haustür stand. Und da ging mir erst wirklich auf, dass Mama nicht mehr da war. Eine unscheinbare Gitarre mit Nylonsaiten und einem Sprung in der Vorderseite, der aussah wie eine Narbe in einem Comic. Ein großes Stück war aus dem Griffbrett geschlagen worden, und die Reste der A-Saite ringelten sich wie ein Schweineschwänzchen um den Kopf. Ihre Gitarre sah nicht nur tot aus, sie war ausgeplündert und entseelt. Abends saß ich lange mit der Gitarre auf dem Schoß da, aber dort war von Mama nichts mehr übrig. Die Gitarre war zu einem Haus geworden, in dem niemand mehr wohnte. Sie war nur noch eine Schale.

Einen Monat vor Mamas Tod ging ich mit meiner eigenen Gitarre zu dem Pflegeheim, wo sie wohnte. Meine Schwestern meinten, es würde sie aufmuntern, wenn ich ihr ein paar Lieder vorspielte, aber ich hatte noch nie vor Mama gesungen und gespielt, deshalb verlor ich den Mut, und ich ließ den Gitarrenkasten vor der Tür stehen. Das hatte sie selbst in all den Jahren als Unseres Herrn Singende Kämpferin in Skogli auch so gemacht. Bei ihren Besuchen bei den Einsamen, Alleinstehenden, Verzweifelten und Verstoßenen kam sie zu allererst als Mitmensch, doch wenn sie es wünschten, sang sie von Jesus. Um nicht aufdringlich zu wirken, oder vielleicht auch, um ihr Publikum zuerst auszuloten, nahm sie die Gitarre nie sofort mit hinein.

Ehe ich eingeschult wurde, kam es einige Male vor, dass ich sie bei diesen Besuchen begleiten musste, und dann wanderte sie immer zum Dorf, mit mir an der einen und der Gitarrentasche in der anderen Hand. Woran ich mich am besten erinnere, ist allerdings nicht die Musik, sondern wie sehr ich mich weit weg wünschte und wie schlecht es in den Häusern roch, als ob in die Knie gezwungene Menschen einen ganz besonderen Dunst aussonderten.

In Mamas Wohnung roch es an jenem Tag nach nichts Besonderem, aber es war warm, und weil lange nicht gelüftet worden war, wurde mir schwindlig, und die Vorstellung zu singen lag mir sofort noch ferner. Ich begnügte mich damit, Mamas Hand zu halten, ihre Wange zu streicheln und über alte Tage zu sprechen, während ich zu überlegen versuchte, ob es noch mehr gab, was ich ihr sagen müsste. Aber Mama und ich hatten einander alles gesagt, zwischen uns lag nichts Unausgesprochenes, und nach ungefähr einer Stunde machte ich mich bereit zum Aufbruch. Nun kamen unangemeldet zwei Frauen aus der Gemeinde zu Besuch. Die eine brachte meinen Gitarrenkasten mit, und sie überredeten mich, doch etwas zu singen. Es gab etwas in Mamas Stimme, das mir immer Mut verlieh, ein Gefühl, dass Musik einen Menschen erheben kann, aber meine Stimme kommt aus dem Keller des Menschen, ist grob und unpoliert. Sie bewegt sich selten über die mittlere Tonlage hinaus, und meine Glaubensbekenntnisse wurden immer nur geflüstert.

Ich kann mich nicht daran erinnern, dass ich mein Repertoire jemals den Wünschen des Publikums angepasst hätte, aber jetzt, vor der kleinsten Versammlung, für die ich jemals gespielt hatte, fühlte ich mich seltsam arm an Liedern. Die beiden Glaubensschwestern mit ihren Blumenkohlfrisuren, die gebetshausgerade dasaßen, als wollten sie sich in Eben Ezer vor dem Herrn aufrichten, und Mama, zusammengesunken in ihrem Glauben im Sessel am Fenster, sorgten dafür, dass ich in dem, was ich selbst geschrieben hatte, nicht genug Kraft fand. Ich fing an mit einer Version von *Knocking on Heaven's Door,* die ich einmal für ein Konzert mit einer spontanen Übersetzung vorgetragen hatte.

Mama, nimm mir meine Knarre ab,
habe nichts mehr damit vor.
Tiefe Dunkelheit senkt sich herab,
fühl mich, als klopfte ich an das Himmelstor.

Ich wünschte, die beiden Frauen wären nicht dort gewesen, denn ich hatte das Gefühl, dass sie mir und Mama im Weg standen, so, wie ich oft erlebe, dass andere Menschen zwischen mir und Jesus stehen. Aber ich sang weiter, nur für Mama. Vier Akkorde, darunter der allererste, den sie mir beigebracht hatte. Kein Glaubensbekenntnis, sondern ein Dank für ihre Hand auf meiner Stirn, als ich Kind war, weil sie Mama war, mich geboren hatte und das wieder und wieder tat.

Mama, nimm mir die Polizeimarke ab,
brauch sie nicht, hab nichts mehr damit vor.
Es wird dunkel, dunkel wie im finsteren Grab,
fühlt sich an, als klopfte ich an das Himmelstor.

Als ich mit Singen fertig war, winkte sie mich zu ihrem Sessel und legte mir die Hand auf den Kopf, wie um mich zu segnen.

»Du wirst auch ankommen«, mehr sagte sie nicht.

Ich schlage wieder E-Moll an. Lasse es in der Luft hängen. Oft, wenn ich ohne einen besonderen Hintergedanken die Gitarre nehme, spiele ich diesen Akkord. Jedenfalls, wenn ich in Grauwetterstimmung bin. G-Dur ist für Sonnenschein. Wenn mich die Musik einfing, vielleicht so, wie Mama eher gehofft als erwartet hatte, dann konnte ich mich zwischen diesen Extrempunkten frei bewegen. Und eigentlich lebe ich schon mein Leben lang entweder in G-Dur oder E-Moll, niemals dazwischen.

Mein Daumen bewegt sich jetzt über die drei obersten Saiten. Auf und nieder, wie ein Kolben. Kein Walzer. Nichts zum Tanzen. Eher eine zielstrebige Bewegung. Wie eine Lokomotive, die einen Bahnhof verlässt. Mamas Gesicht schiebt sich über die Akkorde. Oder, was heißt Gesicht, ich kann ihre Züge nicht erkennen. Eher ihre Aura. So, wie ich von ihr träume. Ihre Umrisse vor der Nacht. Ihre Konturen. Die Vorstellung von Mama, so wie sie war. Heute hat dieser Akkord nichts, was mich an Aufbruch denken lässt. Nichts, was mich daran erinnert, irgendwo anzukommen. Eher daran, umzukehren. Heimzukehren. Zurückzukehren. Jetzt ist die Vorstellung von Schweden zu zwei ungewaschenen Vorhängen geworden. Zu etwas, durch das ich hindurchschaue. Zu etwas, das meinen Blick nicht festhalten kann.

Ich lege die Gitarre zurück in den Kasten und schließe den Deckel.

Morgen, ja, eigentlich schon in wenigen Stunden, ist Freitag. Von da an gilt meine Zugfahrkarte. Ich verspüre eine Unruhe, die ich nicht ganz zuordnen kann, und ich habe vier Dinge, die ich jetzt tun kann. Die restlichen Millerflaschen austrinken. Anfangen, mir Großvaters Geschichten anzuhören. Noch einen Brief lesen. Für morgen packen. Die erste ist die einfachste Alternative. Die zweite die lustigste. Die dritte die komplizierteste. Die vierte die Vernünftigste. Ich greife zu einem neuen Brief. Der ist auf zwei Tage vor Heiligabend 1939 datiert.

Der Brief ist kurz, und ich finde den Anfang verwirrend. Sie beginnt mit *danke für den Brief und das Photo von Deiner Familie und Deiner Schwester.*

Ich hole tief Luft und mache noch ein Bier auf. Rede mir ein, dass es das letzte heute Abend sein wird. Draußen ist es ganz dunkel. Wenn Mama wirklich einen Brief von Oskar Maiers Familie bekommen hatte, muss sie geantwortet haben. Vielleicht hatte sie Fotos beigelegt. Wieder dichte ich mir eine Wohnzimmerwand im naziverseuchten München des Jahres 1939 zusammen, wo ein von Mama geschicktes

Bild meiner Familie hängt. Meine Großeltern und die drei Kinder. Über ihnen ein Bildnis des Führers, das Wappen des Dritten Reichs und das Wappen von Bayern. Oskars Eltern, die ihren Gästen stolz das Bild der arischen Familie in Norwegen zeigen und auf die Auserwählte ihres Sohnes tippen. Ich drücke mir die Bierflasche an die Schläfe. Der Tau vom Glas läuft über meine Wange. Ich muss mein Gehirn abkühlen. Denn wer bei uns arisch aussah, war Papas Familie, jedenfalls die drei Brüder. Die Bilder, die ich von Mama & Co aus diesem Zeitraum gesehen habe, hätten auch im Ghetto von Lodz aufgenommen sein können. Mein Großvater sieht aus, als hätte er Tevje den Milchmann spielen können, und unsere hohen Stirnen und krummen Nasen waren immer schon alles andere als arisch.

Im Wohnzimmer setze ich mich in den Louis-Armstrong-Sessel und suche mir die Stelle im Brief heraus, wo Mama über Oskars Vater schreibt. *Ich war gleich total verliebt in Deinen Vater, er sieht so gütig aus. Du hast Ähnlichkeit mit Deinem Vater. Als ich dieses Photo gesehen habe, bekam ich so brennende Lust nach Deutschland zu fahren, zu Dir, geliebter Oskar.* Ich wundere mich nicht mehr über den wiederkehrenden Wunsch, nach Deutschland zu reisen, und dass sie Oskars Vater so einnehmend findet, ist auch keine Überraschung. Nach ihrer eigenen Aussage war Mama immer eine Papatochter. Es lässt sich vielleicht nicht vollständig übertragen, aber sie hat erzählt, dass sie ihre eigene Mutter einmal in den Oberschenkel gebissen hat, weil die den Großvater vor Mamas Augen umarmte. Noch interessanter ist, dass Hjørdis endlich zwei Briefe von Lothar bekommen hat, es geht ihm gut, aber er ist ebenfalls krank vor Sehnsucht. Überhaupt kommt in diesem Brief viel Sehnsucht vor. Mama schreibt: *Geliebter Oskar, ich sehne mich jeden Tag mehr nach Dir. Dein Photo steht auf dem kleinen Tisch neben meinem Bett, und es ist das letzte, was ich ansehe, ehe ich abends einschlafe, und morgens das erste. Ich glaube noch immer hören zu können, wie du morgens die Treppe hochkommst, um mich zu wecken. Du hast mich fast jeden Morgen mit einem Kuß geweckt. Ich weiß noch, wie wir zum ersten Mal im Kino gewesen waren und Du gesagt hast, daß Du mich liebst. Ach, was war ich da glücklich, denn ich liebte Dich von ganzem Herzen, verstehst Du.*

Sie endet damit, dass sie zu Weihnachten nach Hause fährt. Unter ihren Namen hat sie ein Herz gezeichnet. Hinein hat sie *100.000 Küsse* geschrieben. Und neben das Herz: *Gute Nacht Geliebter.*

Zum ersten Mal ist ihre Sprache so direkt, und sie erzählt ganz offen von Küssen und dass Oskar Maier offenbar mehr oder weniger zu ihr ins Bett gekrochen ist. Ich habe in meinem ganzen Leben noch nicht versucht, mir Mama in den Armen eines anderen vorzustellen, aber jetzt, gerade heute Abend, finde ich, dass Oskar Maier das verdient hat.

27

Habe ich Mama jemals gekannt? Und wie gut ist es mir gelungen, die, die mir nahestehen, mit mir Bekanntschaft schließen zu lassen? Richtige Bekanntschaft. Wieder habe ich das Gefühl, untreu zu sein, diesmal nicht Papa, sondern Elvira. Ich habe ihr noch immer nichts von Sabines Besuch und Mamas Briefen an Oskar Maier erzählt. Meine letzte SMS an sie war nicht direkt gelogen, aber auch nicht ganz wahrheitsgetreu. Nicht die ganze Wahrheit zu erzählen ist nur eine andere Art des Lügens. Aber wenn ich morgen im Zug sitze, habe ich mein Wort so einigermaßen gehalten. Denn ich bin endlich in Gang gekommen. E-Moll und G-Dur zu spielen, kann als Vorbereitung zum Liederschreiben betrachtet werden. Ich suche auf meinem Laptop die Aufnahmen von Opa und habe das Gefühl, mich Elvira gegenüber ein bisschen ehrlicher zu verhalten, als ich die erste Erzählung anklicke.

Die Aufnahmen sind in Tracks eingeteilt, wie auf einer CD. Siebenundzwanzig insgesamt. Fast ein Dreifachalbum. Ich kann mich nicht erinnern, wer das wohl gemacht hat, aber ich muss jemanden damit beauftragt haben. Vielleicht einen von meinen Produzenten. Ich habe jedenfalls keine Kassettenaufnahmen digitalisiert.

»Sei' ich nich mehr Holz hack, wachsen de Kiefern einfach zo.«

Das ist das Erste, was Opa sagt. Ich kann mich vage an diese Aufnahme erinnern, es kommt mir seltsam vor, seine Stimme aus dem vergangenen Jahrtausend zu hören, von der anderen Seite des Grabes her.

Wir hatten gerade den ersten Kassettenrekorder bekommen, und ich weiß noch, dass ich Opa heimlich und ohne sein Wissen aufgenommen habe. Ich war vielleicht in der dritten Klasse, ich war noch nicht im Stimmbruch. Nach dieser Aufnahme habe ich aufgehört, Dialekt zu sprechen, weil ich Opas breite Aussprache und seine dünne Stimme unerträglich fand.

Opa geht mehrere von seinen Klassikern durch. Geschichten, die einen solchen Eindruck auf mich machten, dass ich sie mehr oder weniger auswendig kann. So wie die von dem alten Moa'n, der nach Amerika reist, in ein »Vergnügungslokal« gerät und dort den Kopf durch ein Loch in der Wand steckt, hinter der eine farbige Frau strippt und am Ende ihr Hinterteil gegen sein Gesicht drückt. Opa ist sprachlich direkter und gebraucht etliche Begriffe, die heute nicht mehr zulässig sind. Und dann gibt es noch die Sache über damals, als Opa es satthatte, die Baracke mit einem diebischen Holzfäller zu teilen, und deshalb seine Salz- und Zuckertüten vertauschte, wodurch der Süßkäse des Langfingers ruiniert wurde.

Auf Track 18 taucht plötzlich Papas Stimme auf. Ich kann mich gut an Opas Stimme erinnern, aber die von Papa hatte ich vergessen. Nach vielen Jahren in Skogli war seine Aussprache noch immer geprägt von Sørskogbygda. Ich beteilige mich ebenfalls am Gespräch, mit derselben Piepsstimme wie bei der ersten Aufnahme. Wir haben offenbar gerade gegessen, und aus dem Gesagten geht hervor, dass es kurz nach Weihnachten ist. Plötzlich schlägt die Wanduhr im Wohnzimmer drei, und da wir so früh gegessen haben, muss es ein Sonntag sein, möglicherweise der Erste Weihnachtstag. Im Hintergrund kann ich Mama beim Spülen hören.

Die Geschichten, die Opa jetzt erzählt, sind eher makaber und weniger humoristisch, eine Art magischer Realismus aus Finnskogen. Er erzählt von einer Frau im tiefen Wald, die vom Waldbesitzer nicht weniger als dreimal geschwängert wurde. Als er heiratet, will er von dieser Frau nichts mehr wissen, und in ihrer Verzweiflung, weil sie ihre Kinder nicht ernähren kann, beschließt sie, alle drei zu ertränken. Sie schafft es bei den beiden Jüngsten, der Älteste jedoch überlebt. Die Frau muss viele Jahre im Gefängnis sitzen, wird dann aber nicht lange nach dessen Krönung von König Haakon begnadigt. Nun bewegt sich die Geschichte in eine eher magische Brüder-Grimm-Richtung. Die Frau kehrt zurück in ihre kleine Waldhütte und nimmt ihr ärmliches Dasein wieder auf. Es macht ihren Alltag nicht leichter, dass es im Wald um sie herum von Wölfen nur so wimmelt, oder von

Isegrim, wie Opa konsequent sagt. Eines Tages wird sie von einer ganzen Meute umringt, worauf sie durch den Schornstein aufs Dach klettert, um sich einen Überblick über die Lage zu verschaffen. Als sie den Oberkörper über den Rand schiebt, springt ein Wolf aufs Dach und verbeißt sich in ihrer einen Brust. Sie kann Isegrim durch den Schornstein ziehen und das Tier in einen riesigen Kessel voller Wasser bugsieren, den sie auf dem Herd stehen hat. Ich kann hören, wie mein jüngeres Ich auf der Aufnahme aufkeucht, und ich kann mir ein Lächeln nicht verkneifen.

Und dann, wie aus heiterem Himmel: das Wort, zu dem ich in den letzten Tagen immer wieder zurückgekehrt bin: *Skinnarbøl.* Das Klirren von Gläsern und Besteck blieb bisher diskret im Hintergrund, aber als Opa den Namen des Gutes nennt, scheint Mama im Spülbecken einen Tellerstapel umzustoßen. Sogar Opa, der ziemlich schwerhörig ist, hat es gemerkt, denn er legt eine kleine Pause ein, ehe er weitererzählt. Ich lasse den Anfang noch einmal ablaufen. Es gibt keinen Zweifel daran, dass er »Skinnarbøl« sagt. Und es ist nicht der Gedanke daran, dass ich selbst dabei war, der mich zittern lässt, sondern eben, dass es sich anhört, als ob Mama dabei alles aus der Hand fällt. Es ist gleich nach *Weimachten,* wie Mama geschrieben hat, die Zeit im Jahr, in der sie sich in ihren Briefen ganz besonders nach Oskar Maier sehnt, und plötzlich hört sie ihren Vater den Namen des Ortes nennen, wo sie Oskar kennengelernt hat. Vielleicht hatte sie gerade an ihn gedacht, er ist über Weihnachten garantiert in ihren Gedanken aufgetaucht. Ich versuche mich zu erinnern, ob sie zur Weihnachtszeit melancholisch wurde, aber ich habe keinerlei Erinnerungen daran, jedenfalls nur solche wie die allermeisten Menschen, die bei dem Gedanken an dieses Fest eine gewisse Trauer empfinden. Ich kneife mich in den Arm.

Mein Gehirn erfindet jetzt so allerlei, erdichtet Vorstellungen. Ich lasse die Aufnahme ein weiteres Mal ablaufen. Konzentriere mich darauf, was wirklich gesagt wird.

»Auf dem Masterudveg im Osten von Skinnarbøl wurde ein Steuereintreiber umgebracht«, fängt Opa an. Dann kommt eine Geschichte, die sehr an die erinnert, die Papa über den sogenannten Bratterud-Mörder erzählte, nur ist diese hier früher passiert. Der Mann, von dem Opa erzählt, wohnte in der Nähe von Skinnarbøl, als der Steuereintreiber umgebracht wurde, und da er zum Zeitpunkt des Mordes auf der Straße unterwegs gewesen war, wurde er zum Verhör geholt, vor Gericht gestellt und nach Akershus ins Zuchthaus geschafft. Die ganze Zeit beteuerte der Mann seine Unschuld, und irgendwann wurde er entlassen. Großvater sagt, dass keinerlei Beweise gegen ihn vorlagen. Im Volksmund jedoch war er gebrandmarkt. Als er nach Hause kam, verlor er seine Arbeit auf Skinnarbøl, und die Gnädige – wie Opa sagt – verbot ihm, sich dort jemals wieder blicken zu lassen.

»Und alle sachten, der's'n Mörder und kuckt alle mit dem bösen Blick an«, sagt Opa nun und erzählt, als der Mann vierzig Jahre nach dem Mord starb, hätten ihn alle weiterhin für schuldig gehalten. Dann gibt es einen Sprung in der Zeit und nach Austmarka, wo ein Mädchen oder eine Frau, die Opa gekannt hat, bei einem älteren Ehepaar aufwuchs. Der Mann war Schmied, und das Mädchen betätigte oft für ihn den Blasebalg, und dabei weinte der Schmied dann immer. Als das Mädchen fragte, warum, antwortete er, er habe Bauchschmerzen. Opa macht abermals einen Sprung in der Zeit und ans Sterbebett des Mannes. Der Pastor wird gerufen und fragt den Mann, ob er etwas zu bereuen hat, aber da seine Frau dabei ist, möchte er nur gemeinsam das Vaterunser beten. Als der Pastor gegangen ist, wird der Mann sehr unruhig und will ihn noch einmal holen lassen. Es ist mitten in der Nacht und sie wohnen tief im Wald, das geht also nicht. Als die Frau das Schlafzimmer verlässt, um in der Küche irgendetwas zu erledigen, nutzt der Mann die Gelegenheit, um sich dem Mädchen anzuvertrauen. Er hat den Steuereintreiber umgebracht, und das Mädchen muss versprechen, das dem Lensmann zu melden, aber erst, wenn die Frau gestorben ist.

»Und die Kleine hielt ihr Versprechen«, sagt Opa, und ich war so vertieft in die Erzählung, dass ich nicht begriffen habe, was an der Aufnahme plötzlich so anders wirkte, aber als Mama wieder anfängt, mit Gegenständen herumzuklimpern, begreife ich. Sie hat die ganze Zeit zugehört.

Opa von Skinnarbøl erzählen zu hören, während gleichzeitig Mama im Hintergrund zu hören ist, ohne in der Geschichte vorzukommen, erinnert mich an meine Aufnahme von Sabine und mir auf dem Friedhof. Ich hole mein Telefon, aber vielleicht bin ich erschöpft, vielleicht war es die Stimmung auf dem Friedhof, die mich glauben ließ, mehr Deutsch zu verstehen als wirklich der Fall war, jetzt bekomme ich jedenfalls nur Bruchstücke mit.

Ich schaue auf die Uhr, es ist eigentlich zu spät, um jemanden anzurufen, aber ich wähle die Nummer des pensionierten Sprungrichters. Er meldet sich sofort.

»Hallo«, sage ich. »Ich weiß, es ist spät, aber wie gut ist dein Deutsch?«

Ich kann deutlich hören, wie er Luft holt, ehe er antwortet.

»Ich war vierzig Jahre lang Deutschlehrer, ich beherrsche die Sprache also gut«, sagt er. »Wieso?«

»Kannst du etwas für mich übersetzen? Ich maile dir gleich eine Aufnahme«, sage ich.

28

Ich schließe hinter mir die Tür. Gehe in Richtung Bahnhof los. Es geht auf Mitternacht zu. Noch nach all den Jahren, seit ich nicht mehr in Skogli wohne, habe ich mich nicht daran gewöhnt, wie sich Asphalt unter den Füßen anfühlt. Zweimal habe ich einen Elch die Straße überqueren sehen. Diese Tiere haben etwas Elegantes und Unbeschwertes an sich, wenn sie sich in der Natur bewegen und fast durch die Landschaft gleiten. Aber sowie sie Asphalt unter den Klauen haben, werden sie schwerfällig und trampeln drauflos, als wären es ihre ersten Schritte in dieser Welt. So komme ich mir auch vor. Als würde das Geräusch meiner Schritte in mich zurückgeschlagen, und nicht wie zu Hause in Skogli, wo ich das Gefühl habe, dass sie mich in den Boden drücken und sich über die Schritte derer legen, die vor mir dort gegangen sind.

Gehen war für mich immer schon die beste Art, mich zu fortzubewegen. Einen Fuß vor den anderen und dann sehen, wohin mich die Landschaft führt. Als ich in Skogli gewohnt habe, konnte ich oft von zu Hause aufbrechen und zum Beispiel bei Skoglivarden landen, wo mehrere der Bilder in Mamas Album aufgenommen wurden. Nirgendwo in der Nähe von Skogli kann man höher hinauf gelangen, und dort oben habe ich mich immer wie ein Mensch gefühlt, der alles besaß, was man nicht besitzen kann. Aber ich konnte ebenso in Djupdalen landen, einer Gegend, die scheinbar unberührt dagelegen hat, seit sich die Gletscher zurückgezogen haben, mit gewaltigen Kiefern und dem weichen Waldboden. Die Vegetation hier war viel üppiger als irgendwo sonst im Dorf, und erst viel später habe ich erfahren, dass sich ein Gürtel der nördlichen Regenwälder durch das Tal zieht und dass manche Bäume dort über hundertsechzig Jahre alt sind. Bei diesen Ausflügen hatte ich oft keine Ahnung, wo ich war, aber ich fühlte mich nie verloren. Mich zu verlaufen wurde nur zu einer anderen Möglichkeit, weiterzukommen. Hier in Kongsvinger, oder in Oslo, wo ich mich jetzt genauso auskenne, verlaufe ich mich nie. Das fehlt mir.

Ich gehe am Bahnhof vorbei. Früher war das hier der Treffpunkt für die Galgenvögel der Gegend, jetzt dominiert eine Grünfläche mit mehreren Asphaltinseln, wo man auf den Bus warten kann. Ich biege bei dem braunorangen Steinhaus, das früher den Fotografen Larsson beherbergt hat und wo auf die Westwand ein Bild von Erik Werenskiold gemalt ist, um die Ecke. Hier wurde am 16. April 1940 der Lensmann von Kongsvinger, Rolf Jahnsen, von den Deutschen erschossen. Er war mit dem Wagen vom Bahnhof her unterwegs, als ein deutscher Vortrupp aus der Gegenrichtung gefahren kam. Jahnsen bog zur Garage des Fotografen hin ab, setzte rückwärts wieder heraus und versuchte, in der Richtung zurückzufahren, aus der er gekommen war, aber die Deutschen eröffneten das Feuer und der Lensmann wurde getötet. Ich weiß noch, dass es mich, als ich bei einem Gedenktag darüber las, nicht so sehr beeindruckt hat, dass der Lensmann ums Leben kam, sondern, dass die Deutschen ihn so lange im Auto sitzen ließen. Wenn er fünf Minuten früher gekommen wäre, hätte er sein Büro noch erreicht. Vielleicht wäre das Ergebnis für ihn dasselbe gewesen, aber möglicherweise hätte er sich bewaffnen können, und sei es nur, um dem Tod von Angesicht zu Angesicht gegenüberzutreten, statt in den Rücken geschossen zu werden.

Fliehen oder sterben. Den Krieg so dicht am eigenen Leib zu spüren, hat etwas mit dem Kriegsdienstverweigerer in mir gemacht. Plötzlich habe ich angefangen, in heldenhaften Schlagzeilen zu denken, die in den illegalen Zeitungen der Kriegszeit besser aufgehoben gewesen wären. Aber durch diese Straßen sind Max Manus und Shetland-Larsen geeilt, als sie sich in Vardåsen gegen die Deutschen verschanzen wollten. Wenn ich die Wahl gehabt hätte, hoffe ich, dass ich mutig genug gewesen wäre, ihnen zu folgen.

Ich überquere die Brücke. Die Straßen sind ganz leer, keine Autos oder Menschen zu sehen. Die Luft erscheint mir zu scharf, um ein wirklich glaubwürdiges Versprechen von Frühling mitzubringen, und draußen in der Glomma spiegeln sich die Lichter der Stadt im Wasser, als wäre die Stadt im Fluss versunken. Hinter der Brücke biege ich nach links ab, ohne so richtig zu wissen, weshalb. Folge der Strandpromenade in die Richtung, in der damals die Realschule lag. Das gleiche Unbehagen wie damals beißt in meinem Magen zu. Auf dieser Schule gab es keine großen Jungen mehr, die mich im Bus gequält hätten, keinen Spießrutenlauf, wo der Glaube meiner Eltern als Grund genommen wurde, um mich durchzuprügeln. Die Gitarre hatte mein Ansehen auf dem Schulhof gewaltig wachsen lassen, und ich hatte keine Probleme mehr damit, mich wie einer von den Jungs zu verhalten. Dennoch verspürte ich einen Widerwillen gegen die Schule. Es war nicht so, dass ich nichts hätte lernen wollen, es ging darum, dass es mir einfach zuwider war, wie wir lernen sollten. Mathematik war ein Scheißfach, aber ich versuchte, es wie ein Mann hinzunehmen, dass ich dafür einfach keine Begabung besaß. Schlimmer war, dass die Lehrer auch aus vielen anderen Fächern Mathematik machten. Für ein Gedicht gab es nur eine einzige Deutung, und die wusste immer nur der Lehrer. Obwohl ich auf der Grundschule immer der Junge gewesen war, dessen Aufsatz vorgelesen wurde, verabscheute ich auf der neuen Schule die Norwegischstunden. Ich konnte nie begreifen, warum ich wissen musste, was eine Konjunktion ist (ich weiß es noch immer nicht), ich wollte viel lieber lernen, was einen Satz gut oder schlecht macht. Aber am allerschlimmsten war, wie die Lehrer uns Jungs sahen. Wir gerieten unverdient in den Ruf von Krachschlägern, und von fünfzehn wechselten später nur sechs aufs Gymnasium über. Die drei Jahre auf der Realschule wurden zu meiner Bildungsreise in die anti-autoritären Überzeugung.

Die Schule hat jetzt einen anderen Namen, es gibt neue Gebäude und nur sehr wenig erinnert an die tieftraurigen Kulissen meiner Schulzeit gegen Ende der 70er Jahre, als jeder einzelne Tag wie ein Zahnarztbesuch wirkte und der Geruch der Schulküche in den Gängen hing. Vor einer der neuen Skulpturen, die offenbar einen Wolf oder einen großen Hund darstellt und aus einem glänzenden, silbrigen Material hergestellt ist, sitzt ein Mann. Ich sehe nicht sofort, dass es derselbe ist, der vorhin hinter dem Lokdepot hervorgekommen ist.

Ich gehe geradeaus weiter zur Aschenbahn und zum Fußballplatz und höre, dass der Mann mir etwas zuruft, stelle mich aber taub. Habe keine Lust, jetzt mit irgendwem zu reden. Er ruft wieder. Lauter. Den Titel meiner letzten Single. Er hebt beide Hände über den Kopf, wie um einem Flugzeug auf dem Weg zum Hangar zu signalisieren. Ich ändere meine Richtung und gehe auf ihn zu.

Aus der Nähe sieht die Skulptur eher aus wie ein Hund, jedenfalls am Kopf. Der Rumpf ist kräftig wie bei einem Wolf. Der Mann winkt mir, mich neben ihn zu setzen, und bei dieser Geste komme ich mir vor wie in der Schule, wo ich den Befehlen der Lehrer gehorchen musste.

»Bist du wieder zurückgezogen?«, fragt er und klingt durchaus nicht betrunken, auch wenn neben ihm eine Flasche Smirnoff steht. Er spricht langsam, wie ich das auch tue, wenn ich verbergen will, dass ich getrunken habe.

Ich schüttele den Kopf.

»Bin nur zu Besuch«, sage ich und setze mich, während ich versuche mich zu erinnern, ob wir jemals miteinander geredet haben. Ich weiß es nicht, erinnere mich aber, dass er mir zum ersten Mal aufgefallen ist, als seine Klasse Sport im Freien hatte und er ein Wolverhampton-Trikot trug. Niemand sonst auf der Schule hielt offen zu dieser Mannschaft.

»Du hast Glück«, sagte er, und ich weiß nicht, ob er meine Karriere oder mein Privatleben meint.

»Wie meinst du das?«, frage ich.

»Weil du nur zu Besuch hier bist.«

»Kongsvinger ist doch sicher so gut oder so schlecht wie die meisten anderen Orte«, sage ich.

»Da hast du wohl recht«, sagt er und reicht mir die Flasche. Ich würde am liebsten ablehnen oder zumindest die Öffnung abwischen, ehe ich trinke, tue aber nichts von beidem. Es brennt in meiner Speiseröhre und ich schüttele mich.

»Wohnst du bei deinen Eltern?«, fragt er.

»Die sind beide tot.«

»Bei mir auch. Hast du keine Geschwister?«

»Ich bin der Jüngste von vieren«, sage ich, und gleich habe ich ein schlechtes Gewissen, weil ich mir nicht die Zeit genommen habe, sie zu besuchen, wo ich schon in der Stadt bin. Um nicht darüber reden zu müssen, greife ich zu einer Gegenfrage.

»Was hast du gemacht, seit wir hier hingegangen sind?«, frage ich und bereue diese wenig durchdachte Frage sofort.

»So einiges«, sagt er, und in der nun folgenden Stille denke ich, dass er rein aussehensmäßig kaum Spuren des Lebens zeigt, das er geführt haben muss. Seine Haare sind füllig und rabenschwarz, ohne Andeutung von Grau wie bei mir. Seine Züge sind klar, und er sieht noch immer gut aus, auf eine gelebte – nicht verlebte – Weise, wie eine alte, vielbenutzte Lederjacke. Ich kann mich vage erinnern, dass er auf dem Schulhof ebenso gern mit Mädchen zusammenstand wie mit Jungen.

Er trinkt einen langen Schluck, und als seine braunen Augen meinen begegnen, denke ich, dass es dort sitzt. Sein Leben. Die roten Äderchen wie Risse im Eis und die Iris wie eine Rinne, auf die man sich lieber nicht hinauswagt.

»Ich weiß noch, dass du mal zum Sommerfest in der Turnhalle gespielt hast«, sagt er. »*Telegram Sam*, war es nicht so?«, fragt er.

Ich nicke, obwohl ich mich nicht erinnern kann, jemals bei einem Sommerfest gespielt zu haben, und noch viel weniger, dass es ein Stück von T. Rex gewesen sein soll.

»Das Leben ist wankelmütig, aber ich bin froh, dass es dir gut ergangen ist. Ich drehe immer lauter, wenn du im Radio kommst«, sagt er jetzt.

»Danke«, sage ich und nicke wieder. Hinter uns geht ein Auto-Alarm los, aber er scheint das nicht zu bemerken. Ich möchte eigentlich nur meine ziellose Wanderung fortsetzen, und mir fällt nichts ein, was ich sagen könnte. In der Tasche habe ich einen Fünfhunderter. Vielleicht kann ich ihm den geben? Aber das wäre wie ein billiger Ablasshandel. Ich entscheide mich für das Naheliegende.

»Bist du gern zur Schule gegangen?«, frage ich.

Das Rissige in seinen Augen wird von einem Lächeln vertrieben.

»Das war die beste Zeit. Ich war sogar noch auf dem Gymnasium. Eigentlich konnte ich sehr gut aus Büchern lernen. Aber als ich das Gelernte anwenden sollte, war Schluss.«

»Was ist passiert?«, frage ich.

»Es wollte einfach nicht«, sagt er und trinkt noch einen Schluck. Und als ob er merkt, dass ich nicht so recht weiß, ob ich noch eine Frage stellen soll oder nicht, schüttelt er den Kopf und hebt die Hand, als ich den Mund aufmache.

»Und du?«, fragt er.

»Ich habe jede Minute hier auf der Schule gehasst«, sage ich.

»Trotzdem«, sagt er.

»Trotzdem was?«

»Trotzdem hast du es geschafft.«

»Irgendwie schon«, sage ich.

Er reicht mir die Flasche, als sich gerade der Wind dreht, und ich merke, dass seine Kleidung nach feuchtem Keller riecht.

»Wenn du nicht hier bist, um Verwandtschaft zu besuchen oder in Erinnerungen an die Schulzeit zu schwelgen, was machst du dann in Kongsvinger? Eigentlich?«, fragt er.

Opa hat oft behauptet, dass Kinder und Betrunkene die Wahrheit sagen, aber vielleicht gilt das auch umgekehrt? Dass man Kindern und Betrunkenen die Wahrheit sagen soll? Ich trinke in langen Zügen, nur, um das Brennen zu spüren. Huste und blinzele meine Tränen weg.

»Ich bin auf dem Weg nach Schweden, um Lieder für eine neue CD zu schreiben, aber dann haben mich die Deutschen erwischt«, sage ich. Er sieht mich nur an, und ich trinke wieder, dann gebe ich ihm die Flasche zurück. Und fange an zu erzählen.

Danach bin ich es, der ein Schweigen hervorgerufen hat, aus dem wir nur schwer wieder herauskommen. Es ist nur noch wenig in der Flasche, und ich schüttele den Kopf, als er sie mir wieder hinhält.

»Das ist eine total starke Geschichte«, sagt er, leert den Rest Schnaps und leckt sich ausgiebig die Lippen, obwohl er nicht einen einzigen Tropfen vergeudet hat.

»Ja«, sage ich.

»Wirst du darüber jetzt Lieder schreiben?«

»Nein. Oder jedenfalls hatte ich das nicht vor. Ich weiß nicht«, sage ich, und damit weise ich diesen Gedanken vor mir oder anderen zum ersten Mal nicht kategorisch zurück. Es ist ein seltsames Gefühl, fast absurd, dass ich diese Idee hier an mich heranlasse, vor dem Ort, wo ich gezwungen wurde, blind das zu tun, was mir befohlen wurde.

»Ich habe ein langes Training darin, die Toten tot sein zu lassen. Meine Eltern sind bei einem Autounfall ums Leben gekommen, als ich neun war, also bin ich bei meinem Großvater aufgewachsen«, sagt er und reibt die Flasche, als wäre sie eine Wunderlampe, der er einen letzten Wunsch entlocken könnte.

»Davon hatte ich ja keine Ahnung«, sage ich.

Er zuckt mit den Schultern. »Mein Großvater war ein zerstörter Mann. Er war fast mein ganzes Leben lang drogensüchtig.«

Ich sehe ihn nur an, glaube, mich verhört zu haben. Mir fällt plötzlich ein, dass er mit Vornamen Jonas heißt, aber seinen Nachnamen habe ich vergessen. Egal, wenn die vorigen Generationen in Jonasens Familie sich an das übliche Muster für Hochzeiten und Geburten gehalten haben, muss sein Großvater so alt gewesen sein wie meine Eltern, vielleicht älter. Und von Drogensüchtigen in Kongsvinger zu Anfang der 60er Jahre, jedenfalls solchen in fortgeschrittenem Alter, habe ich noch nie gehört.

»Er kannte keine Grenzen«, sagt Jonas. »Aber zuerst hat er bei den Gefechten hier unten mitgemacht und ist dann weiter das Glommatal hochgegangen. Er war auch bei dem letzten Gefecht hier im Bezirk dabei. Ich glaube, das war Anfang Mai.«

Ich nicke und klopfe mir auf die Jackentaschen, als ob ich rauchen wollte. Verspüre eine plötzliche Sehnsucht nach Zigaretten, wie seit vielen Jahren nicht mehr.

»Hat er von seinen Erlebnissen erzählt?«, frage ich.

»Nur ab und zu und bruchstückweise, und nie, wenn er nüchtern war. Abgesehen von einem Morgen. Als er mich zum ersten Mal aus der Ausnüchterungszelle geholt hat.«

Ich nicke wieder.

»Er erzählte, dass er und zwei andere bei Åsta von ihrer Abteilung getrennt worden waren. Sie waren lange unterwegs gewesen, ohne etwas zu essen, als sie sich einer Gegend näherten, wo sie früher einen Hof gesehen hatten. In der Gegend wimmelte es von Deutschen, aber sie waren halb erfroren und ausgehungert und beschlossen, dass einer vorgehen und nachsehen sollte, ob es sicher war. Großvater hat beim Stöckchenziehen verloren und sich dann durch den Wald geschlichen. Als er so weit gekommen war, dass er freie Sicht hatte, sah er auf dem Hofplatz zwei Deutsche vor Menschen, die sicher Vater, Mutter und Kind waren. Ehe er reagieren konnte, wurde der Vater vor den Augen der anderen durch einen Genickschuss getötet. Großvater sagte, dass er nicht nachgedacht hat, nicht für und wider abgewägt, er hat einfach die beiden Deutschen erschossen und ist zu den zwei anderen Soldaten zurückgerannt. Alle sind unversehrt wieder nach Hause gekommen.«

Ich nicke ein weiteres Mal und denke, dass es doch eher unwahrscheinlich wirkt, dass die Deutschen die drei nicht erwischt haben, und er scheint meine Gedanken zu erraten.

»Ich habe mich ein bisschen umgehört und bin dann in Kontakt mit dem Mann gewesen, der damals Lensmann war. Dem war es gelungen, dieses Kind zu finden, es war ein Junge, das überlebt hatte. Der Junge, oder der Mann, der er jetzt geworden war, wollte sich bei meinem Großvater bedanken, weil er – ich weiß nicht recht – das Gefühl hatte, dass der das getan hatte, was richtig war. Eine Art von Wiedergutmachung vielleicht. Aber Großvater wollte ihn absolut nicht treffen. Sagte, er sei fertig mit dem Krieg.«

»Dennoch hat er als Drogensüchtiger geendet?«, frage ich.

Jonas lacht düster.

»Ich glaube nicht, dass er wegen der getöteten Deutschen drogensüchtig geworden ist. Großvater meinte, denen sei es nur recht geschehen. Aber als er anfing als Grenzlotse zu arbeiten, wurde er abhängig von Amphetamin. Und die Amphetamin-Sucht ist ihm bis an sein Lebensende geblieben.«

Ich sehe ihn nur an.

»Mein Großvater hat während des ganzen Krieges in der alten Mühle in der Stadt gearbeitet, und sozusagen alle Flüchtlingstransporte fanden nach Einbruch der Dämmerung statt. Es kam durchaus vor, dass so ein Transport die ganze Nacht in Anspruch nahm, aber mein Großvater musste trotzdem am nächsten Morgen zur Arbeit erscheinen, damit die Deutschen nicht misstrauisch wurden.«

»Ich verstehe nicht?«, sage ich.

»Die Engländer haben hier in der Gegend mehrmals etwas abgeworfen. Waffen und Ausrüstung, aber auch das, was mein Großvater *feine Tabletten* nannte. Von denen war er abhängig, um zur Arbeit gehen zu können.«

»Auch nach dem Krieg?«, frage ich.

»Ich weiß nicht, wie er gleich nach dem Krieg war, und ob er noch Tabletten hatte. Aber so lange ich mich erinnern kann, hat er getrunken, und sein ganzes Wesen hatte irgendwie eine Bewegungsunschärfe.«

»Bewegungsunschärfe?«, frage ich und muss mich konzentrieren, um keine Silbe zu verlieren.

»Ja, wie wenn du versuchst, mit langer Verschlusszeit ein Foto zu machen, und die Person, die du fotografierst, nicht stillhalten kann. Mein Großvater war nie ganz im Fokus.«

»Das war poetisch ausgedrückt«, sage ich.

»Eigentlich nicht, und Fotograf war noch etwas, das ich nie geworden bin. Egal. Nicht mal im Sitzen konnte sich mein Großvater ruhig halten. Ich weiß noch, wie der Tisch jedesmal bebte, wenn wir uns zum Essen hinsetzten. Keine Ahnung, ob er das selbst gemerkt hat, aber sowie er saß, fing sein Bein, oft auch beide, an, sich auf und ab zu bewegen wie ein Kolben. Jetzt kann es passieren, dass ich wochenlang nicht an ihn denke, aber dann ist er wieder da. Wir ein ruheloses Zittern in mir. Manchmal denke ich, das ist das Erbe, das er mir vermacht hat.«

Jonas hebt wieder die Flasche an den Mund und erinnert dabei an einen Säugling, der zu saugen versucht, dann fällt ihm ein, dass kein Wodka mehr da ist.

»Großvater war irgendwie nie ganz anwesend. Er stand immer unter Spannung, und ich weiß nicht, wie oft ich gesehen habe, dass er Dinge zusammengesetzt hat, nur um sie danach wieder auseinanderzunehmen. Und das nicht, weil er Perfektionist war, sondern weil er irgendwas mit seinen Händen machen musste. Er musste sich zu etwas verwenden, sich selbst nützlich machen, und wenn ihm das nicht gelang, musste er trinken, sicher, damit alles aufhörte, sich zu bewegen.«

»Konnte ihm da kein Arzt helfen?«

Jonas lacht wieder dieses hohle Lachen.

»Im Nachhinein habe ich erfahren, dass man noch eine ganze Weile nach dem Krieg Amphetamin auf Rezept bekommen konnte. Aber zum einen war mein Großvater die Sorte Mann, die nie zum Doktor ging, so lange sie noch auf den Beinen stehen konnte. Und zum anderen hat er sich viel zu sehr geschämt, um zum Arzt zu gehen und so etwas zuzugeben. Du darfst nicht glauben, dass er mir irgendwas davon selbst erzählt hat. Ich habe das an dem Tag, als wir ihn in die Erde gelegt haben, von seinem Bruder erfahren.«

»Es war wohl nichts, über das laut gesprochen wurde«, sage ich.

Er schüttelt den Kopf.

»Niemand von denen, die ich damals gekannt habe und die aktiv am Krieg teilgenommen hatten, hat darüber gesprochen, nur die, die nicht mitgemacht hatten. Aber ich wünschte, ich hätte das alles von Großvater selbst hören können. Hätte gern gewusst, was ihn so rastlos gemacht hat. Stattdessen hat er mich gelehrt, dass Trinken eine Möglichkeit ist, sich selbst zu entkommen, und er hat es mich früh gelehrt«, sagt Jonas.

»Hat er sich zu Tode getrunken?«, frage ich.

»Nicht direkt. Er hatte Krebs. Und es war für ihn nie ein Problem, mit dem Trinken aufzuhören.«

»Aber?«, frage ich.

»Es war ein noch kleineres Problem, wieder anzufangen. Als er die Krebsdiagnose erhielt, war er seit fast einem Jahr nüchtern gewesen, aber nun fing er wieder an zu trinken. Damit hat er weitergemacht, bis ihm nur noch einige Monate blieben.«

»Konnte er dann nicht mehr trinken?«, frage ich.

»Ein Alkoholiker kann immer trinken. Aber eines Tages hat er mir gezeigt, dass unter seinem Bett keine Flaschen mehr lagen, und er sagte, er wolle sein Urteil nüchtern entgegennehmen.«

Ich kann nur nicken, weil mir Tränen in die Augen steigen und ich zu bewegt bin, um zu sprechen.

Joans erhebt sich und reicht mir seine Pranke zu einem festen Händedruck.

»Viel Glück mit den Deutschen«, sagt er.

»Auch dir viel Glück«, sage ich.

»Danke, und du weißt ja nie, vielleicht mache ich es wie mein Großvater, wenn die Zeit sich nähert, Jesus zu begegnen.«

Ehe mir klar wird, ob er Witze macht, hat er sich schon umgedreht und geht jetzt auf die Brücke zu. Dabei torkelt er kein bisschen. Jonas geht wie ein Mann, der weiß, wohin, dem es aber nicht damit eilt, dort anzukommen. Ich bleibe am Fuße der gewaltigen Tierskulptur sitzen, bis die Wärme seines Körpers aus dem Betonsockel neben mir verschwunden ist.

Es ist einiges nach Mitternacht, und ich kann der Versuchung widerstehen, Gerhard anzurufen und zu fragen, wie weit er mit der Übersetzung ist. Ob er mir wirklich den Gefallen tut und die Geschichte auf Band spricht. Es kam mir wie eine gute Idee vor, alles mündlich wiedererzählen zu lassen, um etwas von der Stimmung zurückzuholen, von dem Moment, als Sabine vor dem Grab kniete. Ich gehe auf demselben Weg zurück, den ich gekommen bin. Die Stadt ist noch immer still, in den Häusern um mich herum schlafen die Menschen, und mir geht auf, dass Krieg länger anhält als Liebe, jedenfalls wenn es stimmt, dass alles erst dann verschwindet, wenn niemand mehr darüber spricht.

29

Wieder in der Wohnung. Ich bin zu unruhig, um schlafen zu können. Der Krieg, der Oskar Maier von Mama getrennt hat, findet mich, auch wenn ich ihn nicht suche.

Es fahren keine Züge mehr, und ich kann oben auf der Straße auch keine Autos hören. Keine von Menschen geschaffenen Geräusche dringen zu mir durch. Die Stille erscheint mir wie ein Segen, und ich hole mir wieder Mamas Briefe. Auf eine seltsame Weise werden sie zu einem Ort, an dem ich mich gern aufhalte, und mir gefällt die Art von Zielstrebigkeit, die sie in meinen Alltag gebracht haben. Ich habe so etwas fast nie mehr empfunden, seit ich vor einem halben Leben alle Bücher von Jack Kerouac aus der Bibliothek von Kongsvinger gestohlen habe und dann – jeden einzelnen Abend – in einem Zimmer saß und nach Textstellen suchte, zu denen ich Melodien machen konnte. Mein Arbeiterklassenherz hatte oft Probleme mit der scheinbaren Richtungslosigkeit im Alltag, die mein Leben zu prägen scheint, jedenfalls für alle, die nicht wissen – was bedeutet, für die meisten Menschen –, was es für bloody hard work sein kann, ein Lied zu schreiben, das man nicht schon tausendmal gehört hat. Es irritiert mich, dass ich mich noch immer, sogar mitten im Leben, dabei ertappen kann, dass mir eine größere Sichtbarkeit dessen fehlt, was meine Arbeit Tag für Tag ausmacht. Ich kann mich noch erinnern, als die Kinder kleiner waren und Freunde mit nach Hause brachten, die dann fragten, ob ich a) Nachtschicht arbeitete oder b) eine Zusatzausbildung machte oder c) arbeitslos sei. Damals habe ich angefangen, mich selbst jeden Tag so anzuziehen, als müsste ich gleich auf die Bühne. In gewisser Weise wurde das meine Version davon, im Kastenwagen mit dem Firmenlogo auf den Seiten herumzufahren. In Boots, engsitzenden Jeans und knallbuntem Hemd an einem Dienstag vor dem Frischfleischtresen im Supermarkt anzustehen, dachte ich, würde den anderen vielleicht verständlich machen, dass Musiker zu sein ein Vollzeitjob ist wie jeder andere.

Ich gehe ins Badezimmer, putze mir die Zähne und lege mich ins Bett, bin aber noch immer nicht schläfrig. Suche nach dem Roman von Kurt Vonnegut. Denke, dass sein absurder Humor vielleicht ein Gefühl von Gleichgewicht in meine Welt bringen kann. Pål und ich haben im Abijahr beide mindestens dreimal hintereinander *Gott segne Sie, Mr. Rosewater* gelesen und die anderen aus unserer Klasse an den Rand des Wahnsinns getrieben, weil wir dauernd aus dem Buch zitiert haben. Unser Lieblingszitat war: *Jetzt werde ich aufhören, immer hi und ho zu sagen. Hi und ho.* Als ich das Buch endlich finde, sehe ich, dass ich den falschen Roman mitgenommen habe. *Galgenvogel.* Ich reibe mir das Gesicht, bis mir die Wangen brennen. Verfluche meine Blödheit, hab aber keinen Nerv, noch mehr Energie daran zu verschwenden, dass ich das falsche Buch eingepackt habe. Früher hätte ich das getan.

Ich klappe den Laptop auf und suche mir auf Netflix einen Film. Der baut auf einer wahren Geschichte auf; es geht um eine norwegisch-jüdische Familie, Eltern, drei Söhne und eine Tochter. Der mittlere Sohn war zwischen 1935 und 1940 Norwegens bester Boxer in Fliegen- und Bantamgewicht, der jüngste war Schauspieler und bekannt durch seine Rolle in dem Film *De Vergeløse* von 1939. An dem Tag, an dem Norwegen besetzt wurde, flohen die Schwester und ihr Ehemann nach Schweden, während der Rest der Familie in Norwegen blieb. Die männlichen Familienmitglieder wurden 1942 im Lager Berg bei Tønsberg interniert, wo sie genau einen Monat blieben, bis drei von ihnen am 26. November mit dem Transportschiff *Donau* nach Deutschland gebracht wurden. Auch die Mutter wurde auf dieses Schiff verschleppt, der Einzige, der diesem Gefangenentransport entging (außer der Schwester), war der Boxer, denn er war mit einer Norwegerin verheiratet. Bis zu dem Moment, als die Familie auf das Schiff gebracht wird, folgt der Film den üblichen dramaturgischen Regeln, und ich lasse mich bewegen, wie der Regisseur das will. Die Boxszenen bringen mein Blut in Wallung, der Zusammenhalt zwischen den Brüdern erweckt meine alte Sehnsucht nach gleichaltrigen Geschwistern, und die Darstellung keimender Liebe erfüllt mich mit einem flüchtigen Wunsch nach echter Sehnsucht.

Ich verspüre Schamhass auf alle, die in die andere Richtung geblickt haben, und nicht nur das, sondern die auch mit großem Berufsstolz die Befehle der Nazis ausführten, wie bei einem Wettbewerb, bei dem der, der die meisten Posten sammelt, den großen Ruhmespreis erhält.

Ich kann mich nicht von dem Gedanken befreien, dass die, die auf den Straßen zusammenströmten und in einigen Fällen den Juden Beschimpfungen hinterherriefen, dieselben waren, die drei Jahre später die jungen Mädchen anspuckten, die zum Spießrutenlauf getrieben wurden, ohne Stern auf der Brust zwar, aber doch fürs Leben gebrandmarkt. Ich denke an den Großvater von Jonas, den Grenzlotsen, den Mann, der drogensüchtig wurde, nicht, um die Leere aushalten zu können, wenn im Saal das Licht angeht, wie in meinem Metier, sondern ganz einfach, um am nächsten Morgen zur Arbeit gehen zu können, nachdem er sein Leben aufs Spiel gesetzt hatte, um andere Menschen nach Schweden in Sicherheit zu bringen. Ich denke an meinen eigenen Onkel, zum ersten Mal seit langer Zeit, ohne ein ›angeheiratet‹ davor, den Grenzpolizisten, der einen solchen Diensteifer an den Tag legte, dass er eine junge Frau (ich weiß nicht, ob sie Jüdin war) nach Schweden verfolgte, im Haus eines schwedischen Zollbeamten festnahm und drohte, sie zu erschießen. Meinen Onkel, der zu vier Jahren und sechs Monaten Zwangsarbeit verurteilt wurde.

Ja, dem Regisseur sind all seine Vorhaben geglückt, und er bringt mein Herz dazu, vor Selbstverherrlichung anzuschwellen, in dem Bewusstsein, dass ich natürlich bei den good guys gewesen wäre. Aber was mich am meisten bewegt, ist nicht, dass von den fünfhundertzweiunddreißig Juden, die mit der *Donau* deportiert wurden, nur neun zurückkehrten. Das sind Zahlen. Statistik. Was mich am tiefsten berührt, ist die Darstellung des Ehepaars Sara und Benzel, nachdem sie mit dem Zug in Auschwitz angekommen sind. Er ist vier Jahre jünger als ich, sie fünf Jahre jünger als Elvira. Im Vernichtungslager werden die Gefangenen nach zwei Kriterien eingeteilt: Männer unter fünfundvierzig und *alle* anderen. Wenn das meine Familie wäre, hätte es bedeutet, dass weder ich noch meine Frau oder meine Tochter die erste Nacht überlebt hätten. Nur mein Sohn würde erleben, dass es in Polen Morgen wird. Und ich stelle mir vor, wie Elvira und ich Hand in Hand in die garderobenähnliche Anlage geführt werden, wo wir uns ausziehen und zum letzten Mal nackt nebeneinander stehen. Schulter an Schulter, wie an dem Tag, an dem wir ja zueinander gesagt haben. Elvira, die mich bei den alltäglichsten Aktivitäten, mit der Kaffeetasse, über dem Kreuzworträtsel oder am Bügelbrett, mit einer tiefen Dankbarkeit dafür erfüllen kann, dass ich im selben Zimmer sein darf wie sie. Elvira mit dem spanischen Namen. Die Lotsin. Das Licht. Das Leben. Vielleicht wäre unsere Tochter mit uns zusammen dort. Unsere Tochter, die von ihrem Mann getrennt worden wäre. Unsere Tochter, die ein neues Leben unter dem Herzen trägt. Vielleicht würden wir sie rufen hören. Vielleicht würden wir den Namen unseres Sohnes flüstern. Vielleicht würden wir wirklich glauben, dass wir nur duschen sollen.

Nein, ich glaube, wir hätten es gewusst. Ich glaube, wir hätten etwas Resigniertes gehabt. Ich glaube, wir hätten es satt gehabt zu fliehen, vertrieben zu werden, uns verteidigen zu müssen, weil wir die sind, die wir eben sind. Ich glaube, ich würde den Arm um Elvira legen und ihren Kopf an meine Brust drücken, damit das Allerletzte, was sie durch Keuchen und Röcheln hört, mein Herz wäre, das nur für sie schlägt.

Ja, so wäre es gewesen. Alles, absolut alles, wird sinnlos, wenn es keinen einzigen reinen und unbesudelten Gedanken gibt, den man zum letzten Gute Nacht mitnehmen kann.

30

Ich werde wach, lange, ehe der Wecker geklingelt hätte. Es ist Freitag, heute werde ich meine Reise antreten. Nach Schweden. In die Lieder. Ich weiß nicht, ob ich behaupten kann, geschlafen zu haben. Dämmern ist ein passenderes Wort. Der Film über die norwegische jüdische Familie hat in meinem Unterbewusstsein mit derselben grobkörnigen Schärfe weitergearbeitet wie früher, wenn ich vollkommen erschöpft aufwachen konnte, nachdem ich ganze Nächte als Daniel in der Löwengrube verbracht hatte. Ich bleibe mit geschlossenen Augen liegen und hole tief Luft, um mich ruhig zu atmen, aber ich weiß, dass das nicht hilft. Hinter den

Augenlidern wartet keine segensreiche Dunkelheit, sondern nur Wörter und Akkorde. So kann ich mich nicht schützen. Also streife ich ein T-Shirt über, schalte die Kaffeemaschine ein und greife zur Gitarre. Manchmal sind die Lieder einfach da. Nicht ich schreibe sie, es ist umgekehrt.

Als ich dich zum letzten Mal nackt gesehen habe

Ich sah dich nackt zum ersten Mal
wohl in unserer Hochzeitsnacht.
Mein Gebet wurde erhört, ganz normal,
für die Tage in armseligen Verhältnissen.
In meiner Faust deine kleine Hand
wurde Welt genug für mich,
und wenn ich mich nicht auf einem Irrweg fand,
führten neue Wege heim zu dir.
Es kam vor, dass ich verzagte, könnt selber mich verdammen,
dass mir Buchstaben genug für Wörter fehlten.
Aber das Lied über uns schrieben wir zusammen,
für alle meine Strophen hattest du den Refrain.

Die Linien in deiner Haut
zogen sich dahin wie Straßen auf einer Landkarte.
Du gabst dem Leben Richtung, hast dich getraut,
ihm Sinn und ihm Tempo zu geben,
und jeden Abend, wenn ich dich nackt sah,
faltete ich die Hände in einem stillen Gebet,
doch sehnte mich nach keinem Himmel nah,
du warst mein Lohn,
und oft fühlte ich mich klein,
wie einer, der niemals Spuren hinterlässt,
wenn ich mal fiel, war nie allein,
du hast mich wieder wachsen und groß werden lassen.

Als ich dich zum letzten Mal nackt sah,
war es Abend in unserem Leben geworden.
Dein Finger mit dem Ring war noch da,
dünn und abgemagert wie ein Schilfhalm.
Als es Zeit war uns zu trennen,
verspürte ich eine eigene Ruhe,
zwei zu sein, die Kraft zu kennen,
bedeutet nicht vergebens gestorben zu sein.
Es gab vieles, von dem ich die Klage nicht scheue,
vieles, was nicht so geworden war, wie ich behauptete,
aber wenn es etwas gibt, das ich nicht bereue,
dann, dass ich mutig genug war, um ja zu sagen.

Alle meine Veröffentlichungen haben ein Schlüssellied. Den eigentlichen Axthieb, der den Stamm spaltet. Wenn mir dieses Lied gelingt, weiß ich, dass das Album gut wird. Was dieses Lied ist, weiß ich nicht. Ich habe nie erlebt, dass ein Schlüssellied das erste ist, das ich schreibe. Es stellt sich immer kurz nach der Hälfte ein und fungiert wie ein Regenschirm über dem restlichen Material. Jetzt bin ich nervös, weil es so leicht war, dieses Lied zu schreiben, so dass ich mir die Sache vielleicht leicht mache und den Weg des geringsten Widerstands gehe. Ich spiele es noch einmal, zweimal, dreimal, aber ich weiß nicht, was ich ändern könnte. Das Lied kommt mir wichtig vor, und ich weiß, dass es richtig ist, weil es seinen Ausgang in einem bestimmten Erlebnis nimmt, das alle, die es hören, sich aneignen können. Die besten Lieder sind die, die das Private in etwas Allgemeingültiges verwandeln und vielleicht denen, die zuhören, eine Möglichkeit geben, mit dem Lied zu wachsen.

Ich lege die Gitarre in den Kasten, klappe den Deckel aber nicht zu. Es ist unmöglich zu sagen, ob der Gitarrenkasten gerade geöffnet wurde oder gleich geschlossen werden wird. Eigentlich könnte das zum Plattencover werden. Das von *Nebraska* zeigt eine schmutziggraue, grobkörnige Landschaft, gesehen durch die Windschutzscheibe und über die Motorhaube eines Autos. Das hier könnte mindestens genauso gut funktionieren. Meine Gibson im Kasten. Patti Smith, Serge Gainsbourg und Marvin Gaye thronen im Hintergrund, wie die Heiligen drei Könige, die gekommen sind, um Jesu Geburt beizuwohnen. Ich greife zu meinem Telefon und mache mehrere Varianten dieses Bildes, und dann höre ich, dass eine Mitteilung ankommt.

»Bist du wach – und auf?«, schreibt Gerhard.

Eine halbe Stunde später steht er in der Küche und schüttelt den Kopf, als ich zwei Tassen auf den Tisch zwischen uns stelle. Ich sehe ihn zum ersten Mal mit Schirmmütze im Haus, und als ich mich setze, bleibt er stehen. In der rechten Hand hält er eine abgenutzte Ledertasche von der Art, in der die Prediger in Eben Ezer oft ihre Versammlungsbibeln aufbewahrten.

»Ich bin unterwegs nach Trøndelag, ich treffe mich mit meinen Geschwistern, um vor der Beerdigung alles Praktische zu klären«, sagt er, und ich kann hören, dass er bewegt ist.

»Ich weiß, wie schwer das ist«, sage ich.

Er schüttelt nur den Kopf und stellt die Tasche vor sich auf den Tisch.

»Gesegnet seien die, die das Leben führen konnten, das sie sich wünschten. Die Tränen um Mutter sind ebenso sehr Freudentränen wie Tränen der Trauer. Aber das da …«

Mehr sagt er nicht, sondern zieht einen Umschlag im Format A 4 aus der Tasche und legt ihn vor mich hin. Ich strecke die Hand über den Tisch aus und kann gerade noch denken, dass er mir auf dieselbe Weise vor drei, vier Jahren Papas Sprungresultate überreicht hat. Ich reiße den Umschlag auf und ziehe eine CD ohne Cover heraus.

»Was ist das?«, frage ich.

»Du wolltest doch, dass ich die Geschichte für dich aufnehme. Das habe ich getan.«

»Aber ich hatte gemeint, du könntest die Aufnahmefunktion deines Telefons benutzen.«

»Ach«, sagt er nur. Kleine Pause, und dann: »Daran habe ich nicht gedacht.«

»Wie hast du das hier gemacht?«

»Ich komme gerade von *Radio Kongsvinger.*«

Ich schaue auf die Uhr. Es ist halb acht.

»Musstest du da einbrechen?«

Der Schatten eines Lächelns verwandelt sein trauriges Gesicht für einen Moment.

»Ich habe einem der Sprecher Privatstunden in Deutsch gegeben«, sagt er.

»Tausend Dank«, sage ich, suche nach mehr, was ich sagen könnte, ende aber damit, dass ich mich einfach noch einmal bedanke.

»Es gibt einen, bei dem ich mich bedanken muss«, sagt er.

Ich sehe ihn nur an.

»Oskar Maier hat mich an etwas Wichtiges erinnert«, sagt er.

»Was denn?«

»Das Überleben. Dass für einige Menschen die Liebe das Leben lang anhält, auch wenn der geliebte Mensch nicht mehr da ist.«

Er lässt das Schloss der Tasche zuschnappen, und das Geräusch bohrt sich in mich wie ein auf einer Schreibmaschine gehämmerter Punkt.

»Ruf an, wenn was ist«, sagt er und hat die Wohnungstür schon erreicht, als er sich noch einmal umdreht.

»Hast du Hotelzimmer gebucht oder geplant, wann du wo in Schweden sein willst?«, fragt er.

»Nein«, sage ich.

»Gut«, erwidert er.

31

Skinnarbøl, den 6. 2. 40

Mein lieber Junge.

Tausend Dank für den Brief, den ich bekommen habe. Ich bin so froh jedesmal, wenn ich Post von Dir bekomme und sehe, daß Du gesund bist und es gut hast. Ich verstehe, daß Du dich einsam fühlst, und das ist kein Wunder. Hast Du denn keine Freunde, mit denen Du zusammen sein kannst? Ich fühle mich auch einsam, ich sitze jeden Abend in meinem Zimmer. Am Sonntag war ich im Kino und habe einen deutschen Film gesehen. Ich bin allein auf Skiern gelaufen. Es war wunderschönes Wetter. Der Mond schien, und die Sterne funkelten. Alles war so still und friedlich, man konnte nicht glauben, daß die ganze Welt in Aufruhr ist. Ich dachte an Dich, Geliebter, der so weit, weit weg ist. Warum ist das Schicksal so schwer, warum dürfen wir nicht zusammen sein, wo wir uns doch so lieben? Aber einmal werden wir uns treffen und für immer zusammen sein, und ich hoffe, es dauert nicht mehr so lange, Geliebter, bis ich wieder Deine Stimme höre und Deine heißen Küsse spüre.

Gibt es Schnee da, wo Du jetzt bist, ist es weit von (ich bin nicht ganz sicher, was da steht) Straubing? Hast Du etwas von Lothar gehört? Hjørdis hat seit Weihnachten nichts von ihm gehört. Hat er sie vielleicht schon vergessen?

Ach, geliebter Oskar, wenn ich Dich jetzt hier in meinem Zimmer hätte, dann würde ich dich totdrücken, Du mein kleiner Schatz, aber ich warte voller Sehnsucht und Ungeduld auf Dich.

Nein, jetzt fallen mir die Augen zu, da muß ich aufhören. Ja, mach es nun gut, mein geliebter Junge. Schreib ganz bald. Ich soll von allen hier und allen zu Hause grüßen.

Gute Nacht,
Herzliche Grüße Deine
Tea.

32

Auf dem Tisch neben der Schachtel mit den letzten Briefen liegt Mamas Bibel. Ihr Name in Goldschrift auf dem Umschlag ist teilweise verwischt. *Te He ksen.* Die Bibel haben wir in ihrem Nachlass gefunden, und es war purer Zufall, dass mein Bruder gesehen hat, dass darin stand, ich sollte sie erben. Ich schlage das gute Buch auf, *ihr* gutes Buch. *Das ist meine dritte Bibel,* steht auf der Innenseite des Einbands. Ich habe mich an den letzten Tagen zwar so daran gewöhnt, ihre Schrift zu entziffern, aber es ist seltsam, ihre Buchstaben in Kugelschreibertinte zu sehen und nicht in den bleistifthaften Strichen der Kopien, die ich von Sabine bekommen habe. Die Seiten vor dem Ersten Buch Mose sind dicht mit Notizen beschrieben. Fast ausschließlich Verweise auf allerlei Bibelstellen, die ihr in den Kopf gekommen sind, aber mitten in alle Verweisen auf Timotheus, Jesaja und Esther hat sie geschrieben: *Lieber Jesus, hilf mir, mir alles zu merken, was ich rede, wenn du zuhörst,* und dann, auf der letzten leeren Seite, ehe die Heilige Schrift anhebt: *Ich bin nur so stark wie mein schwächster Punkt.* Briefe und Bibel. Beide sprechen zu mir und erzählen mir jeweils ihre Geschichte über Mama. Und über Hingabe.

Ich gehe zu dem Fenster, das auf die Eisenbahnlinie schaut. Frage mich, ob Mama jemals allein dort war, ob sie auf den Bahnsteig gegangen ist und sich eingebildet hat, nur das Gewicht ihres eigenen Lebens in jeder Hand zu tragen. Dichtgepackte Reisetaschen, Kleider und Unterwäsche, eine Bibel, einige Gesangbücher, vielleicht die Gitarre, die sie von ihrem Vater bekommen hatte. Die Ermahnungen ihrer Eltern, in Gedanken wiederholt wie die Choralstrophen aus der Schule. Stand sie ganz am Rand des Bahnsteigs, als der Zug einfuhr, und blieb dort stehen, bis sich die Abteile füllten und das Signal des Schaffners erklang wie eine Hundepfeife, die nur sie hören konnten, alle, die nicht mit denen zusammen sein durften, die sie liebten? Mama, die stehen blieb, als der Zug anfuhr, die sich aber so sehr wünschte, an Bord zu sein, dass sie das Schaukeln in der ersten Kurve so physisch spüren konnte, als ob sie wirklich im Zug Platz genommen hätte. Mama, die glaubte, durch das Fenster sehen zu können, wie der Morgen neugierig den Hals nach dem nächsten Tag reckte, und dann nach dem übernächsten.

Der Tonfall im Brief ist derselbe wie in den anderen, doch es gibt einen Unterschied. Zum ersten Mal in ihrem Briefwechsel mit Oskar Maier erwähnt Mama, was auf der Welt passiert. *Alles war so still und friedlich, man konnte nicht glauben, daß die ganze Welt in Aufruhr ist.*

Ich schließe die Augen. Februar 1940. Tea Thorsen auf Skiern auf dem Eis, der Wind, der an den Hängen in Richtung Finnskogen Anlauf nahm und in einem langsamen Glissando über dem See abflachte, mitten zwischen allem, was wirklich war, und dem, was sie als wirklich erlebte, weil sie es sich so sehr wünschte. Die Spitzen der Skier, die Teile der Schneekruste aufbrachen, wie dann, wenn Oskar Maiers Spaten die Erde im Treibhaus umgrub. Das kratzende Geräusch, das etwas von derselben Angriffslustigkeit hatte, wie wenn er versuchte, norwegische Wörter mit vielen k's auszusprechen. Der Gegenwind wie der kalte Luftzug durch ihr Zimmer, wenn Oskar Maier morgens die Tür aufmachte und auf eine Weise »Tea« flüsterte, von der sie immer eine Gänsehaut bekam.

Februar 1940. Kurze Tage und lange Abende mit Quecksilberkälte, die alles schrumpfen und kleiner werden ließ. Über ihr wölbte sich der Himmel wie eine Glaskuppel. Tea Thorsen, allein in der Dunkelheit, vor der sie sich sonst fürchtete, weil ihr Vater sie mit seinen Geschichten zu einem Aufenthaltsort für ausgehungerte Isegrimsmeuten und nicht zuletzt zur Brutstätte für die schwarze Kunst der Ahnen gemacht hatte. Die Dunkelheit, die sie nun wie eine liebe alte Freundin willkommen hieß, weil sie darin die Sterne sehen konnte. Sterne, die funkelten, Sterne, die blinkten und die ganze Milchstraße über ihr zum Schwindeln brachten. Es waren dieselben Sterne, die über Oskar Maier in Bayern angezündet wurden. Es war er, Oskar Maier, der die Sterne zum Blinken brachte. Der die Sterne zwinkern ließ. Wie Morsezeichen. Prick, prick, prick, lang. Und sie verstand, was er sagte.

I-c-h-l-i-e-b-e-d-i-c-h.

Sie schluckte, fuhr sich eilig mit dem Handrücken über die Augen und antwortete:

I-c-h-l-i-e-b-e-d-i-c-h-a-u-c-h.

Dann blieb sie einfach nur stehen, kerzengerade, wie ein Ausrufezeichen im Schnee. Ein Ausrufzeichen hinter Tea und Oskar lieben sich. Wer sich einem anderen Menschen versprochen hat, ist nie ganz allein. Ein Ausrufezeichen nach In alle Ewigkeit amen. Und sie wünschte, sie könnte dort bleiben, draußen im Schnee, vereint mit ihm in ihrer doppelten Einsamkeit. Mitten zwischen Krieg und Frieden, Erlösung und Verderben, mitten zwischen der großen Liebe und der zerreißenden Trauer, mitten zwischen dem, was gewesen war, und dem, was kommen würde. Unter ihr und dem blauen Eis das schwarze Wasser, wie ein abgrundtiefer Schlund, aber über ihr der Himmel. Oskars Himmel. Teas Himmel. Ihrer beider Himmel. Alles um sie herum schien ein doppeltes Leben zu erhalten, weil sie wusste, dass er dasselbe erlebte, und sie dachte, dass kein Hinweg jemals länger gewesen ist als der Weg zurück.

33

Es ist Mittagszeit. Ich habe keinen Hunger, schalte aber die Kaffeemaschine ein. Das Packen wird schnell gehen. Es gehört kaum mehr dazu, als den Gitarrenkasten zu schließen, zwei Hemden und ein paar Boxer vom Trockengestell im Badezimmer zu nehmen und die Zahnbürste in die Kulturtasche zu stecken. Ich muss nur herausfinden, wie ich nach Charlottenberg kommen soll, jetzt, wo Gerhard nach Trøndelag gefahren ist. Aber als ich den Laptop aufklappe, tue ich das nicht, um nach den Busfahrzeiten zu sehen. »Wo liegt Straubing?«, hatte ich auf der Rückseite eines Einkaufszettels notiert, während ich den letzten Brief las.

Google antwortet: »Straubing ist eine Stadt an der Donau im Freistaat Bayern. Die Stadt gehört zu der Region Niederbayern. Straubing ist eine kreisfreie Stadt.«

Ich gehe in die Küche und fülle einen Becher mit Kaffee. Denke, wie gut es ist, dass das Internet zu Zeiten von Sir Arthur Conan Doyle noch nicht erfunden war. Es wäre nicht dasselbe gewesen, wenn Sherlock Holmes seine Mysterien vor einem Bildschirm aufgeklärt hätte.

»Staubing+Oskar Maier« gebe ich ins Suchfeld ein, und rechts taucht in einem Kasten auf: *Oskar Maier, Gärtnerei in Straubing,* samt Adresse und Telefonnummer.

Ich bin total unvorbereitet darauf, auf diese Weise auf den Namen zu stoßen, nicht wie etwas in Mamas Briefen, sondern wie etwas, das Bezug zu meiner eigenen Zeit hat. Zu heute.

Mehr als achtzig Jahre, nachdem Oskar und Tea sich begegnet sind, kann man noch immer in Straubing, Bayern, in ein Geschäft gehen, das seinen Namen trägt, und vielleicht eine Lohmühlenrose erwerben. Die Rose, die er auf feinsinnige Weise nach Mama genannt hat.

Straubing ist eine Stadt mit fast 48 000 Einwohnern. Skogli hat vielleicht vierhundert. Straubing liegt dreihundertzweiundzwanzig Meter über dem Meer, etwas mehr als doppelt so hoch wie Skogli, obwohl mein Heimatdorf die höchstgelegene Ortschaft an der Kongsvingerbahn ist. Auf den Bildern aus der bayerischen Stadt erinnert sehr wenig an Skogli. Es gibt viele Monumentalbauten, und selbst der Baklengselv nach der üppigsten Schneeschmelze wird zu einer Bagatelle im Vergleich zu Europas zweitlängstem Strom. Eine Gemeinsamkeit haben die beiden Orte jedoch: zwei Menschen, die einander ewige Treue gelobten, dann aber vom Krieg getrennt wurden, und die beide bis zu ihrem Tod an dem Ort wohnen blieben, aus dem sie stammten.

Mama hatte nie eine Anschrift außerhalb der Gemeinde Kongsvinger. Als sie und Papa das Haus gebaut haben, war das nur wenige hundert Meter von ihrem Elternhaus entfernt. Es ist seltsam, dass sie in fast jedem Brief, den ich gelesen habe, einen dermaßen brennenden Wunsch nach einer Reise nach Deutschland zum Ausdruck brachte, dann aber mit einem so kurzgereisten Dasein endete.

War es ihr wirklich ernst damit? Dass es egal wäre, wo sie lebte, wenn sie nur mit Oskar Maier zusammensein könnte, und sei es mitten in einem Nazinest? Das Letzte schrieb sie natürlich nicht, aber sie muss es sich doch überlegt haben. Im Februar 1940 waren Deutschland und Norwegen nicht im Krieg miteinander, aber norwegische Seeleute wurden bereits von der Wehrmacht torpediert. Das war allgemein bekannt. Ein wenig von ihrer Klugheit muss sie doch schon mit siebzehn Jahren besessen haben? Oder ist es einfach so, dass das Gehirn das nimmt, was das Herz sich wünscht? Und ist das dann eine Entschuldigung?

In mehreren Briefen richtet sie außerdem Grüße von ihren Eltern aus, und ich kann mir nur schwer vorstellen, dass mein Großvater ein Auge zudrückte, als seine älteste Tochter mit einem Deutschen zusammen war. Ja, dass sie davon träumte, nach Deutschland zu gehen, um bei ihm zu sein. Ich weiß noch, dass Großvater noch Mitte der 1970er Jahre seine Bestürzung darüber zum Ausdruck brachte, dass eine seiner Kusinen mit einem geschiedenen Mann zusammen war. »Da hat se sich doch tatsächlich nen gebrauchten Kerl genommen«, ich weiß noch, dass er das sagte, während diese Vorstellung noch etwas tiefere Furchen in seine hohe Stirn grub.

Ich googele »Straubing+Nazi«. Der erste Treffer ist ein zehn Jahre alter Artikel über Nazizwerge. Ich glaube, mich verlesen zu haben, und in Wirklichkeit seien Nazischergen gemeint, aber es ist wirklich die Rede von schwarzen und goldenen Gartenzwergen, die den Hitlergruß ausführen. Die Figuren wurden von einem deutschen Künstler als Protest gegen den wachsenden Rassismus hergestellt, aber aus dem Text geht nicht hervor, ob der besonders in Straubing ein Problem ist. Ganz unten lese ich, dass die Stadt während des Zweiten Weltkriegs ein Ziel alliierter Bomber war und dass über vierhundert Menschen ums Leben gekommen sind. Dort steht auch, dass die jüdische Gemeinde von Straubing die zweitgrößte in Bayern ist.

Plötzlich geht mir auf, dass die Art, wie Mama über Straubing geschrieben hat, viel intimer ist, nackter, entlarvender und privater, als wenn sie beschreibt, wie Oskar Maier sie morgens geweckt hat. Mama hat nicht geschrieben: Ist es weit von deinem Heimatort, oder weit von da, wo du wohnst, sie schrieb: Ist es weit von *Straubing?* Also müssen sie über seine Heimatstadt gesprochen haben, so oft, dass sie sich den Ortsnamen gemerkt und sich ihre eigenen Vorstellungen von der Stadt gemacht hat.

Ich sehe mir bei Google mehrere Bilder von Straubing an. Und während die Ähnlichkeiten zwischen Oskar Maiers Geburtstort und Skogli minimal sind, gibt es eine auffällige Parallele zwischen Kongsvinger und Straubing: Beide Städte werden von einem breiten Fluss geteilt. Ich frage mich, ob Oskar Maier Mama jemals darauf aufmerksam gemacht hat. Haben sie zusammen den Fluss angeschaut? Er, der zeigte und erklärte, während sie reizende Rosen auf den Wangen bekam, als er für sie seine Heimatstadt zum Leben erweckte? War Oskar Maier jemals bereit, die Stadt am Ufer der Donau für immer zu verlassen? Bereit, den Bayerischen Wald gegen noch mehr Wald in *Suomalismetsät,* Finnskogen, einzutauschen? Oskar hat jedenfalls die Sprache des Mädchens gelernt, das er liebte.

Und ich wüsste gern, als sie dann alt wurden, haben sie oft aneinander gedacht oder nur ein seltenes Mal? Bei Oskar scheint die Antwort auf der Hand zu liegen, aber bei Mama? Ich glaube nicht, dass sie etwas verdrängen konnte, das einen so großen Teil ihrer Gefühle beherrscht hatte, auch wenn sie damals erst siebzehn gewesen war. Hat sie abends für Oskar gebetet, während sie ihr erstes Kind auf die Welt brachte? Hat sie Jesus angefleht, den Jungen mit dem gutmütigen Aussehen unversehrt aus dem Krieg in sein Heimatland zurückkehren zu lassen, oder hatte sie das Gefühl, Norwegen verraten zu haben, weil sie mit einem Deutschen zusammen gewesen war, und dass er sie verraten hatte, weil er ein Teil der deutschen Kriegsmaschinerie gewesen war? Fühlte sie sich als weniger guter Mensch? Ich weiß es nicht. Aber ich bin sicher, dass beide, als sie viel später in ihrem Leben mit ihren Ehepartnern und -Partnerinnen nach Spanien, Griechenland und solche Orte reisten, mitten in einer Bewegung innehalten konnten, weil sie plötzlich ein fallsüchtiges Gefühl überkommen hatte, da die gleichaltrigen Menschen am Nachbartisch oder auf dem Weg vom Flughafen Deutsch oder Norwegisch sprachen. Oskar und Tea, die in einer Nano-Ewigkeit glaubten, einander erkannt zu haben. Oskar und Tea, die bisweilen, vielleicht bei den alltäglichsten Verrichtungen, das Gesicht des geliebten Menschen von damals sehen konnten, das sich vor das des Ehepartners oder der Ehepartnerin schob. Ich frage mich, ob sie jemals, und sei es nur ein einziges Mal, aus Versehen Rebecka und Hermann mit Tea und Oskar angesprochen haben.

Ich schaue auf die Uhr. Gleich wird Elvira bei ihrer Arbeit einige Türen weitergehen, um sich den letzten Kaffee des Arbeitstages zu holen und dann mit den anderen von der Station das Freitagsquiz von *Aftenposten* zu lösen, wie sie das jede Woche macht. Ich gehe ins Badezimmer und bleibe auf halber Strecke zwischen Spiegel und Tür stehen, wie einer, der sich selbst in eine Zwickmühle gebracht hat. Ich habe die Wahl, zu warten, bis die Farbe getrocknet ist, oder loszutrampeln und alles zu ruinieren.

Ich steige über den Boden, klatsche mir ein bisschen kaltes Wasser ins Gesicht und binde mir einen Pferdeschwanz. Ziehe ein sauberes Hemd vom Trockengestell an und schlage mir mit beiden Händen ins Gesicht, wie ich das immer mache, ehe ich auf die Bühne gehe. Ich muss Elvira endlich sagen, dass ich noch immer nicht nach Schweden aufgebrochen bin.

Das Telefon klingelt nur zweimal, schon meldet sie sich.

»Ist was passiert?«, fragt sie, und ihre Stimme klingt ängstlich und verärgert zugleich.

Ich hatte eigentlich etwas Witziges sagen wollen. Etwas Freches. Etwas im Stil von happy go lucky. Wird schon alles, so ungefähr. Aber jetzt höre ich, dass sie sich Sorgen macht, weil ich anrufe, und immer, wenn sie sich Sorgen macht, kapselt sie die Sorgen in einen beginnenden Zorn ein. Es hat ein bisschen zu viele Male gegeben, wo ich mich verirrt hatte, weil ich unterwegs war.

»Ich bin noch nicht in Schweden. Bin von etwas aufgehalten worden«, sage ich.

Sie antwortet nicht sofort.

»Du wirst also keine neuen Lieder mehr schreiben oder deine letzte CD aufnehmen?«

»Doch!«, sage ich. »Unbedingt.«

Dann erzähle ich von Mama und Oskar Maier.

In der Stille danach hätte ich auch gleich wieder fünfzehn sein können und mich eben ermannt haben, mit dem Rad zur Telefonzelle zu fahren und meine tiefsten Gefühle mit einem Mädchen zu teilen, um dann nur stehen zu bleiben, den Hörer ans Ohr gepresst, als ob ich am Strand eine Muschel gefunden hätte, aber darin lediglich ein schwaches Rauschen zu hören.

»Das ist ja vielleicht eine Geschichte«, sagt Elvira endlich.

»Ja«, sage ich.

»Als ich dich angerufen habe, um von dieser Deutschen zu erzählen, warum hast du nicht sofort gesagt, was Sache ist?«

»Sie hat erzählt, dass sie Mamas Liebesbriefe gefunden hatte und dass sie in Norwegen sei und mich treffen wolle. Aber ich war noch nicht sicher, ob ich das auch wollte. Deshalb bin ich nicht auf die Idee gekommen, es zu erwähnen. Nicht da und dann.«

»Wir sind seit fünfundzwanzig Jahren verheiratet«, sagt sie.

»Ja«, sage ich.

»Und doch sperrst du mich aus deinem Leben aus, wenn es dir gerade passt.«

»Das ist nicht wahr, das weißt du, aber entschuldige. Ich hatte mir das nicht überlegt.«

»Was du gesagt hast, war eine glatte Lüge, und dann hast du eine SMS geschickt, dass du unterwegs nach Schweden wärst. Wie soll ich mich denn auf dich verlassen können, wenn du das Bedürfnis hast, solche Lügen zu erzählen? Über Dinge, die nichts damit zu tun haben, wie es zwischen dir und mir aussieht?«

Jetzt habe ich nicht mehr nur das Gefühl, einer Muschel zuzuhören, ich komme mir selbst schon fast wie eine vor, und ich bin sicher, dass auch Elvira das Rauschen hören kann, das ohrenbetäubende Rauschen. Es gibt tausend Dinge, die ich sagen könnte und nicht zuletzt sagen sollte, dennoch stehe ich nur da und rausche. Als unser Sohn geboren wurde, konnte ich nicht mehr rechtzeitig nach Hause kommen, obwohl ich geschworen hatte, dass das nicht passieren würde. Ihre Art, mit der Enttäuschung umzugehen, war, nicht daran zu denken, aber jedes Mal, wenn ich Chaos anrichte, fürchte ich, dass die Sache von damals für sie wieder auflebt.

»Entschuldige«, sage ich, und dann ist das alte Gefühl der Unzulänglichkeit wieder da. Eine Art Idiot savant zu sein, einer, der Lieder schreiben kann und Menschen, die er nicht kennt, dazu bringt, sich getröstet zu fühlen, aber der nicht weiß, wie er mit seiner Nächsten sprechen soll.

»Jetzt muss ich gehen, die anderen warten. Es ist Freitag. Ruf mich an, wenn du da bist«, sagt sie.

»Warte!«, rufe ich, aber es ist zu spät. Sie lässt mich allein stehen, im Rauschen von allem, was ich nicht mehr sagen könnte, und ich frage mich, was sie mit *da* sagen wollte. Schweden? Oder eine Art Zustand, wo ich nichts mehr erfinde, weil ich das Gefühl habe, dass die Wirklichkeit nicht gut genug ist?

Ich fange an, wieder zu ihrer Nummer zu scrollen, breche dann aber ab. Beginne mit einer SMS, aber mein Bedauern noch einmal zu wiederholen, würde die Entschuldigung nicht aufrichtiger wirken lassen. Es ist Freitagnachmittag in Kongsvinger, und ich verspüre etwas von derselben Unruhe, die dieser Tag immer auslöste, als ich ein junger Mann war. Nur dass diese Unruhe jetzt nicht von jugendlichem Liebeshunger hervorgerufen wird, sondern davon, zu so vielen Orten auf einmal unterwegs zu sein, dass ich nicht vom Fleck komme.

34

Skinnarbøl, den 22. 2. 40

Mein geliebter Junge.

Tausend Dank für Deinen Brief, den ich heute bekommen habe. Aber ich finde es so seltsam, dass Du meine Briefe nicht bekommen hast. Immer wenn ich einen Brief von Dir bekommen habe, habe ich sofort zurückgeschrieben, deshalb verstehe ich das nicht, aber ich hoffe jedenfalls, daß Du diesen Brief bald bekommst. Du glaubst, daß ich böse bin, aber warum sollte ich böse auf Dich sein, mein Junge? Du schreibt im Brief, daß Du traurig bist, und dazu sage ich nichts. Ich sitze jeden Abend allein in meinem Zimmer, und meine Gedanken sind dann in Deutschland, wo mein geliebter Junge ist. Ich glaube, ich sehne mich zu Tode nach Dir, Geliebter, und hoffe die ganze Zeit, daß es nicht so lange dauert, bis wir uns wiedersehen können, und dann werden wir für immer zusammen sein.

Hjørdis hat gestern einen Brief von Lothar bekommen. Dem geht es richtig gut. Am Sonntag hatte ich frei und war zu Hause. Die hatten Deinen Brief bekommen. Tor und ich waren den ganzen Sonntag auf Skiern unterwegs.

Ich habe jetzt keine Photos, die ich Dir schicken kann, aber vielleicht bekommst du nächstes Mal eins, mein Junge.

In diesem Winter war es hier sehr kalt, es waren fast jeden Tag 20 Grad unter Null. Mein Verflossener ist jetzt zusammen mit Asta Bergimellom, haha. Am Samstag will ich ins Kino, da läuft ein norwegischer Film. (Den Filmtitel kann ich nicht entziffern, aber dem Kongsvinger Arbeiderblad entnehme ich, daß sie von Hu Dagmar spricht).

Mein geliebter Junge, schreib mir bald wieder. Ich freue mich so, wenn ich einen Brief von Dir bekomme.

Mach es gut, Geliebter

Soll von allen zu Hause und allen hier grüßen. Du mußt auch alle bei Dir von mir grüßen.

Gute Nacht.

Gruß von Deiner Tea.

35

Das ist Mamas vorletzter Brief an Oskar Maier, jedenfalls der vorletzte für die Nachwelt erhaltene, und ich wüsste gern, ob es nur Einbildung ist oder ob der Tonfall reservierter ist und die Liebeserklärungen eher gedacht als wirklich empfunden sind. Was, wenn die Erklärung für die fehlenden Briefe nicht die unzuverlässige Post war, sondern dass Mama eigentlich mit Schreiben aufgehört hatte und dass dieser und der vorige Brief einem Anfall von schlechtem Gewissen entsprungen waren?

Übrigens. Es ist nicht richtig zu sagen, dass die Liebeserklärungen in diesem Brief eher gedacht als gefühlt wirken, aber sie sind repetitiv. Je häufiger du als junger Mensch etwas wiederholst, um so wahrer bildest du dir ein, dass es wirkt. Wenn du älter wirst, ist das Gegenteil der Fall. Wenn Mama schreibt, sie hofft, dass sie sich bald wiedersehen können und dass sie dann für immer zusammen sein werden, wirkt das glaubwürdig. Dass sie ihn abermals von ihren Eltern grüßt, verstärkt diesen Eindruck.

Ich lese das *Kongsvinger Arbeiderblad* von dem Tag, ehe der Brief datiert ist. »Die Kriegswolken ziehen nordwärts«, ist die Überschrift, und darunter steht: »Gerüchte, dass die Westmächte einen großangelegten Angriff auf die Sowjetunion planen.« Die Zeitung bringt zudem eine Rede, die der finnische Schlittschuhläufer Clas Thunberg soeben in Drammen gehalten hat: »Wenn Finnland sich ergibt, was wird dann aus Norwegen und Schweden?« Der mehrfache Olympiasieger sagt zuerst, dass er nicht als Sportler nach Norwegen gekommen ist, sondern als verletzter Mensch, und obwohl er kein Redner ist, hält er es für seine Pflicht, bei den guten Nachbarn die Sache seines Heimatlandes zu vertreten. Thunberg endet mit der Aufforderung an Norweger, die Skilaufen und schießen können, sich mit den Finnen in deren Kampf gegen die sowjetische Übermacht zusammenzutun.

Der Spanische Bürgerkrieg ist ein Jahr zuvor zu Ende gegangen, und nun, parallel zum Säbelrasseln von Deutschland und den Westmächten, findet der Winterkrieg statt. Vielleicht haben Mama und die anderen Jugendlichen in ihrem Alter, die nicht glühend politisch aktiv waren, diese Bleiwüsten auf den Nachrichtenseiten mit demselben Interesse betrachtet wie einen Bericht über eine Begegnung zwischen zwei Fußballmannschaften, zu denen niemand hielt.

Oder sind das nur Entschuldigungen, die ich selbst mir ausdenke?

Ich muss noch einen Brief lesen, und dann muss ich damit fertig werden, ehe ich mich auf die Aufnahme konzentrieren kann, die Gerhard mir gebracht hat.

Inzwischen ist Freitagabend. Immer, wenn ich wieder in Kongsvinger bin, erinnern mich die Orte, an denen ich vorbeikomme, an Dinge, die ich erlebt habe, aber jetzt ist es, wie mehrere Filme gleichzeitig zu sehen. Neues und Altes überlappt einander, fast wie bei einem Bauprospekt, wo der Neubau wie ein Transparent über den früheren Bau gelegt wird. Nur dass es in meinem Fall umgekehrt ist: Ich entferne das letzte, das neue, und beschäftige mich mit dem früheren. Es ist oft so, wenn ich meine Lieder schreibe, dass ich mich nicht erinnere, was ich selbst erlebt, was andere erzählt, was ich mir angeeignet habe und was pure Dichtung ist. Nicht, dass es eine Rolle spielte. Das Wichtigste ist, dass das Lied gut wird, dass es glaubhaft wird. Jetzt habe ich das Gefühl, dass Mama und ich miteinander verschwimmen. Ich fühle mich älter, als ich eigentlich werden wollte, und zugleich jünger, als ich jemals gewesen bin.

An diesem Abend, jetzt, in Kongsvinger, ganz zu Anfang des Frühlings. Wie oft habe ich schon so dagesessen, in geliehenen Wohnungen, während ich versucht habe, mir Dinge zu erlesen, die ich in Liedern verwenden könnte. Wie oft hat mich diese Stadt schon mit so großem Fernweh erfüllt, und wenn ich mich dann endlich losgerissen hatte, wurde alles eine große Enttäuschung. Stell dir vor, nur für eine kleine Sekunde, dass alles in mir, was ich selbst niemals verstanden habe, dieses Ruhelose und zugleich Ortsgebundene, ebenso sehr von Mama kommt und nicht, wie ich immer gedacht habe, von Papa. Vielleicht ist es so, dass wir da bleiben sollen, wo wir sind. Es ist nicht zwangsläufig so, dass man auf Reisen gehen muss, selbst wenn man eine Fahrkarte hat und so dicht bei der Eisenbahn wohnt, dass man jeden Zug sehen kann, der kommt und geht.

Die Gibson liegt in ihrem offenen Kasten. Etwas an ihr erinnert mich an einen Hund, der dich von der Tür her mit seinem traurigen Blick durchbohrt. Aber ich gehe nicht mit ihm um den Block. Stattdessen fühle ich mich versucht, mir einen Barhocker zu suchen und gerade lange genug vor Anker zu gehen, um mich mit dem guten Gefühl erfüllen zu lassen, dass nichts mich aufhalten kann.

Ich habe den einen Arm schon in die Jacke geschoben, als ich mir die Sache anders überlege. *Songs from a room,* Leonard Cohens zweite LP. *In my room.* Vielleicht das beste Lied, das Brian Wilson je geschrieben hat. Ich erkenne das Gefühl von damals, als ich mich mit einer neuen Platte oder einem Buch hinsetzen und mir einbilden konnte, dass ich eines Tages andere Menschen auf dieselbe Weise berühren würde, wie es diesem Text oder dieser Musik bei mir gelang. Und viel besser wurde es später eigentlich nie. Meine besten Lieder waren die, die ich nie geschrieben habe. Nein, das ist verdammte Koketterie. Meine besten Lieder sind die, die ich noch nicht geschrieben habe.

Ich nehme den letzten Brief aus der Schachtel.

36

2. 4. 40

Mein lieber Junge.

Tausend Dank für Brief und Karte vom 17. 3. 40. Bei mir ist alles gut. Draußen ist gerade ein furchtbares Unwetter. Es regnet und weht (stürmt), das ganze Haus bebt. Ja, jetzt ist ein Deutscher hergekommen. Er heißt Harry Schmidt und kommt aus Hamburg. Er wohnt in dem kleinen Zimmer neben meinem. Er hat ein Akkordeon mitgebracht und spielt jetzt so richtig schmissig. Er spricht gut Norwegisch. Er war ein Jahr auf der Gärtnerschule in Grimstad. Er ist zwanzig. Und am Freitag kommen zwei Gärtnerinnen her und vielleicht ein Gärtnerlehrling (Junge), und der bekommt mein Zimmer, und ich ziehe zusammen mit den Gärtnerinnen in dein altes. Daß Straubing aber auch so weit weg ist, zweihundertfünfzig Kilometer von dort, wo du jetzt bist. Es macht bestimmt keinen Spaß, so weit weg von zu Hause zu sein. Aber du mußt Geduld haben, Geliebter.

Ist das Deine jüngste Schwester, die mit Dir nach Norwegen kommen wird? Soll sie in der Gärtnerei arbeiten oder irgendwo im Haushalt? Es wäre nett, wenn sie kommen könnte. Aber dann mußt Du ihr zuerst ein bisschen Norwegisch beibringen.

Wie lange soll es noch dauern, bis wir uns wiedersehen, mein geliebter Junge?

Am Sonntag war ich mit Gerd im Kino und habe einen (deutschen) Film namens »La Bohème« gesehen. Der war so schön. Ich glaube, ich komme bald nach Deutschland, zu Dir, mein Junge, zu Deinem Zuhause und zu Deinen Eltern. Dann würden wir es gut haben, Geliebter.

Wann mußt Du denn zum Militär? Nein, jetzt muß ich aufhören. Ich bin so müde. Soll von allen bei mir zu Hause grüßen. Grüß auch alle bei Dir zu Hause von mir. Und schreib bald, Geliebter.

Gute Nacht mein Schatz.

Gruß, Deine Tea.

PS. Ich schicke ein kleines Photo von Mary und mir.

37

Noch sieben Tage, bis die Deutschen in Norwegen einmarschieren. Mama macht in diesem Brief nicht Schluss mit Oskar Maier. Mama hat niemals Schluss mit Oskar Maier gemacht. Aber was bedeutet das – eigentlich? Dass sie eine moralische Bigamistin war? Das Wort hat einen unangenehmen Beigeschmack. Es ist ein konstruiertes Wort, ein Wort, das aus Buchstaben und Druckerschwärze besteht, nicht aus Fleisch und Blut, Mama war siebzehn, als sie diesen letzten Brief abgeschickt hat, wenn sie noch weitere geschrieben hat, sind die niemals angekommen. Ich weiß nicht, ob das Universum einfach dahintorkelt, und wenn wir stolpern, ist es ein purer Reflex, dass wir uns aufrappeln, statt liegenzubleiben, und wenn wir etwas Gutes und Edelmütiges tun, dann weil die Situation dazu einlädt, und nicht, weil wir von Grund auf gute oder schlechte Menschen sind. Oder ist es wirklich so, dass ein jeglich Ding seine Zeit hat und dass alles, was geschieht, aus einem Grund geschieht?

An dem Tag, an dem Mama diesen Brief an Oskar Maier schreibt, bringt das *Kongsvinger Arbeiderblad* Nachrichten in dem Stil, an den ich mich jetzt gewöhnt habe: »Brandrede von Marineminister Churchill«, »Fremde Flugzeuge über uns« und »Polnische Regierung vor Gericht«, Seite an Seite mit einer Starenschar, die am Samstagvormittag in Kongsvinger gesichtet wurde, einem Pferd, das an Kreuzlähme eingegangen ist, und einem Mann aus Åsnes, der sich die Axt ins Bein gehauen hat. Aber dann, mitten zwischen Weltpolitik und kurzen Notizen aus dem Kleinstadtleben, während Mama sich in Briefgestalt weiter nach Deutschland sehnt, entdecke ich einen anderen bekannten Namen, der mich trifft wie ein Stoß mit dem Ellbogen. Ich lese die

Überschrift noch einmal. Es ist keine Einbildung. Nichts, was mein Herz meinem Gehirn zu lesen eingibt. *Überlegener Sieg für Hermann Henriksen beim Skispringen gestern in Skogli,* lese ich mir laut vor. Während der Briefwechsel zwischen Tea Thorsen und Oskar Maier seine intensivste Phase erlebt, springt mein Vater im wahrsten Sinne des Wortes unbeschwert auf den Schauplatz. »Hermann Henriksen feierte einen besonders großen Triumph und siegte ziemlich überlegen über mehrere seiner härtesten Konkurrenten dieses Winters«, schreibt die Zeitung. Papa gewinnt das Rennen mit 14,5 Punkten, und ihm wird die Damenprämie zugesprochen. Ich erfahre nun, dass das ein Preis war, den der erhielt, der eine gute Leistung erbrachte und zugleich in Verbindung mit dem sportlichen Wettbewerb höflich, charmant und zuvorkommend auftrat.

Das Skispringen fand in Brennaløkka in der Nähe von Skinnarbøl statt. An diesem Tag hat sich das zukünftige Ehepaar also in einem Umkreis von vier, fünf Kilometern auf unterschiedliche Weise auf das Schweben vorbereitet.

Mama mit dem Füllfederhalter.

Papa mit den Sprungskiern.

Der Tintengeruch, der Tea an Mandeltropfen erinnerte und ihr Schauer durch den Leib jagte, weil allein schon seinen Namen zu schreiben ein ähnliches Gefühl in ihr hervorrief wie dann, wenn er ihre Hand nahm. Tea, die, indem sie die Augen schloss, das Irdische losließ, alles, was ihren Körper an Skinnarbøl band, und die sich davontragen ließ, Buchstabe um Buchstabe, Wort um Wort, erfüllt von derselben Leichtigkeit wie an jenem Abend die Hirten auf dem Felde bei Bethlehem.

Hermann, der sich den Weg durch das Publikum bahnte, während der Geruch von Skilack, Bouillon, schwarzem Johannisbeergrog und Kaffee sich mit dem von Lagerfeuern mischte, dem Parfüm aller Skispringer. Hermann frischrasiert und barhäuptig, jedes kleine Haar mit Pomade festgeklebt, Hermann mit dem süßen Duft des Morgens, wenn er sich bereitmachte, der einen Strahl durch seine Lenden jagte, so wie am Samstagabend auf dem Tanzboden. Es gab dennoch einen großen Unterschied: Nur beim Skispringen war er vollständig anwesend in sich selbst, wie ein Mensch es nur in den wenigen Augenblicken in einem Leben ist, wenn er das Gefühl hat, es sei möglich, Gott die Hand zu schütteln.

Tea allein in ihrem Zimmer, leicht vornübergebeugt an dem kleinen Tisch vor dem Fenster, den Kopf schräg gelegt, fast, als ob sie sich reckte, um ihn zu umarmen.

Hermann oben auf der Schanze, lächelnd, während er mit offenem Mund die kalte Luft einsog, um jeden einzelnen Hohlraum in seinem Körper mit Auftrieb zu füllen.

Tea, die liebte und sich sehnte, phantasierte und fabulierte, während das Gewicht der Sehnsucht sie unerbittlich in einen dunklen Winkel ihrer selbst hinabzog, wo sie durchaus nicht sein wollte.

Hermann Henriksen, der wusste, dass er treffen würde, ehe er loslief. Das Vorspiel auf der Anlaufbahn, der elektrische Schock am Schanzentisch, die Eruption, als er wie ein Himmelsstürmer lossprang und stehen blieb und wippte, an einem Ort, wo die Zeit ihn niemals einholen konnte.

Tea, die ihren Namen unten auf das Blatt kratzte und dabei spürte, wie ihr die Schwerkraft den Atem nahm wie bei einer schlecht ausgeführten Telemarklandung.

Hermann, der sich weiterpflügte und über die Skier gebeugt stehenblieb, während ein Teil von ihm für immer dort blieb, wo nichts jemals endet.

Tea, die schreibt, sie glaube, dass sie bald zu Oskar Maier nach Deutschland kommen wird.

Hermann, der mit dem Pokal der Damen nach Hause in sein Zimmer auf Skinnarbøl kommt.

Die, die meine Eltern werden sollten, hatten sicher ihre Zimmer im selben Flügel, möglicherweise im selben Stock, aber es ist seltsam, an die beiden als Fremde zu denken. Bei diesem Gedanken wird mir unwohl, als ob die Liebe zwischen Mama und Papa eine Art zweite Wahl war. Papa, der garantiert nicht schlafen konnte, oder der jedenfalls Zeit dazu brauchte, genau wie ich nach einem besonders gelungenen Konzert. Vielleicht war er nicht einmal allein. Mein Vater war ein gutaussehender Mann und jetzt schwarz auf weiß ein »überlegener Sieger«. Mama, die mir selbst erzählt hat, dass sie sich schließlich in Papa verliebt hatte, weil er »so fesch aussah, wenn er sich die Skier über die Schulter legte und zu einem Wettbewerb nach Kongsvinger loszog.« Nachdem ich überlebt habe, dass meine Mutter und mein Vater um ein Haar nicht meine Mutter und mein Vater geworden wären; lässt sich alles darauf reduzieren? Eine Frage des Aussehens? Mama, die einen Mann mit Sprungskiern auf dieselbe Weise betrachtete, wie ich aus Erfahrung weiß, dass Frauen einen Mann mit Gitarre betrachten. Außerdem wirft die Zeitungsnotiz über die Heldentaten meines Vaters auf der Sprungschanze den Ursprungsmythos meiner Familie, mit dem ich aufgewachsen bin, über den Haufen. Die Geschichte darüber, wie Mama den anderen Mädchen in der Küche verkündete, dass sie Papa heiraten wollte, sowie sie ihn zum ersten Mal gesehen hatte. Als Tea Thorsen Hermann Henriksen zum ersten Mal sah, schrieb sie noch immer glühende Liebesbriefe an Oskar Maier.

War sie in beide gleichzeitig verliebt?

Ich muss an eins der vielen Originale in Skogli denken. Er wurde Einstein genannt und muss über achtzig gewesen sein, als ich klein war. Einstein erklärte die Relativitätstheorie so: Wenn sich ein Schmetterling auf eine Eisenbahnschiene setzt, gibt die Schiene ein winziges bisschen nach. Ich hoffe, dass so etwas auch für Mama und Papa galt. Dass am 2. April 1940 etwas in diesem Tag nachgab und die beiden ein winziges bisschen näher zueinander führte. Dass sie das Gewicht eines landenden Schmetterlings spüren konnten.

38

Eine Liebe, die alles erträgt, hat etwas Einzigartiges. Eine Liebe, die nicht verwittert, egal, wie sie behandelt wird, eine Liebe, die für sich nichts fordert, abgesehen von der Vorstellung, dass sie bestehen soll, auch wenn Glaube und Zeit sich ändern. Oskars Liebe war so. Und Mamas?

Mein eigenes Herz steckt jetzt in der Klemme.

Kein Verbrechen ist größer als die Liebe. Das ist eine Zeile, die sich in einem Gedicht oder einem Lied gut macht, aber in Wirklichkeit? Ich verstehe natürlich, dass Mama nicht mehr mit einem Deutschen zusammen sein konnte, nachdem der Krieg zwischen Deutschland und Norwegen ausgebrochen war. Aber abermals: Liebe dürfte keine Vorbehalte kennen, sie ist keine Bequemlichkeit, keine Handelsware mit Umtauschrecht. Mama hätte ihm einen Brief schicken müssen. Eine Erklärung. Aber hätte er dann den Krieg überlebt? Die Gefangenschaft. Lag darin, dass Tea Thorsen niemals mit

Oskar Maier Schluss machte, dass sie die Tür nur zumachte, ohne sie abzuschließen, eine Art weitere Liebeserklärung? Sie konnte vielleicht noch mit den Gärtnerinnen in sein altes Zimmer ziehen, ehe der Krieg ausbrach. Starrte sie nachts an die Decke und sah sein Gesicht vor sich, während Deutsche und Norweger um ihr Leben kämpften, an dem Tag, als der Krieg nach Kongsvinger kam, oder war sie zusammen mit Hjørdis auf eine Anhöhe gestiegen, um den Rauch der brennenden Höfe zu sehen?

Ich habe vollkommen das Gefühl für Zeit und Raum verloren, denn als ich aus dem Fenster schaue, gleiten zottige Schneeflocken über die Fensterscheibe und sammeln sich wie Wattebäusche auf der Fensterbank. Die vom Schnee hinterlassenen Spuren sehen aus wie Tränen, die über eine Wange laufen. Es ist der letzte Tag im März. Es wurde kein Schnee vorhergesagt, aber es schneit trotzdem. Ich stehe auf. Es schneit offenbar schon seit Stunden, ohne dass ich es gemerkt habe. Es ist, wie einen neuen Bogen vor mir zu haben und einen Stift in die Hand gedrückt zu bekommen. Kein Versprechen gebrochen, weil noch keins gegeben wurde. Keine Lüge erzählt, weil sie noch nicht geschrieben wurde. Keine Reise begonnen, weil es keinen Ort gibt, an den ich reisen könnte, ganz zu schweigen von einem, von dem ich wegreisen könnte. Nicht da und nicht wann, nicht falls und nicht ob, sondern jetzt.

Ich hole mir die CD, die ich von Gerhard bekommen habe, und schiebe sie ins Gerät.

»Zuerst hatte ich ein Bild, dann hatte ich eine Blume.«

So beginnt der pensionierte Sprungrichter die Geschichte von Sabine an Mamas Grab.

»Zuerst hatte ich ein Bild, dann hatte ich eine Blume. Dazwischen lag alles, zugleich nichts. Ich war Kanonenfutter, fühlte mich jedoch nie als Soldat, und der wichtigste Grund, warum ich überlebte, war, dass ich lernte, immer geradeaus zu blicken. Nicht nur im übertragenen Sinne, sondern auch konkret *geradeaus*. Der Augenblick in einem Krieg, in dem du anfängst, dich umzuschauen, ist der Augenblick, in dem du anfängst zu sterben. Wenn du dir den Gedanken erlaubst, das hätte ich sein können, bist du es beim nächsten Mal. Also half ich den Sterbenden, deckte die Toten zu, während ich mich auf das Leben konzentrierte, auf das Existieren in den kleinen Dingen. Wenn du dich umschaust, wird der Gedanke daran, wie weit es bis dahin ist, wo du herkommst, dich von innen her aufzehren, und statt dabei zu verharren, wie es gewesen war, stellte ich mir vor, wie es werden würde.

Natürlich war es anfangs nicht so. Ich fühlte mich wie bei den Pfadfindern, nur eben mit Wehrsport. Die meisten, mit denen zusammen ich eingezogen wurde, waren Jungen in meinem Alter, und ich weiß nicht, ab wann du sagen kannst, dass du ein Mann geworden bist. Vielleicht niemals, wenn du in einen Krieg geschickt wirst. Das traf fast immer zu, egal, wie tapfer ein Soldat sein konnte, egal, wie brutal und unmenschlich in seinem Auftreten; wenn er selbst im Sterben lag, wenn das Leben im wahrsten Sinne des Wortes aus ihm herausströmte, rief er fast immer nach seiner Mama. Also nein, ich weiß nicht, wann ich sagen kann, ich sei zum Mann geworden, oder ob der Krieg mich irgendwann zu einem gemacht hat. Es war, wie ins Wasser geworfen zu werden, um schwimmen zu lernen. Beginnt das Schwimmen in dem Augenblick, in dem man die Oberfläche berührt, oder dann, wenn man es schafft, an Land zu kriechen?

Aber ganz zu Anfang spielten wir abends Karten, zeigten uns gegenseitig Bilder unserer Freundinnen und betrachteten das Ganze als eine Art aufgezwungene, langwierige Ferien. Fast alle von uns, jedenfalls wir Neuen, rechneten damit, nach Hause geschickt zu werden, sowie die Verhältnisse in Polen stabilisiert und in der Tschechoslowakei unter Kontrolle wären. Aber dann fiel Dänemark, und dann fiel Norwegen. Das Leben der meisten von uns wurde nie wieder dasselbe, dennoch habe ich Glück, weil ich das sagen kann, von denen, mit denen ich die Baracke geteilt habe, haben nur sieben den Krieg überlebt, und drei kamen nach Hause, als er zu Ende ging. Auch hier hatte ich Glück, wenn man Glück am Überleben misst. Einer wurde zwei Tage nach Kriegsende von den Tschechen erschossen, die beiden anderen kamen erst 1955 frei. Der eine kam nach Hause und musste feststellen, dass seine Frau und seine Kinder tot waren, der andere, dass er seit Jahren tot war. Seine Frau hatte ihn für tot erklären lassen und wieder geheiratet.

Aber ich hatte sie. Ihr Bild. Aufgenommen von einem Fotografen in Oslo. Ich bekam es am Bahnhof, an dem Tag, als wir Abschied nehmen mussten. Wir umarmten einander eine Ewigkeit lang, und doch nicht länger als einen Seufzer in einem Menschenleben, aber ich hatte diese Erinnerungen in der Bildspur hinter den Augenlidern. Unterwegs wurden uns Propagandafilme über den siegreichen Vormarsch unserer Truppen gezeigt. Einmal, als kein Offizier zur Stelle war, ließ der Filmvorführer den Film rückwärts laufen. Der ganze Saal brach in Gelächter aus, wie bei Stummfilmen mit Buster Keaton, die ich als Junge gesehen hatte. Ich weiß nicht mehr, ob ich gelacht habe, aber ich fand einen seltsamen Trost darin, wie Abteilungen rückwärts marschierten. Dennoch wollte ich diese Tage nicht noch einmal erleben. Ich fand in mir einen Ort, wo wir zusammen waren, nicht wie im Früher, sondern wie im Nachher.

Zu Beginn meiner Soldatenzeit kam es vor, dass ich ihr Bild vorzeigte, und ich war stolz auf meine norwegische Freundin. Aber bald wurde das Foto zu dem Einzigen, was ich hatte, das nur mir gehörte. Einem Passierschein zu den Lebenden. Zu jemandem, mit dem ich reden konnte. Sie wurde der Ort, zu dem ich unterwegs war. Zum Ziel der Reise. Nur war es natürlich keine Reise. Es war ein Seitwärtsbewegung, eine Verschiebung des Schwerpunktes in mir als Mensch, und wenn ich stürzte, half das Bild mir, wieder aufzustehen, weiterzugehen, und vor allem, nicht zurückzublicken, ich blickte niemals zurück, sondern dachte, ich bin nicht hier, das bin nicht ich. Ich ließ mich selbst zur Maschine werden, zu etwas, das von selbst lief, das nicht stehenblieb, so lange noch Treibstoff vorhanden war. Ich fing an, sie in allem vor mir zu sehen. Dem Himmel natürlich. Den Sternbildern. Dicht an dicht helle Stiche. Eine ewig pulsierende Glut, als wären der Abendstern, der Orion, der Große und der Kleine Bär das Lichtecho der Herzschläge von uns hier unten, von uns allen, die in den Sternen nach einem Zeichen suchten. Aber tagsüber war der Himmel auch eine Mahnung. Die Wolken, die an windigen Tagen über den Himmel flatterten, wie die Wäsche, die sie an der Wäscheleine hatte wehen lassen, aber auch wie widerspenstige Haarsträhnen, die sie sich hinter die Ohren schob. Zugleich gab es das äußerst wirkliche Gefühl von Wind, der das Gesicht kitzelt, wie flüchtige Liebkosungen, die man sich erschleicht, wenn niemand hinschaut. Die Art, wie Zweige an Bäumen sich in der Abendbrise bewegten, wie eine Hand, die zum Abschied und zum Wiedersehen winkt. Eine Tür, die zugeschlagen wurde, Sonnenstrahlen durch ein Fenster, ein wieherndes Pferd, ein angerissenes Streichholz, das Knirschen von Kies unter den Stiefelsohlen, an einem Strom entlang zu marschieren, eine Brücke zu überqueren, an einem Flussufer Halt zu machen, Wörter, die auf Norwegisch dasselbe bedeuteten wie auf Deutsch, Nachmittage und Sonnenuntergang. In allem konnte ich etwas von ihr finden. Aber vor allem war sie in mir vorhanden, auf all die Weisen, in denen sie nicht da war. Eine Erinnerung an warme Haut, wenn ich kein Gefühl in den Fingern hatte. Ihre muntere Stimme über dem Pfeifen in meinen Ohren nach einer intensiven Kanonade. Ein Hauch von Hefeteig und grüner Seife durch meinen widerwärtigen Körpergeruch hindurch. Und die ganze Zeit: ihr Foto wie eine Karte, wohin ich unterwegs war. Ein Land, von dem nur wir beide wussten.

Zu Beginn der Grundausbildung fühlte ich mich einsam. Ausgeschlossen. Habe mich nie in der Art von Jungen, Jungen zu sein, zu Hause gefühlt. Zu Hause in Straubing habe ich nie gern mit den anderen an Straßenecken herumgelungert. Ich habe fast nie mitgemacht, wenn Krieg gespielt wurde. Schon als ziemlich kleiner Junge hatte ich Freude an allem, was wächst, und durchaus nicht nur an dem, was nützlich ist, was wir essen können. Bei den anderen Jungen in der Straße kam das nicht gut an, und es war auch nichts, worüber ich in der Kaserne laut redete. Ich blieb für mich, schrieb Briefe, las Briefe und glaubte, ich würde bald wieder zu Hause und dann in Norwegen sein. Und es kann schon vorgekommen sein, dass ich weinte, aber ich habe niemals meine Tränen sehen lassen. Es kann vorgekommen sein, dass ich desertiert bin, aber immer nur in meinem eigenen Kopf. Nach und nach lernte ich, an Zeit zu denken wie an etwas, das nicht gemessen werden kann, jeder neue Morgen war einfach noch ein Tag ohne Sand im Stundenglas. Tage, Monate und schließlich Jahre waren nur eine neue Wegbiegung. Noch eine Anhöhe, die ich hinter mich bringen musste, und deshalb ging ich einfach weiter. Schaute immer geradeaus, und hoch zum Himmel, wenn ich konnte. Aber zu oft war es nicht möglich, auszusperren, wo ich war, oder was ich war. Der Tod ist in allem und allen anwesend. Der Geruch setzt sich in den Kleidern fest. In den Haaren. In den Händen. Aber vor allem in der Erinnerung. Was du gesehen hast, kannst du aussperren, jedenfalls, so lange du wach bist. So ist es auch mit Geräuschen. Was du gehört hast, kannst du durch die Stimmen anderer verdrängen, durch Musik, und sei es nur, wenn du selbst singst oder summst, wenn du in deinem Kopf eine Form von Geräusch bildest. Aber der Geruch bleibt bei dir. Beißt sich in der Nase fest. Sickert in deine Träume ein, wenn du endlich schlafen kannst. Vielleicht war es für mich als Gärtner etwas Besonderes, weil dort der Geruch so stark mit dem Aussehen verbunden ist, aber noch viele Jahre nach meiner Heimkehr konnte ich Dinge riechen, die nicht da waren. Ein offener Platz, eine Grasböschung, ein verschlammter Flusslauf, alles konnte unterschiedliche Gerüche des Todes hervorrufen. Abgestandenes Blumenwasser ist die mildeste, die allerfreundlichste Weise, in der ich diesen Geruch beschreiben kann. Soldaten, mit denen ich zusammen war, erzählten, dass sie ihren Geschmackssinn eingebüßt hatten. So war es bei mir nie, aber als ich nach Hause gekommen war, konnte ich stundenlang im Treibhaus sitzen, um meine Augen – mein Gehirn – zu lehren, wonach Rosen riechen. Tee, Zitrone, Brombeere, Birne und Blaubeere, zum Beispiel. Mein Gehirn hatte alle Bilder zu diesen Gerüchen verloren. Mein Liebling unter den ausländischen Rosensorten war Lady Emma Hamilton. Sie hat eine hellrosa Blüte, mit Nuancen von Mandarinorange. Die Rose hat einen besonderen Geruch nach Birne, Zitrus und Trauben. Ich sah mir Bilder dieser Früchte an, um wieder riechen zu lernen. Nach und nach erinnerte ich mich wieder daran, wie es war, ein Mensch zu sein, aber es gab drei Dinge, die ich mir nicht abgewöhnen konnte: Ich konnte keine Schnittblumen im Haus haben, jedenfalls keine, die in Wasser standen, denn schon nach wenigen Stunden war der Geruch wieder da. Wenn ich unterwegs war, egal ob in Straubing oder anderswo, konnte ich nicht über Straßen gehen, an denen sich ein Straßengraben entlangzog. Ich konnte unmöglich in Zimmern mit geschlossenen Türen schlafen. Wenn ich im Hotel übernachtete, musste es ein Zimmer mit einer Balkontür sein.

Soldat zu sein bedeutet nicht, in einem konstanten Kriegszustand zu leben. Es geht genauso oft um Warten. Langeweile. Monotonie. Das Gefühl, in einem einzigen langen Sonntag gefangen zu sein, und die Zeit wird furchtbar lang, wenn sie alles ist, was du hast. Es ist, als ob nichts einen Anfang hätte und nichts jemals ein Ende nimmt. Man wird zu einem Uhrwerk, das nur immer wieder dieselbe Runde dreht. Deshalb dehnte ich jede praktische Tätigkeit aus, so lange ich konnte, um nicht so bald wieder mit Leere und Stille in mir selbst allein sein zu müssen. Das Gefühl, eine Vogelscheuche zu sein, eine in Schichten aus Kleidern gehüllte Figur, Schichten aus nichts, etwas, durch das der Wind einfach hindurchweht, eine Schale ohne eine einzige menschliche Eigenschaft, vielleicht abgesehen von der, zeitweise Angst einzujagen.

Ich habe einmal über einen Indianer gelesen, der aus dem Zug ausgestiegen war und sich im Bahnhof auf eine Bank setzte. Er saß noch immer da, als der letzte Zug schon längst abgefahren war, und am Ende fragte der Bahnhofsvorsteher, worauf er wartete. Der Indianer antwortete: ›Darauf, dass meine Seele mich einholt.‹ Ich glaube, viele von uns empfanden das so. Als ob die körperliche Hülse und das, was einen Menschen zum Menschen macht, getrennt reisten. Nur dass die meisten von uns nicht von dem eingeholt werden wollten, was wir gesehen hatten, wozu wir gezwungen gewesen waren. Im Nachhinein habe ich gedacht, dass damals auf dem Schlachtfeld nicht das Gute gegen das Böse kämpfte, es war nicht Hitler gegen Stalin, Nazismus gegen Kommunismus, es war Oskar aus Straubing gegen Aleksej aus Sotschi. Und wir kämpften eigentlich nicht gegen etwas. Wir kämpften um etwas. Um unser eigenes Leben. Aber ehe ich genug Distanz gewinnen konnte, um den Krieg so zu sehen, war es ihr Bild, in dem ich Trost fand, während ich versuchte, mich mutig genug zu machen, damit meine Seele mich einholen könnte. Das Foto wurde immer abgenutzter. Ihre Züge wurden verwischt von Blut, Schweiß und Tränen, davon, dass ich es bei jedem Wetter in der Tasche meiner Uniform trug. Im April 1945 war ich an der östlichen Front, die versuchte, die russischen Truppen auf dem Vormarsch nach Prag zu stoppen. Ich landete im Krankenhaus in der kleinen Stadt Pisek, und dort verlor ich das Bild dann endgültig. Zuerst dachte ich nicht so viel darüber nach, wir wussten ja, dass es nur eine Frage der Zeit war, bis der Krieg zu Ende sein würde. Ich stellte mir vor, dass ich sie bald wiedersehen würde. Nur, dass ich mich nicht den Amerikanern ergeben konnte. Ich wurde von den Russen gefangengenommen. Wenn es als Soldat schwer gewesen war, mit der Zeit umzugehen, dann wurde es jetzt noch schlimmer. Jeder Tag kam mir vor wie hundert Jahre.«

39

Draußen schneit es nicht mehr. Die Masten der Oberleitungen werfen im Licht des Bahnhofs galgenähnliche Schatten. In der Küche trinke ich stehend am Tisch ein Halbliterglas Wasser, fülle es noch einmal, gehe damit ins Wohnzimmer und klappe den Laptop auf. Ich lese, dass die Lage auf tschechischem Boden in den letzten Kriegstagen unübersichtlich war. Die Bevölkerung im Sudetenland war fast ausschließlich deutschsprachig, und sie flohen nach Westen, aus Angst, zwischen die Fronten zu geraten. Die ganze Situation wird beschrieben als riesiges Chaos, ganz anders als in anderen Gebieten während des deutschen Rückzugs.

Auf der Website des *United States Memorial Holocaust-Museum* finde ich Filme, die die Amerikaner beim Vormarsch auf Prag im April und Mai 1945 aufgenommen haben. Die US-Truppen sollten der Absprache mit den anderen Alliierten nach eigentlich nicht über Pilsen hinausgehen, einen Tagesmarsch im Süden von Prag, sie entschlossen sich jedoch, weiter vorzurücken, unter anderem, um den tschechischen Partisanen während des sogenannten Prager Aufstands gegen die deutsche Besatzungsmacht Anfang Mai zu Hilfe zu kommen. Das Bildmaterial wird beschrieben als einzigartig, nicht zuletzt, weil die Kamera in vielen Fällen an amerikanischen Panzern befestigt war.

Einer dieser Filme zeigt eine tschechische Flagge und das Datum 8. April 1945, und dann sehe ich eine endlose Reihe von deutschen Soldaten, die drei und drei nebeneinander marschieren. Viele haben keine Schuhe. Alle sind offenbar entwaffnet worden. Neben ihnen wandert hier und da ein US-Soldat, der für Ordnung in den Reihen sorgt. Anfangs wogen Massen von Männern mit ausdruckslosen Gesichtern vorüber, sie zeigen weder Freude noch Trauer, sind nur damit beschäftigt, einen Fuß vor den anderen zu setzen. Dann werden die Soldaten immer jünger. Etliche können nicht viel älter als vierzehn, fünfzehn sein. Einer hat Ähnlichkeit mit meinem Sohn in diesem Alter. Der Junge läuft barfuß. Bei jedem zweiten Schritt hebt er das Bein, wie um sich Kieselsteine von der Fußsohle zu wischen. Was sich nicht von den Gesichtern der Soldaten ablesen lässt, zeigt sich in ihrem Gang. Eine endlose Menge von geschlagenen Jungen und Männern. Menschen auf der Flucht sind Menschen auf der Flucht, Rasse, Religion oder Ideologie spielen keine Rolle.

Viele der deutschen Soldaten, die sich ergeben hatten, wurden entwaffnet und auf einen unbewachten Marsch zu einem großen Kriegsgefangenenlager geschickt, das die Amerikaner in Pisek eingerichtet hatten. Das bedeutete, dass viele deutsche Soldaten in Uniform zu Fuß auf den Landstraßen unterwegs waren, leicht zu erkennen, aber unbewaffnet und ohne Bewachung. Sie wurden zu einem leichten Ziel für gewaltsame – und tödliche – Racheaktionen von Seiten der tschechischen Zivilbevölkerung und der Partisanen, in einigen Fällen kam es zu regelrechten Massakern an deutschen Soldaten. Die deutsche Besatzung der Tschechoslowakei war besonders brutal gewesen, und es gibt viele Geschichten über Racheaktionen gegen deutsche Zivilisten und Militärs, die nach der Kapitulation stattgefunden haben. Im Herbst 1945 wurden die Reste der deutschsprachigen Bevölkerung aus dem Land verwiesen. Die entsprechenden Gesetze galten bis 1989, und bis heute dürfen deutsche Staatsangehörige in Polen und in der Tschechoslowakei kein Land besitzen.

Ich sehe den Film weiter an. Plötzlich wird die Reihe der marschierenden Soldaten von deutschen Militärfahrzeugen und Panzern durchbrochen. Es wirkt absurd, die Deutschen in voller Bewaffnung auf die amerikanischen Truppen vorrücken zu sehen, ohne dass sie einen Schuss abgeben. Mehrere von der Besatzung heben die Arme zu einem fast kameradschaftlichen Gruß an die Soldaten der anderen Seite.

Während das alles passiert, liegt Kanonier Oskar Maier im Lazarett in Pisek. Fünf Jahre hat er darauf gewartet, dass der Krieg ein Ende hat, fünf Jahre hat er sich nach Hause gesehnt, fünf Jahre hat er sich das Wiedersehen mit seiner Liebsten vorgestellt. Er sagt nicht, warum er im Lazarett liegt, nur, dass er dort gelandet ist. Kann er in den verzweifelten letzten Tagen zu den Sanitätern versetzt worden sein? Lag es daran, dass er die anderen verwundeten Soldaten nicht verlassen wollte, die von den Russen gefangengenommen worden waren? Nein, das ist kaum wahrscheinlich, und ich merke, dass ich mir gerade ein Bild von Oskar Maier als heiligmäßigem Menschen mache, als romantischem Träumer, dessen größtes Verbrechen es war, sich so voll und ganz von der Liebe gefangennehmen zu lassen. Ich darf nicht vergessen, dass er Soldat der Wehrmacht war und sich an langwierigen und überaus brutalen Kriegshandlungen beteiligt hat. Dennoch, er hatte es verdient, nach der Kapitulation nach Hause gehen zu dürfen, war aber offenbar zu schwer verletzt, um sich den Amerikanern ergeben zu können, zugleich aber nicht so schwer, dass die Russen keine Verwendung für ihn gehabt hätten. Ich gehe zurück in die Musikecke und mache weiter mit Oskar Maiers Bericht.

»Ich erinnere mich an Anfang und Ende der Gefangenschaft. Von allem anderen gibt es nur Bruchstücke. Nach der Gefangennahme marschierten wir in Dreierreihen zum ersten Lager. Wir waren daran gewöhnt, zu viert zu marschieren, und wir waren es nicht gewöhnt, einen Mann weniger in der Reihe zu haben. Deshalb mussten wir uns die ganze Zeit darauf konzentrieren, nicht unserer Gewohnheit zu folgen. Wir gerieten aneinander, und das wiederum gab den Russen einen Grund, die Gewehrkolben zu benutzen. Nicht, dass das nötig gewesen wäre. Mehrere von uns wurden erschlagen, ehe wir das Lager in Pisek erreicht hatten.

Am Straßenrand standen große Menschenmengen, die Verwünschungen brüllten, spuckten und Steine warfen. Zumeist begnügten sie sich damit. Dann begegneten uns Pferdewagen mit Leichen, die mit grauen Leinensäcken zugedeckt waren, und von nun an sahen wir am Straßenrand tote deutsche Soldaten. Fast alle waren Jungen, viele wesentlich jünger als ich. Die meisten schienen zu schlafen. Der erste lag auf der Seite und lehnte mit dem Rücken an einer Garage. Der zweite lag ausgestreckt auf dem Bauch, und sein Gesicht ruhte auf seinem rechten Arm. Auch hier keine Verletzungen, aber neben ihm lag ein aufgerissener kleiner Koffer, und in der Hand hielt er eine weiße Flagge. Der Junge sah aus, als ob er Verstecken spielte und als ob er zählen müsste, während sich die anderen ein Versteck suchten. Dann ein blonder Junge, der auf dem Rücken lag. Er schien getötet worden zu sein, als er die Hände über den Kopf heben wollte. Neben ihm einer, der sein Bruder sein könnte. Er hatte den Kopf in den Nacken gelegt, als wäre er rückwärts umgekippt, während er die Wolken betrachtete. Danach noch ein Junge auf dem Bauch, wie man am Strand liegen würde, die linke Hand ein Stück weit ausgestreckt und das Gesicht der rechten Hand zugekehrt. Der Eindruck, dass sie nur schliefen, wiederholte sich wieder und wieder. ›Schöne Leichen.‹ Das dachte ich, und wie gut es tun müsste, sich einfach an den Straßenrand zu legen. Um mich herum grüne Wiesen, über mir die Wolken wie eine Decke, unter die ich mich legen könnte, und dann würde ich hundert Jahre und vielleicht noch länger schlafen. Danach kamen wir vorbei an Leichen, die nicht aussahen, als ob sie schliefen, es war nicht schwer zu sehen, woran sie gestorben waren, und mir wurde klar, dass sie alle blutige Gesichter hatten, weil ihnen die Zunge herausgeschnitten worden war. Und ich fragte mich, ob auch sie Mama gerufen hatten, als sie begriffen, dass sie sterben würden. Da und dort beschloss ich, was ich sagen und wie ich die Hände halten würde, wenn ich an die Reihe käme, und wenn ich könnte, wenn man so etwas wirklich selbst entscheiden könnte, würde ich nicht mit dem Kopf nach unten liegen.

An einer Stelle, an der uns die Russen besonders langsam vorüberführten, lagen einige wirklich übel zugerichtete Leichen, und dort konnte ich einen kleinen Zweig von einem blühenden Fliederbusch brechen und in mein Dienstbuch legen. Ich beschloss, dass dieser Zweig mein neues Bild von ihr sein sollte. Das ich hervorholen könnte, wenn ich etwas Besonderes brauchte, um mich an sie zu erinnern.

Dinge werden so lebendig, wenn man sterben muss. Denn das glaubten wir alle zu Anfang. Dass wir in eine Art Vernichtungslager geführt würden, zum Dank für das, was wir den Juden angetan hatten. Plötzlich konnte ich in dem armseligen Stück Brot, das wir zu essen bekamen, die Hand Jesu sehen. Wenn sie uns das gönnten, was sie Tee nannten, und wenn der heiß war und ich darauf blasen musste, sah ich *ihre* Stirn, die sich so runzelte, wie immer dann, wenn sie etwas nicht verstand. Seiten in der Bibel, die herumgereicht wurde – und in der ich noch lange blätterte, als ich aufgehört hatte, sie zu lesen –, glitten über Fingerspitzen wie das erste Laub, das in unserem Garten zu Hause in Straubing fiel, als ich ein Junge war. Der Henkel der Tassen, die wir herumreichten, wurde zu einem Ring, der auf einen Finger geschoben werden konnte. Ich konnte mit den Fingern über die Nägel unten im Bett streichen und denken, das seien die Leberflecken auf ihrem Arm, oder so lange einen Spalt im Boden anstarren, bis der zuerst zu einem Bach und dann zu einem Fluss wurde, der ungeduldig dem Meer entgegenstrebte. Das Knirschen eines Karrenrades klang wie eine Geige, die gestimmt wird, meine knochigen Knie, die gegeneinander schlugen, wie holprige Tanzschritte, eine Staubkugel, die über den Boden rollte, wurde zu einem zerzausten Vogeljungen, das darauf wartete, von der Mutter gefüttert zu werden. Diese Bilder ungefiltert an mich heranzulassen und nicht zu versuchen, festzustellen, wie weit sie wirklich waren oder nicht, wurde eine Möglichkeit, den Verstand nicht zu verlieren. Denn irgendwann begriffen wir, dass wir nicht hingerichtet werden sollten, jedenfalls nicht so bald, und nun ging es darum, das physische Ich in einer Art ewigem Zustand zu erhalten, wo man nicht tot war, aber auch nicht richtig lebendig. Wir bekamen nie genug zu essen, verhungerten aber nicht, im Winter war es immer kalt, aber wir erfroren nicht. Ich fühlte mich nie stark genug, um aufzugeben, denn in all meiner Schwäche gab es etwas, das weiterleben wollte. Unsere Kleider waren schmutzig und nass und konnten oft über Nacht nicht trocknen. Dass wir unsere alten Uniformen anbehalten mussten, war eine bewusste Maßnahme von Seiten der Russen, um uns zu erniedrigen. Wir waren keine Gefangenen, wir waren Nazisoldaten, die einen Krieg verloren hatten.

Was ich an Menschlichkeit erlebte, war das, was wir Gefangenen miteinander teilten. Vielleicht ein Extrastück Brot, wenn du Geburtstag hattest, jemand gab dir seine Decke, wenn du krank warst, eine selbstgedrehte Zigarette, wenn du glaubtest, es nicht mehr ertragen zu können. Und die ganze Zeit der kleine Fliederzweig, den ich in meinem Dienstbuch getrocknet hatte. Ich versuchte nicht, daran zu riechen, bestimmt hatte er keinen Duft mehr, aber ich fuhr mit den Fingerspitzen über die Blüten und dachte an sie und den Sommer. Immer an sie und den Sommer. Ein Sommer, der noch nicht gewesen war.

Ich war in fünf verschiedenen Lagern. Sie unterschieden sich alle kaum voneinander, und unsere Aufgabe war es ganz einfach, das zu reparieren, was der Krieg zerstört hatte. Tagaus, tagein. Niemand wusste, wie lange wir hier bleiben oder ob wir jemals freikommen würden. Die Baracken, in denen wir schliefen, waren kümmerlich. Nicht viel mehr als Hirtenhütten mit drei Betten übereinander. Im Winter war es in ihnen bitterkalt, dennoch florierten Läuse und Flöhe. Ich erinnere mich an einen Heiligen Abend, es muss mein letzter in Gefangenschaft gewesen sein. Wir hatten die Nägel bis zur Haut abgefeilt und uns die Haare so kurz geschoren wie möglich, aber nichts half gegen das Ungeziefer. Was wir nun taten, war, uns ganz auszuziehen und Kleider und Matratzen auf den Platz vor den Hütten zu tragen. An diesem Abend waren es fünfzehn Grad unter null, aber wir hatten Holz beiseite geschafft, um uns gegenseitig am Heiligen Abend ein bisschen Wärme geben zu können, und dann saßen wir dicht an dicht auf dem Barackenboden und sangen Weihnachtslieder. Katholiken und Protestanten zusammen. *Stille Nacht, Heilige Nacht,* wie unsere Väter 1914 im Schützengraben vor Ypern gesungen hatten. Und wir sangen, während wir die Arme umeinander legten, um die Wärme festzuhalten und weil wir einander wichtig waren. Das ist vielleicht die schönste Erinnerung an meine ganze Zeit in Gefangenschaft.

In den beiden ersten Lagern wurden uns allerlei russische Propagandafilme gezeigt, wir erhielten sozialistische Zeitungen und mussten uns politische Reden anhören. Die Russen gaben sich alle Mühe, uns zum Kommunismus zu bekehren. Einige von uns ließen sich von mehr Kleidung und größeren Essensrationen in Versuchung führen, aber die allermeisten gaben nicht nach. Dass ich widerstand, hatte nichts damit zu tun, dass ich unsere Ideologie für richtig hielt, im Gegenteil eigentlich, aber nachdem von einem unterdrückerischen politischen System fünf Jahre meines Lebens gestohlen worden waren, wollte ich mich absolut keinem neuen zu Füßen werfen. Die Wächter betrachteten es als Sport, so viele Deutsche wie möglich zu bekehren, und sie entwickelten allerlei Techniken, um uns zu überreden. Vor allem erinnere ich mich an einen brutalen Georgier namens Sergejew. Er war gebaut wie ein Gewichtheber und hatte einen üppigen roten Bart, der ihm über die halbe Brust reichte. Es hieß, seine gesamte Familie sei bei Stalingrad getötet worden, andere meinten, er sei niemals verheiratet gewesen, er habe kein solches Interesse an Frauen. Jedenfalls hatte er Interesse daran, uns Männer zu schlagen.

Sergejew hatte sich aus einem Regenmantel einen Sack gemacht. Dann teilte er uns in Gruppen von vielleicht zehn ein, die er hintereinander aufstellte, während er auf einem Kurbelgrammophon mächtige russische Männerchöre laufen ließ. Wenn die Schallplatte zu Ende war, zwang er einen willkürlich Ausgesuchten von uns in die Knie, und wenn der Betreffende sich weigerte, dem Genossen Stalin zu huldigen, wurden ihm zuerst Handschellen angelegt, dann musste er den Schlüssel verschlucken, sodann wurde ihm der Regenmantelsack über den Kopf gestülpt und zugeschnürt.

Das Letzte, was wir von diesem Gefangenen sahen, war, dass er zwischen zwei Wärtern weggeführt wurde, während er langsam erstickte. Die Lektion, die wir lernen sollten, lag auf der Hand: Wir starben mit dem Schlüssel zu unserer eigenen Freiheit im Leib. Trotz der tödlichen Folgen, wenn man sich dem Bolschewismus nicht beugen wollte, ließen sich immer weniger von uns überreden, und ich fing an, zu Sergejews Musikmatineen den kleinen Fliederzweig in der Hand zu halten. Ich weiß nicht, wie oft ich mich zu solchen Veranstaltungen aufstellen musste, es hatte keinen Sinn zu zählen, die Wahrscheinlichkeit war ohnehin gegen mich, und am Ende zeigte er auf mich. Ich empfand nichts Besonderes, als er mich in die Knie zwang und mir das Bild von Stalin vors Gesicht hielt. Wenn mir so etwas zu Anfang des Krieges passiert wäre, hätte ich gekämpft, oder vielleicht im Gegenteil das Bild geküsst. Jetzt dachte ich nur, mach, dass es schnell geht. Ich protestierte nicht, als mir die Handschellen angelegt wurden, sondern faltete die Hände um den Fliederzweig und nahm den Schüssel entgegen wie das Abendmahl. Als mir der Sack über den Kopf gestülpt wurde, hatte ich schon anfangen zu sinken. Es hätte keine Rolle gespielt, wie ich die Hände hielt oder ob ich mit dem Gesicht zum Boden oder zum Himmel liegen würde, aber die Letzte, nach der ich rufen würde, sollte nicht Mama sein, und so kam es auch nicht. Als sie mich wegschleiften, presste ich so hart die Hände gegeneinander, wie ich nur konnte, während ich spürte, wie mein Urin mir am Bein hinablief.

Ich weiß nicht, ob ich wirklich bewusstlos war oder ob es mir nur so vorkam, aber als mir der Sack vom Kopf gezogen wurde, lag ich hinter einer Offiziersbaracke auf dem Rücken. Ich war noch immer benommen, als Sergejew mich auf die Beine riss, und hielt die Hände vor mich wie eine Schale. Als er sich vorbeugte, um die Handschellen aufzuschließen, fegte ein Windstoß die zu Staub zerfallenen Reste des Flieders aus meinen Händen und blies sie in seinen Bart. Ich kann mich nicht erinnern, wann ich zuletzt gelacht hatte, aber ich lachte und lachte immer weiter, während er mir von beiden Seiten mit der flachen Hand ins Gesicht schlug.

Mit aufgeplatztzten Lippen und während das Blut mir über den Uniformrock lief, lächelte ich ihn an und sagte auf Deutsch danke. Dann stieß er mich zu einem Dutzend anderer Männer auf die Ladefläche eines Lastwagens, und ich wurde in ein weiteres Lager gebracht. Ich weiß nicht, ob das auch mit den anderen passierte, denen der Sack über den Kopf gezogen worden war, oder ob ich Glück hatte. Aber danach pflückte ich keine neue Blume mehr und fand keinen Gegenstand, den ich als Liebesamulett bei mir tragen könnte. Was ich in mir hatte, war nicht nur der Schlüssel zur Freiheit. Es war das Leben an sich, und ich begriff, erst, wenn du etwas hergibst, wirst du es wirklich besitzen, so lange du lebst.«

Unten im Bahnhof kreischen die Bremsen eines Zuges. Ich gehe ans Fenster und bleibe lange dort stehen. Das war das Letzte, was Oskar Maier Mama sagen konnte, mehrere Jahre, nachdem beide schon tot waren.

40

Es ist Sonntagmorgen, und ich habe tief und traumlos geschlafen. Ich fühle mich, als wäre ich von einer Reise zurückgekehrt und dann einfach aufs Bett gefallen, ohne mich auszuziehen. Draußen schmilzt jetzt der Schnee, und nur an den schattigen Hängen liegen noch weiße Streifen. Neben mir auf dem Tisch liegt Mamas Bibel, aber ich schlage sie nicht auf. Ich lege die rechte Hand auf den Einband, als sollte ich schwören, die Wahrheit zu sagen, die Wahrheit und nichts als die Wahrheit. Die flaumleichten Seiten im Buch tragen das Gewicht von Mamas Leben, und in ihnen fand sie die Kraft, uns zu tragen. Zugleich sind diese Briefe an Oskar Maier ein Teil von ihr, von der, die sie war, nicht wie eine Fußnote, sondern wie eine Hinzufügung, wie die Evangelien, für die in der Bibel kein Platz war.

Der Widerwille, den ich anfangs verspürt habe, der Ärger darüber, dass das hier dem Heiligsten in meinem Leben in den Weg treten würde, den Liedern, ist von einer neuen Erkenntnis vertrieben worden. Du zeigst nicht in erster Linie durch alles, was dir gelingt, dass du etwas taugst, sondern dadurch, wie du lernst, mit den Niederlagen zu leben. Du kannst das Düstere in dir nicht als Entschuldigung dafür anführen, dass du nicht versuchst, deine Sache gut zu machen. Und du kannst dich durch deine lichten Seiten nicht zu einem erhöhen lassen, der niemals stolpert. Vielleicht macht dich das nicht zu einem besseren Menschen, aber es macht dich zu einem ganzen Menschen.

In meinen einsamsten Augenblicken habe ich ebenso in der Erinnerung an Mama Kraft gefunden wie in einer undeutlichen Christusgestalt. Und ich habe mich oft gefragt, wie viel von Mama ich in mir habe, oder wieviel ich eigentlich in mir haben *möchte.* Mama war weise, in meiner Familie sind fast immer die Frauen die Weisen. Die Männer haben Häuser gebaut und Elche ausgeweidet, aber die Frauen haben aus den Häusern ein Heim gemacht und das Essen auf den Tisch gestellt. Die Männer haben die Straßen vielleicht gebaut, aber die Frauen haben den Weg gezeigt. Wenn Mama wirklich Jeanne d'Arc gewesen wäre, hätte sie ihr Gesicht zum Himmel gehoben und laut nach ihrem Schöpfer gerufen, oder hätte sie den Soldaten ins Gesicht gespuckt? Gibt es hier überhaupt einen Widerspruch? Kann man nicht vor Jesus das Knie beugen und zugleich allen Autoritäten ins Gesicht spucken, und hat sie das nicht im Grunde immer getan?

In Mama finde ich mich wieder, wenn es mir gelingt, meine Bequemlichkeit zu überwinden und mich lieber an den Pfahl binden zu lassen und zuzusehen, wie die Flammen den Scheiterhaufen um mich herum verzehren.

Die Bibel ist voller Geschichten darüber, wie jemand versucht, die Gunst des Vaters zu gewinnen, doch sie müsste voller Berichte darüber sein, wie man sich zu seiner Mutter umsieht, um zu lernen, stark zu sein, ohne die Stärke zu missbrauchen. Berichten darüber, wie man lernt zu lieben, wenn man glaubt, damit fertig zu sein. Berichten darüber, etwas Gutes zu tun, weil man etwas in sich hat, etwas, das älter ist als Götzenbilder und Anbetung von allem, was wir nicht sehen können, während wir den Rücken in einer Gewissheit recken, dass das Beste im Leben das ist, was du für andere tust.

Als ich jung war, setzte ich meine Ehre darin, als Mann dazustehen, der halb Wahrheit war und halb Fiktion. Ich mystifizierte alles, was sich mystifizieren ließ. Jetzt merke ich, dass ich ich selbst bin, der Sohn, während auf den imaginären Knochentätowierungen Thorsen und Henriksen steht.

Oder vielleicht ist das ja überhaupt kein Wunder. Das erste der allerletzten Worte Mamas war *Papa*. Ich saß neben ihrem Bett im Pflegeheim, und sie war manchmal klar und dann wieder nicht. Am Tag davor hatte meine jüngste Schwester dort gesessen. Mama war sehr unruhig gewesen, aber nun war etwas im Zimmer wie wenn eine Tür aufgleitet und die Wärme des Sommers hereinlässt. Mit geschlossenen Augen sagte Mama: *Ich komme, ich komme.* Dann schlug sie die Augen auf und sah meine Schwester an, nicht mit ängstlichem verwirrten, sondern mit ruhigem Mamablick. »Jesus war gerade hier«, sagte sie, ganz offen und selbstverständlich, wie um die Frage zu beantworten, ob sie Milch in den Kaffee haben wollte.

Als Papa starb, strahlte die Sonne vom Himmel; als sich Mamas Zeit auf Erden dem Ende näherte, hing der Tag draußen schwer und verkatert herum. Ich war im Sessel neben ihrem Bett eingedöst und glaubte zuerst zu träumen, aber es war wirklich Mama, die da redete. Während meine Schwestern konsequent Mutter und Vater sagten, habe ich immer Mama und Papa gesagt. Ich weiß nicht, weshalb, aber ich glaube, dass sie mir das beigebracht hat. Als Mama jetzt anfing zu reden, war Papa das Erste, was ich sie sagen hörte. Sie sprach abgehackt, als müsste sie vor jedem neuen Wort Atem holen, deshalb konnte ich denken, dass sie sicher meinen Vater meinte. Sie hatte ihn nie mir gegenüber Papa genannt, aber danach kam:

»Hermann.

Meine Kinder.«

Das war das Letzte, was ich sie sagen hörte.

Eines Tages in nicht allzu ferner Zukunft werden vielleicht meine Kinder auf diese Weise über mich wachen, aber vorher will ich zu einem Mann werden, der nicht nur durch seine Lieder in ihrem Leben anwesend ist, sondern auch durch seine Taten. Einem Mann, der nicht mehr wegzureisen braucht, um zu begreifen, wo zu Hause ist.

Ich wähle Gerhards Nummer. Er meldet sich nicht sofort.

»Wie geht es?«, frage ich.

»Ziemlich gut. Ich bin schon wieder unterwegs nach Hause.«

»Schön«, sage ich. »Ich brauche Hilfe bei ein paar Blumen.«

41

Der pensionierte Sprungrichter ist tadellos gekleidet, mit Schlips und einem Pullover mit V-Ausschnitt, in dem ich ihn bisher nur ein einziges Mal gesehen habe, als mein voriges Album erschien nämlich. Damals hat er so ganz nebenbei erzählt, dass dieser Pullover achtmal die 20 gesehen hat, viele hässliche und aufsehenerregende Stürze, aber keinen mit tödlichem Ausgang. Das alles kommt mir heute passend vor. Ich selbst habe mich so schön gemacht, wie das nur geht, mit den Sachen, die ich für einen Monat in Schweden gepackt habe, aber ich habe mir immerhin die Haare geschnitten. Die strapazierten Engelshaare sind verschwunden. Zum ersten Mal seit ewigen Zeiten hängen sie mir nicht auf die Schultern, und ich habe mir Zeit genommen, um sie so zu kämmen, wie mein Vater das mit seinen gemacht hat, ehe er die Schanzenleitern hochgeklettert ist.

Ich kann mich nicht erinnern, wann ich zuletzt auf einem Bahnhof gewartet habe, jedenfalls hier in Kongsvinger, und als der Zug über Lautsprecher angekündigt wird, verspüre ich die alte Wehmut, die ich sonst mit Abschieden verbinde. Elvira steigt zuerst aus, dann kommen unsere Kinder. Plötzlich fühle ich mich seltsam verlegen, als ob ich plötzlich ein Fremder wäre, oder eher noch ein kleiner Junge, der nicht weiß, wohin es geht und warum. Ich schlucke den Kloß im Hals hinunter. Diesmal weiß ich schließlich, wohin und warum.

Ich umarme zuerst meine Frau. Die Wärme ihres Körpers macht mir klar, wie sehr ich sie vermisst habe, und ich reiße meine Hände los und verpasse unserem Sohn eine richtige Bärenumärmelung. Bei meiner Tochter bin ich vorsichtiger, seit unserer letzten Begegnung ist sie runder geworden.

»Hast du dir die Haare schneiden lassen?«, fragt sie.

»Kein Großvater hat lange Haare«, sage ich.

»Echt«, sagt sie und verzieht den Mund, wie ich es so oft an ihr gesehen habe, wenn ich versuchte, bei ihren Kindergeburtstagen witzig zu sein, und als ich ihren ersten Freund ins Haus lassen musste.

Gerhard reicht der Reihe nach allen die Hand und stellt sich vor, dann gehen wir auf der dem Bahnhofsgebäude gegenüber liegenden Seite vom Bahnsteig. Der Mercedes ist frisch poliert, und ich bin sicher, dass innen sorgfältig staubgesaugt worden ist.

»Wollen wir einsteigen?«, frage ich und glaube zu wissen, wie die Antwort ausfallen wird. Unser Sohn hat die Wagentür fast schon erreicht, ehe die Letztgeborene zuschlägt:

»Hältst du das wirklich für eine gute Idee? Dass wir mit dem Zug von Oslo herkommen, um dann mit diesem Dieselmonster hier durch die Stadt zu cruisen?«

»Ich dachte nur an«, sage ich und kann mir »deinen Zustand« gerade noch verkneifen.

»Es ist ziemlich weit zu laufen«, sage ich stattdessen.

»Papa, ich weiß sehr gut, wie weit es ist«, sagt sie, und ihr Bruder verdreht die Augen.

»Okay. Ich fahre schon mal vor«, sagt der pensionierte Sprungrichter.

»Danke«, sage ich, und dann gehen wir zu viert durch die Glommengate.

Wir sind schon oft so gegangen, als die Kinder klein waren und ich ihnen meine Stadt zeigen wollte. Am Nationalfeiertag oder beim Frühlings- und Herbstmarkt, die damals auf dem Festungsufer stattfanden. Ich habe beim Winterfest Rodelbretter und Schlitten geschleppt, oder an dem Osterfest, das wir in Påls Wohnung verbracht haben, während unser Sohn sich von den Windpocken erholte. Aber nie wie jetzt, mit langsamen, aber entschiedenen Schritten, zu etwas, von dem ich angenommen hatte, dass sie es ablehnen würden. Nur wir vier. Papa, Mama, Kinder. Ich fühle mich dankbar und gerate aus dem Tritt. Mustere die drei, die da Seite an Seite gehen. Unser Sohn mit meinem Gang, den Kopf mit der Mähne, die er von Elviras Familie geerbt hat, in einem schwarzen Anzug, der sonst für Konfirmationen und Hochzeiten reserviert ist. Die Tochter im Kleid, sicher gebraucht gekauft, die aschblonden Haare zu einem langen Zopf geflochten. Elvira im Hosenanzug, ihre schwarzen Haare mit Spangen hochgesteckt. Ich bekomme es niemals über, sie gehen zu sehen, und noch nach all diesen Jahren gibt etwas an ihr mir das Gefühl, ein Teenie zu sein, der nicht so recht weiß, wohin er blicken soll.

Gleich vor dem Eckhaus, wo früher Fotograf Larsen seinen Laden hatte, bleibt unser Sohn stehen und zeigt darauf.

»Ist hier der Lensmann erschossen worden, Papa?«, fragt er.

Ich nicke nur, denn er soll nicht hören, wie gerührt ich bin. Er hat meine Fähigkeit geerbt, sich solche Dinge zu merken.

»Und hat hier dein Vater das Bild von dir gemacht, als ihr euch die Elefanten vom Zirkus *Bernardo* angesehen habt?«, fragt er, als wir um die Hausecke biegen.

»*Arnardo*«, kann ich herausbringen.

»Hast du da Angst vor Clowns gekriegt?«, fragt die Tochter.

»Bestimmt«, sage ich, und dann zu allen:

»Ich bin so froh, dass ihr kommen wolltet.«

Elvira lächelt und streichelt meine Wange.

»Das ist auch ein Teil unserer Geschichte«, sagt sie.

Ich nicke und erwidere das Lächeln.

»Ich hab dich schon lange nicht mehr mit kurzen Haaren gesehen. Das steht dir«, sagt sie.

»Danke, ich kann mich nicht erinnern, wann ich zuletzt so gestriegelt war.«

»Du hast dir doch die Haare schneiden lassen, als ich zum ersten Mal schwanger war«, sagt sie.

»Wirklich?«, frage ich, und dann nehme ich ihre Hand und schaue nach vorn, als wir die Brücke betreten.

Wir überqueren den Fluss und gehen vorbei an Rathaus, Springbrunnen und Stadtpark. Gehen wieder entlang an dem Gebäude, wo die erste Markthalle der Stadt gelegen hat, durchqueren den kleinsten Kreisverkehr der Welt und kommen vorbei an der Pfingstkirche Filadelfia, wo ich die Glaubensprüfung abgelegt habe. Vorbei an weißgestrichenen Villen, an den alten Mietskasernen und an dem Gebäude, das die Leute aus Skogli immer noch Gymnasium nennen, bis wir den Parkplatz vor der Kirche erreicht haben. Gerhard sieht aus wie ein sportlicher Limousinenchauffeur, wie er da neben dem Mercedes wartet.

»Fertig?«, fragt er, und ich nicke für alle.

Er öffnet den Kofferraum, reicht mir die Tüte, hebt die anderen Sachen heraus und wir gehen zur Kirche. Vorbei an den Gräbern mehrerer Freunde von mir und an den prunkvolleren Monumenten für Pröpste, Rechtsanwälte und Offiziere. Bei der Kirche biegen wir um die Ecke und gehen weiter zum Grab meiner Eltern. Der Kranz, den Sabine dort abgelegt hat, ist verwelkt und begräbnistrist, deshalb nehme ich ihn weg.

Gerhard reicht mir den kleinen Spaten, aber ich schüttele den Kopf.

»Du kannst das besser«, sage ich, und er nickt nur, steckt vorsichtig den Spaten in die Erde und fängt an zu graben. Er hätte auch einen Löffel nehmen können, und ich fürchte, der Augenblick wird seine Feierlichkeit verlieren, aber niemand sagt etwas. Unser Sohn hält den Topf in der Hand, während meine Mädels die Arme umeinander gelegt haben. Ich räuspere mich und denke, dass ich noch vor wenigen Tagen hier gestanden habe, und auch da als Teil einer Gedenkfeier. Jetzt sehe ich auf dem Friedhof kein anderes lebendes Wesen, abgesehen von einer Schar Stadttauben auf dem Dachvorsprung am Zwiebelturm. Das erinnert mich an Mama, die nicht geglaubt hat, dass Engel Flügel haben. Dennoch meinte sie, sie könnten fliegen.

»Dann wären wir wohl so weit«, sagt Gerhard und richtet sich von dem Loch auf, das er gleich unter *Zutiefst geliebt. Innig vermisst* gegraben hat.

»Danke«, sage ich, und alle sehen mich an.

»Du kannst das machen«, sage ich zu unserem Sohn, und wortlos stellt er die Lohmühlenrose in das Loch. Der Wind lässt die Wolken ein wenig wogen, und in dem scharfen Sonnenlicht hebt sich eine rötlichere Nuance an den Blüten ab, die mir bisher nicht aufgefallen ist. Rot für Freude, Blut, Feuer, Revolution und Liebe, aber auch für Märtyrer. Rot für Oskar Maier, der Tea geliebt hat. Rot für Tea, die Oskar Maier geliebt hat, ehe sie bis ans Ende ihres Lebens Hermann Henriksen liebte.

Ich nicke Gerhard zu, und der bückt sich und klopft die Erde um den Topf fest.

»Möchtest du etwas sagen?«, fragt Elvira.

Ich nicke nur, denn ich war die ganze Nacht auf, habe geschrieben und verworfen, aber jetzt kommt es mir dünkelhaft vor, zu glauben, ich könnte eine ganze Liebe in zwei Sätzen einfangen. Der Mut lässt mich im Stich, und tausend Wörter wirbeln mir durch den Kopf, Zeilen aus Liedern, Bruchstücke aus Büchern, Verse aus der Bibel und gedrechselte Sätze, die noch lange in der Erinnerung leben, nachdem der, der sie gesagt hat, nicht mehr da ist. Aber nichts davon gehört nur mir. Nichts kann dann uns gehören. Als etwas, durch das wir uns immer an diesen Tag erinnern werden.

Die Geschichte von Mama und Oskar Maier braucht einen Abschluss. Ich bin froh darüber, dass ich ihn kennengelernt habe, und auch Mama, auf eine ganz neue Weise. Sie hat ihm durch ihre bloße Existenz das Leben gerettet, und ich glaube nicht, das die große Liebe an der Anzahl der Tage gemessen werden kann, oder dass ein Herz sich nur einmal öffnen kann. Es ist ebenso wichtig, bereit zum Entgegennehmen zu sein wie zum Geben. Auf diese Weise sind Mama und Papa einander immer entgegengekommen. Sie war der Tag zu seiner Nacht. Oder, anders ausgedrückt: Er brachte sie zum Leuchten. Sie ohne ihn, er ohne sie, das war wie eine Sommernacht jenseits des Polarkreises oder ein Tag in der Dunkelzeit.

Das alles handelt von Mama und Papa, aber genauso könnte auch es auch von Elvira und mir handeln. Von dem, was wurde, nicht von dem, was hätte sein können. Ich hole tief Luft, ziehe den Zettel aus der Tasche und räuspere mich.

»Ich bin weggegangen, aber ich habe dich nie verlassen. In meinem Herzen sind wir immer zusammen.«

Ich ziehe die Tüte mit den Briefen und den Fotos hervor. Fische das frischgekaufte Feuerzeug aus der Tasche, und einer nach dem anderen zerbröseln sie, Mamas Gedanken über den leuchtenden Mond, die funkelnden Sterne und den Kontrast, die sie zu einer Welt im Aufruhr bildeten. Darüber, wie ungerecht es war, dass zwei, die einander so sehr liebten, nicht zusammen sein durften. Ich verbrenne die Bilder von Mama und Oskar auf Skinnarbøl, von Oskar beim Militär und von Oskar als Kriegsgefangenem. Am Ende ist nur Asche übrig, und nachdem ich den Topf der Lohmühle damit vollgestopft habe, nehme ich den Spaten, um den Rest in die Erde zu klopfen. Meine Handflächen sind voller Ruß, und ohne einen klaren Gedanken darüber, dass ich das tun werde, presse ich die rechte Hand auf den Grabstein und hinterlasse einen deutlichen Abdruck.

»Was machst du da?«, fragt Elvira.

Hinter ihr fliegen die Tauben auf, und die plötzliche Wellenbewegung schafft die Illusion, dass sich ein Teil des Himmels lockert. Ich trete einen Schritt zur Seite, wäre fast auf das Grab gefallen, und in einer schwindelerregenden kleinen Ewigkeit sehe ich alles wie durch ein Kaleidoskop, dann nimmt es wieder seine normale Form an.

Ich schüttele den Kopf.

»Ich glaube, es waren die Apachen oder die Komantschen, die ihren Pferden Händeabdrücke auf die Flanken gesetzt haben. Aber nur den besten Pferden. Den Pferden, von denen man wusste, dass sie ihren Besitzer aus dem Kampf nach Hause tragen würden. Tot oder lebendig«, sage ich.

»Was hat das mit Oma, Opa und Oskar Maier zu tun?«, fragt unser Sohn.

»Nichts und alles. Auch er hat sich für Indianer interessiert. Er meinte, dass Indianer oft am Bahnhof sitzen blieben und darauf warteten, dass die Welt sie wieder einholte.«

»Du wirst dich niemals ändern«, sagt Elvira. »Du wirst die Dinge immer sehen wie ein kleiner Junge.«

»Ich werde Großvater«, sage ich.

Unsere Tochter kommt zu uns und hakt sich bei mir ein.

»Bist du wirklich sicher, dass das hier dein letztes Album sein wird?«, fragt sie.

»Ja«, antworte ich.

»Aber muss das wirklich so sein? Definitiv?«, fragt sie.

Definitiv, denke ich und erinnere mich daran, wie sie auf meinem Schoß saß, mit dem Kopf auf die Tastatur haute und *;;;;;hAAAAAA* schrieb. Der Ausdruck von dieser Schreibarbeit hängt noch immer in meinem Arbeitszimmer.

»Definitiv ist ziemlich heftig, aber es stimmt. Nach diesem letzten werde ich kein Album mehr aufnehmen. Du willst doch sicher nicht, dass ich zu einer Wiederholung meiner selbst werde?«

»Aber das bist du doch. Mindestens vor deinen letzten beiden Platten hast du das auch schon gesagt.«

»Das stimmt nicht«, sage ich.

»Doch«, sagt sie, und Elvira und unser Sohn lachen, jetzt alle beide.

»Vor allem werde ich Großvater«, sage ich.

»Ich glaube, du schaffst beides«, sagt sie. »Als Vater und Musiker warst du doch gut, als wir klein waren.«

Ich sage nichts dazu, sondern gebe Gerhard ein Zeichen, und der stellt eine kleine Glasscheibe schräg gegen den Grabstein, über die Rose.

»Ich glaube, so wird das gut gehen und Wärme und Sonne speichern. Die Glasscheibe wird auch vor Nachtfrost schützen. Ich werde ohnehin jeden Tag nachsehen, und dann warten wir mal ab, wenn der Herbst kommt, ob wir sie ins Haus holen oder es riskieren, sie überwintern zu lassen«, sagt er.

»Oskar Maier hat diese Rose okuliert. Die ist winterfest. Garantiert«, sage ich und werfe einen letzten Blick auf das Stillleben, das wir geschaffen haben. Oskar Maiers Rose, mein Handabdruck und die Namen von Mama und Papa.

Gerhard hilft mir, vor dem Bahnhof in Charlottenberg das Gepäck aus dem Wagen zu heben. Diesmal müssen wir nicht über den Bahnsteig rennen.

Ich gebe ihm wortlos die Hand, dann steige ich ein und suche mir einen Fensterplatz. Rolf Jacobsens letzte veröffentlichte Gedichtsammlung ist meine liebste von ihm. *Nattåpent.* Danach wollte er keine weiteren veröffentlichen. Johnny Cash hat einige Tage vor seinem Tod sein letztes Lied aufgenommen. Das Leben ist nicht wie das Schreiben von Gedichten oder Liedern, aber dennoch gibt es eine Gemeinsamkeit: Es wird nie so, wie du es dir vorgestellt hast.

Koffer und Laptop liegen im Gepäckfach, die Gitarre steht neben mir auf dem Sitz. Dennoch will sie mich nicht loslassen. Ich öffne den abgegriffenen Deckel, und ich sage mir, es sei nur Einbildung, aber ich kann deutlich einen Hauch von Andachtsparfüm wahrnehmen. Die Gibson fühlt sich in meiner Hand leicht an, als wäre sie aus Balsaholz. Ich weiß nicht, weshalb, aber ich lege sie mir umgedreht auf den Schoß. Fahre mit der Hand über den Boden, wo Gürtelschnallen und allerlei achtlose Behandlung ihre Spuren im Holz hinterlassen haben. Mein Gesicht spiegelt sich im Lack, und trotz der Kratzer kann ich deutlich sehen, wie sehr ich Mama und ihrer Familie ähnele. Ja, vielleicht jetzt noch mehr, wo die Kratzer meinem Alter Jahre hinzufügen. Ich drehe die Gitarre richtig herum, meine linke Hand findet das Griffbrett und die rechte fängt an, sich im selben Takt zu bewegen wie die Räder auf den Schienen. Es ist nicht wie Komponieren, eigentlich nicht, ich spiele nur etwas, das seit siebenundvierzig Jahren in mir liegt. E-Moll und G-Dur.

Weit nördlich im Leben,
Zeit weiterzuziehen.
Ich habe nicht viel,
bin aber froh, dass wir zwei sind.

Ich will Entschuldigung sagen,
wenn ich dich zu fest gehalten habe.
Wenn ich still stand,
dann um Anlauf zu nehmen.

Geliebte, bleibe noch, wenn du kannst.

Jetzt fällt der Schnee
vor unserer Tür
Wie eine Arche ohne Worte.
Die Nacht ist dunkel wie vorher.

Hier ist es so einsam,
ich friere, es ist kalt.
Dann gehe ich ins Licht,
das am meisten leuchtet.

Geliebte, bleibe noch, wenn du kannst.

Vor mir wartet Schweden.

Während der Arbeit an diesem Buch haben mir sehr viele ungeheuer viel geholfen. Vor allem danke ich Maren Degener, Karl Ragnar Rimfeldt, Anette Homlong Storeide, Gabriele Haefs, Lars Ovlien und Inge Risbakken, aber ein großer Dank geht auch an Mette Møller, Asbjørn Svarstad, Helge Torvund, Anne Egeberg, Tom-Ole Johannnesen, Alf Storrud, Finn Lilleseth, Ole-Johnny Myhrvold, Turid Helene Nordøy, Oddvar Aurstad, Bob Walkenhorst, Lars Mytting, Hans-Erik Bratberg, Jon Bratberg, Kjetil Gulli, Sjur Isaksen, Hans Hanssen Seik, Elisabeth Haraldsrud, Henning Langnes, Håvard Gimse, Hermann Haraldsrud Henriksen, Roar Lishaugen, Thorbjørn Henriksen, Ingar Sletten Kolloen, Håkon Uhlgren, Rønnaug Marie Kjærstad, Bjørn Sverre Hol Haugen, Gerd Johanne Kjærstad, Erik Smestad Stendahl, Leah Henriksen, Ole Petter Diseth, Uno Ellingsen, Christer Mjåset und die Bibliothek von Kongsvinger.

Alle Briefe von Tea Thorsen wurden mir von Sarah-Maria Deckert ausgehändigt.

Die Lieder wurden auf Deutsch nachgedichtet von Peter Braukmann (peterbraukmann.com).

Glossar

S. 18 *Skinnarbøl:* ehemaliger Herrensitz in der Nähe von Kongsvinger, errichtet 1849. Diente der schwedischen königlichen Familie als Ferienhaus. Heute landwirtschaftlich genutzt und in Privatbesitz.

S. 21 *Stallschweizer:* alte Berufsbezeichnung, Personen, die Viehzucht und Molkerei nach Schweizer Art zu treiben verstanden – also Hirten und Stallknechte sowie Melker und Sennen. Sie wurden in vielen europäischen Sprachen ›Schweizer‹ genannt, auch wenn sie gar nicht aus der Schweiz stammten.

S. 23 *Brevet från Lillan:* ›Brief von Lillian‹, Lied des schwedischen Troubadours Evert Taube, 1890–1976; https://www.youtube.com/watch?v=5AFL6uuGL5Q

Med en enkel tulipan: ›Mit einer einfachen Tulpe‹, schwedischer Schlager aus den 1930er Jahren; https://www.youtube.com/watch?v=sF6S6N3azbg

Kalle på Spången: ›Kalle aus Spången‹, schwedischer Schlager aus den 1930er Jahren; https://www.youtube.com/watch?v=uILkEZ2SGCs

S. 24 *Han hadde seglat för om masten:* ›Er war vor dem Mast gesegelt‹, schwedischer Seemannsschlager aus den 1930er Jahren; https://www.youtube.com/watch?v=bw8hM8t9toE

Harry Brandelius: 1910–94, schwedischer Schlagersänger

S. 26 *Gågate:* Straße in Kongsvinger

S. 29 *Kurt Vonnegut,* 1922–2007, US-amerikanischer Schriftsteller, u.a. bekannt für seine satirischen Science-Fiction-Romane.

S. 48 *Rolf Jacobsen:* 1907–94, bedeutender und einflussreicher norwegischer Lyriker, bisher nur wenig ins Deutsche übersetzt

S. 49 *Königin Sophie:* eigentlich Sophia Wilhelmine Marianne Henriette von Nassau, 1836–1913, vermählte sich 1857 mit Oskar II. von Schweden und Norwegen und war bis zur Auflösung der Union zwischen Schweden und Norwegen, 1905, Königin beider Länder, danach nur noch von Schweden.

S. 57 *Ole Bull:* 1810–1880, norwegischer Geiger und Komponist, der im 19. Jh. zu Weltruhm gelangte

S. 57 *Bjørnstjerne Bjørnson:* 1832–1910, norwegischer Nationaldichter, verfasste die norwegische Nationalhymne, wurde 1905 mit dem Nobelpreis für Literatur ausgezeichnet

Jonas Lie: 1833–1908, norwegischer Schriftsteller, gilt als einer der bedeutendsten norwegischen Klassiker

S. 65 *Oslo S:* der Hauptbahnhof in Oslo

S. 71 *Torgeir Brandtzæg:* geb. 1941, norwegischer Skispringer und Olympiasieger, einer der erfolgreichsten norwegischen Skispringer aller Zeiten

S. 79 *Lensmann:* Beamter, den es in dieser Form nur in Norwegen und Schweden gibt, eine Art ländlicher Polizeichef mit teilweise sehr weiten Befugnissen

S. 80 *Oskar Braaten:* 1881–1939, norwegischer Autor, einer der Ersten, der in Romanen das Leben der Arbeiterklasse in Oslo-Ost beschrieb, bisher nicht ins Deutsche übersetzt

Clickbaits: reißerische Überschriften im digitalen Umfeld, um Clicks zu generieren

Aksel Sandemose: 1899–1965, dänisch-norwegischer Autor, in Skandinavien möglicherweise der einflussreichste modernistische Schriftsteller überhaupt, einige seiner Schöpfungen gelangten zu sprichwörtlichem Ruhm.

Gleden av i går: ›Die Freude von gestern‹, Titel eines verschollenen Romanmanuskripts von Aksel Sandemose, über den Inhalt ist nichts bekannt.

Det Svundne er en drøm: ›Das Verschwundene ist ein Traum‹, 1944, Roman von Aksel Sandemose, nicht ins Deutsche übersetzt

S. 81 *Sven Olof Sandberg:* 1905–74, schwedischer Opernsänger

Jens Peter Book Jenssen: 1910–1999, norwegischer Schlagersänger, Komponist und Revuekünstler

Åge Bårud: 1901–79 norwegischer Schlagersänger

S. 84 *Sonisch:* klanglich, Begriff aus der Musikwissenschaft

S. 86 *Eben Ezer:* ›Stein der Hilfe‹, mehrmals in der Bibel erwähnter Ortsname, typischer Name für ein Gebetshaus der Pfingstgemeinden

S. 95 *Sock it to the man:* i.S. von ›zeig's ihm‹.

S. 107 *Emanuel Minos Tollefsen:* 1925–2014, norwegischer Theologe, geboren in Kinshasa, kam als eines der ersten farbigen Adoptivkinder nach Norwegen, aktiv in der Pfingstbewegung

G. Tollefsen: Gunnerius Tollefsen, 1888–1966, ein norwegischer Missionar, der viele Jahre im Kongo verbrachte, war einer der einflussreichsten Prediger der norwegischen Pfingstbewegung.

S. *114* *Asbjørnsens Eventyrblanding:* im ganzen 20. Jh. der meistverbreitete Drehtabak in Norwegen

S. *118* *Omaha Beach:* der längste Frontabschnitt der alliierten Landung in der Normandie am D-Day (6. Juni 1944), benannt nach der US-amerikanischen Stadt Omaha

S. *129* *NS-Mitglieder:* Mitglieder der 1933 von Vidkun Quisling gegründeten faschistischen Partei *Nasjonal Samling*, die während der Besatzungszeit 1940–45 mit den Deutschen kollaborierte und die einzige zugelassene Partei in Norwegen war

Grenzlotsen: Menschen, die während der Besatzungszeit Flüchtlingen über die Grenze nach Schweden halfen

Quislinge: Auch im Deutschen für Anhänger von Vidkun Quisling, 1887–1945, norwegischer Politiker und Gründer der norwegischen faschistischen Partei *Nasjonal Samling* (›Nationale Sammlung‹), der gleich nach der Besatzung 1940 eine norwegische Regierung ausrief und bis Kriegsende als Regierungschef von Hitlers Gnaden fungierte, sein Name ist in vielen Sprachen Synonym für Landesverräter.

S. *183* *Wolverhampton-Trikot:* Die Wolverhampten Wanderers waren damals auf dem absteigenden Ast, am Ende der Spielzeit 75/76 stiegen sie in die 2. Liga ab, wer etwas auf sich hielt, war damals Fan von Manchester United oder Arsenal London.

S. *206* *Baklengselv:* Fluss in der Nähe von Kongsvinger (heißt in Wirklichkeit anders, aber alle kleinen Orte dort haben in den Romanen von Levi Henriksen andere Namen)

S. *209* *Suomalismetsät:* finnische Bezeichnung für das im 18. Jh. von finnischen Familien besiedelte Gebiet in Ostnorwegen, norwegisch *Finnskogen,* ›Finnenwald‹

S. *245* *Die 20 gesehen:* Anspielung auf das Bewertungssystem beim Skispringen

S. *253* *Nattåpent:* ›Nachts geöffnet‹, 1995, Gedichtsammlung von Rolf Jacobsen

Yeoh Jo-Ann
Zweckfreie Kuchenanwendungen
Aus dem Singlischen von Gabriele Haefs
320 Seiten, mit Schutzumschlag und Lesebändchen
24,– € · 978-3-520-62501-4

Sukhin, 35, Single, führt ein geregeltes Leben zwischen Lesen, Arbeiten und Besuchen bei der Kartonsammlung seiner Eltern. Er hat nur einen Freund, einen Lehrerkollegen, der ihn durch schiere Hartnäckigkeit zu einer Freundschaft gezwungen hat. Bis er eines Nachmittags in Singapurs Chinatown über eine Obdachlose stolpert, die ihn wiedererkennt. Sukhin wird durch die zufällige Begegnung völlig aus der Bahn geworfen. Als er tiefer gräbt, bricht Chaos aus, flankiert von Kuchen und Tee und stapelweise Karton.

»Die Autorin spielt in ihrem Debüt demonstrativ mit den Tabus des Landes. Obdachlosigkeit, Homosexualität, Leben nach eigenen Vorstellungen …, eingebettet in eine soghafte Erzählung mit interessanten und schrägen Charakteren, ein wenig Sightseeing und einem oftmals trockenen Humor … ein Jahreshighligt. Ich würde sogar noch einen Stern drauflegen, wenn es ginge. … Ein wirklich starker, ungewöhnlicher, mutiger Roman.«

(parden auf *whatchareadin.de*)

Aude
Das Wanderkind
Aus dem kanadischen Französisch von Ina Böhme
144 Seiten, Halbleinen
16,– € · 978-3-520-61601-2

Corinne legt die Hände behutsam auf den gedehnten Bauch. Es scheint, als würde sie zu dem einsamen Baby sprechen – aber in Wirklichkeit trauert sie, wie das Kind auf der anderen Seite der Scheidewand vielleicht auch.

Ein Zwillingspaar, der eine groß und kräftig, der andere klein und zerbrechlich. Einem von ihnen ist es bestimmt, den anderen am Leben zu erhalten. Ein kleiner, sehr feiner, beinahe märchenhafter Roman über die Brüchigkeit des Lebens und die schmerzhafte Schönheit menschlicher Bindungen.

Ausgezeichnet mit dem Großen Leserpreis von *Elle Québec,* auf der Shortlist des *Prix Ringuet.*

»Eines dieser Bücher, die tief in dir widerklingen und Gutes tun.«
Annick Duchatel in *Femme Plus*

»Ein wirklich be- und verzauberndes kleines Buch«
(*LiteraturReich*)